魔王と勇者が時代遅れになりました

MAOU TO YUSHA GA
JIDAI-OKURE NI NARIMASHITA

SHINOBU YUKI presents

II

結城忍

ill. オウカ

TOブックス

第1章　側道の隠者

イラスト：オウカ
デザイン：おおの蛍（ムシカゴグラフィクス）

CONTENTS

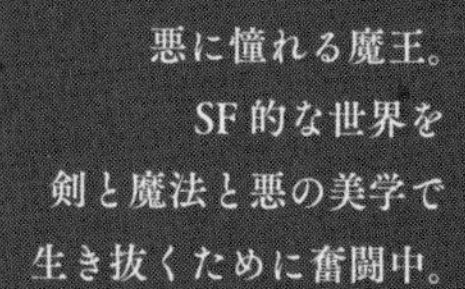

悪に憧れる魔王。
SF的な世界を
剣と魔法と悪の美学で
生き抜くために奮闘中。

正義を嫌う勇者。
召喚直後に
イグサに助けられ、
生き延びるために
行動を共にする。

メカニックで、
天然な猫耳娘。
イグサの使い魔。

CHARACTER

ミーゼ

リゼルの妹で、
計算高い狐耳娘。
イグサの使い魔。

アルテ

イグサに仕える
戦闘メイド隊の
隊長。

ワイバーン

強襲揚陸艦。
イグサたちが廃墟都市で
拾ってから、
常用している宇宙船。
付喪神は、
中年サラリーマン風オヤジ。

第1章
側道の隠者

MAOU TO YUSHA GA
JIDAI-OKURE NI NARIMASHITA

プロローグ　魔王軍躍進の時

賊退治や治安維持に必要なものは何かと質問すると、立場によって様々な意見が出てくる。

冒険者は言うだろう、質の良い武器や防具、道具だと。

傭兵は言うだろう、装備と飯と寝床、何より敵より多い味方の数だと。

勇者は言うだろう、信頼できる素晴らしい仲間達だと。

……あ、ライムは別だ。ライムの信条や行動は勇者としては例外も良いところだからな。

だが、冒険者や傭兵でも勇者でもない、為政者や企業なら、人間だろうが魔族だろうが魔王だろうが似たような答えが出てくる。最も重要視するのは安全だと。

だってそうだろう？　毎回、生きるか死ぬかギリギリのところまで命を懸けて、海賊達と立ち回りなんて、命がいくつあっても足りやしない。

そんな事ができるのはテレビドラマの主人公と、ファンタジー世界の勇者様くらいだろう。

冒険者や賞金稼ぎは明日の命よりも目の前の金の方が大事かもしれない。

勇者は世界の平和のためなら命を懸けるのも当然だと思うかもしれない。

しかしだ。毎日のように仕事として治安維持をするなら、まず自分と部下の安全を確保しないといけない。

もし気になるなら、そこらの警察官に聞いてみるといい。

まずは自分の安全を確保した上で、危険に対処するのが基本だと言うだろう。

質問したのが純真な子供でなければ、真面目に答えてくれると思う。


ファンタジーな世界は人口が少ない割に、命の価値が実に安い。

冒険者ギルドなら、冒険者を報酬相応の危険地帯に送り込める。

魔王ならゴブリンやオーク辺りの魔物を壮大に使い捨てるやつが多い。

だが、ＳＦ世界は社員達を簡単に命が散るような環境に置きたくない。

人の命は地球より重いなんてフレーズはあるが、ＳＦな未来世界は人の命に技能や経験で具体的な金額がつけられるだけに、重さが生々しく具体的だ。

給料を吊り上げればあちこちから、角砂糖にたかる蟻(あり)のように人材が集まってくるだろう。だが、能力がある上で信頼できる部下が欲しいなら、技能も知識もない頃から育てないといけない。

当然、社員が死亡したら遺族に見舞金を出す事になるし、育成にかかった手間も費用も丸損だ。

船や戦闘機も一緒に沈んでいたら、追加で財産も失って二重に痛い。

魔王ならば配下がごっそり壊滅しても「あの程度でくたばるような雑魚は我が配下にいらん」と見栄を張るのが正しい姿かもしれないが、ＳＦ世界に生きる魔王にとって部下の命は文字通りの財産だ。

何故だろうな、人道的なはずなんだが、魔王がやるとセコく感じるのは。

◇

魔王として召喚されたものの、文明と人類が死滅していた星から脱出し、立ち上げた会社民間軍事企業『魔王軍』。

宇宙船が行き交う世界で仕事を探すものの、有望だった宇宙海賊も大航海時代から内容が進歩してない――俺が重要視して、基本姿勢の基にもなっている『悪の美学』(趣味)にあまりにも合わない――ために見切りを付け、逆に宇宙海賊を狩る賞金稼ぎとして、将来の悪事のために日々資金(カネ)と縁故(コネ)を増やしていた。

先の大仕事、海賊に占拠されていたエネルギー生成ステーションの制圧と、それに伴う帝国からの賞金の支払いが終わり、拿捕(だほ)して『ヴァルナ』ステーションに売却した大型の特殊環境対応海賊空母の売却代金も入ったので、今後の運営方針を話し合っている……のだが、ワイバーンの会議室で開催されている会議は難航していた。

話し合っているのは主に俺とミーゼと経済や運営に詳しい一部の船員達だ。

ライムやリゼルはどうしたかって?

リゼルは浪漫ばかり言ってスルーされている。浪漫は大切なんだが、ＳＦ世界の企業運営はシビアだからな。浪漫な提案をしてはミーゼに却下され、肩を落とすか涙目になるのを繰り返している。

ライムはミーゼが俺の膝の上を占拠しているので、背中に張り付いて寝ている。

経営は自分の守備範囲ではないとばかりの、いっそ清清しい割り切りだ。

何故か俺の方を見る船員達の視線が生暖かい。

どうして「そうですね、私達はわかっていますから」的な視線が来るのだろうか。

いや、今の自分の姿を見れば考えるまでも無いんだけどさ。ライムとミーゼの外見年齢的に、どう頑張っても幼女嗜好（ロリコン）にしか見えないよな。

「はいはいはい！　ワイバーンに大型の外部ユニットを複数接続して、サイズがちょっと軽巡洋艦くらいになるけど、大型の巡洋艦か準戦艦くらいの性能にできるプランがあるのですよぅ！」

「そのプラン、コスト考慮すると中古の戦艦買った方が安いから却下なのです」

「すぅ……」

「ライムの肌のきめ細かさ上がってないか。この前のブラッドバス（血塗れの白兵戦）が原因じゃないよな？」

『そこは頬と頬がふれあうほどの近い距離に、ドキマギするシーンだと思うんですがなぁ……』

ワイバーンが言うように、少年少女の世界のように振る舞うには、ちょっとばかり過激な体験が多くてな……もうこのくらいだと何も感じないぞ。

そして会議が難航している1番の原因だが。

俺が「最大限、社員の安全を確保する」と方針を決めたからだ。

SF世界は部下の命が財産であると同時に、人の命がやたらと軽いというか、簡単にまとまった数が死亡する世界でもある。

世間一般的には利益と人命尊重の天秤は前者の方へ偏ったまま戻る気配が無いらしいが、魔王としてその状況を甘受する気はない。

世界の秩序がそうだと言うなら、それに反旗を翻すのが魔王というものだ。

「見知った顔が亡くなるのは苦手になった。特に魔王になってからだが、これは独占欲の範疇なんだろうか」

「イグサ様、文学創作の世界では死者蘇生の魔法とかメジャーでありますが」

「使えはする。だが、魔王が一般人に死者蘇生魔法とかかけると、そのまま高位のアンデッド種族や天使など、人間より上位種族的なもの（ファンタジー世界基準）に変化しそうで怖い。前者でも精神が相当変容しそうなんだよな。せめて使い魔かそれ以上なら安心して使えるんだが」

『マウスで蘇生実験した時は、有機物無機物問わず、侵食吸収して異常増殖する凶悪かつ奇怪な怪物になったんで、実験室を機材ごとプラズマ放射で焼却する羽目になりましたからなぁ……』

難航する会議はこのところ恒例になった、心底嬉しそうな笑みを浮かべたリゼル父のアサルトショットガンを持った突入でお開きになった。

ブリッジの近くにある会議室はセキュリティが堅い所だと思うんだが、どうやらワイバーンがまたエロ動画で買収されたようだ。後でしっかり複製を貰っておかないとな。

少年にしか見えないリゼル父の体のサイズで、大型の突撃用散弾銃を両手に持ち、スタンバレットを連射するガンアクションは船員達にウケがいい。

合成でもCGでもないのが新鮮だという。毎回お約束のように相手をする事になる俺は大変だが。

だがまあ、こういうじゃれ合いも楽しいものだろう。

「イグサくぅぅぅん！　今日こそ仕留めさせてもらうからねぇぇぇぇ！」

「また来たか！　自由な未来のためにやられる訳にはいかない……俺は逃げるぞ！」

この襲撃はこのところ恒例のものだ。ある理由によりリゼル父が『ヴァルナ』ステーションの古い風習を持ち出してきて、伝統的な風習として定期的に襲撃されている。

郷に入っては郷に従う精神で、俺も作法に則り制圧弾を迎撃するに止め、テンション上げて反撃したい衝動をぐっと我慢して会議室から遁走した。

乱痴気(らんちき)騒ぎでうやむやになりかけたが、魔王軍は躍進という名の事業拡大の時を迎えていた。

それだけに苦悩も多いが、祭りの準備に似た、大変だが高揚感のある空気は誰だって嫌いじゃないだろう？

魔王、勢力の拡大に努める

たまには単刀直入に出来事を語っても良いだろう？

新型戦艦を建造できるくらいのＩＣ(カネ)を入手したので、旧型の中古巡洋艦を3隻買いました。

まて、落ち着け。石は投げるな。具体的に話そうじゃないか。

太陽熱エネルギープラントの海賊達と、特殊海賊空母の賞金は戦力に比べてかなり渋かった。

組織の規模が大きな割に、やっていた仕事は辺境の星間航路での地道な海賊稼業だったしな。

「これで航路維持課に渡す資料は最後かな。しゃっちょー、お疲れ様！」

意外な事にミーゼの次くらいに牛娘（妹）のルーニアが細かい事務仕事が上手かった。

さばさばした性格も、健康的で元気そうな見た目もスポーツ系少女そのもので、実際体を動かすのは得意らしいが、牛娘（姉）のユニアとは違い、事務仕事に家事までかなりの腕前だった。

……姉が残念な法則でもあるのだろうか。つい視線がリゼルとミーゼに向かう。

賞金は渋かったものの、海賊から没収した資産と特殊海賊空母の売却代金の方はかなりの額になった。あちこち書類出しまくって回収した賞金総額より桁が1つ多くなるほどに。

海賊の奴等はもう少し実力を誇示しておいてほしかったな。

実際に戦闘した危険度と、アドラム帝国から支払われた金額が釣り合ってなさすぎる。

「イグサ、骨董品屋から明細が届いてる。この前売りに行ったアンティーク火器の代金」

「やたらと貴金属や希少鉱石でデコっていたハンドガンやライフルか……いや、こっちのやたら買い取り価格が高いのは無骨だったやつか。なに？　宇宙開拓初期の自称宇宙騎士団が開発した騎士のライフル？　マニアックな武器収集家の海賊がいたんだな」

海賊達から回収した火器類まで換金していた。

海賊は古くさい武器でも使う伝統があるのか、骨董品屋やコレクターが高値を付けてくれた。所有者だった海賊の賞金額よりも大きい事もザラだ。

◇

精算し終わると、新型戦艦を1隻建造できる程度のまとまったＩＣ（カネ）になった。

資金があるなら新型戦艦を造ろうぜ！　とか単純な話なら気楽だったんだが。

「収入はあったけど一過性のものです。次の収入に繋げる堅実な投資をするのがいいのです」

案の定ワイバーンを準戦艦くらいの戦闘力にできるのですよぅ！　とこれ以上の魔改造案を出してきたリゼルの意見をばっさり切って捨てたミーゼだった。

魔法少女になったが、夢の無い現実主義は相変わらずでなによりだ。

固定収入もないうちに維持費のかかる戦艦を造るなんて、ちょっと小金が入った中小企業が社長の胸像つきの立派な本社ビル建てる程度に無謀であるという。

あちこちで小口の仕事をやる海賊の方が多数派なのに、小回りの利かない戦艦を使うのは維持費に比べて収入のバランスが悪い事この上ないとの事だ。

『まぁ、戦艦は戦力こそ圧倒的ですが、速度は遅い、燃費は悪い、消耗品や人件費で維持費も高い、小回りは利かない、サイズがでかすぎて入港できるステーションも少ないと、取り回しが悪いですからなぁ……』

「ワイバーンがコンパクトな船体な割に高い機動性と戦闘力があって、白兵戦対応までしているとか便利すぎる方がおかしいのですよぅ！」

建国から数百年後、国の発展の全盛期にＡＩの反乱戦争の影響をモロに食らった苦い経験のせいか、極端に自動制御が嫌いなアドラム帝国の場合、戦艦クラスになると小型でも運用に必要な船員の数が1隻３０００人以上からという。

全長１ｋｍを超える軍の主力戦艦級になると最低が数万人単位だそうだ。

地方に湧く海賊のモグラ叩きみたいな賞金稼ぎがメインの現状だと、まずその数の社員を雇って給料を払うのがきつい。

「現状の営業規模で、範囲と数を拡大するのが1番なのです。護衛はパパの紹介があれば多少は仕事取れるけど、こんな田舎から出る商船の護衛なんて報酬もたかが知れているのです。国から辺境警備とかの定収入を得られる仕事を取るには、信用も実弾（賄賂）も必要なのです」

本当に夢のない魔法少女だが頼もしい。

そして未来世界でも汚職は払拭しきれてない……というか、賄賂があれば確実に仕事が取れそうな辺り、実に世知辛い。

◇

民間軍事企業としての事業規模を広げるなら、船を増やすのが1番なんだが。

どのサイズの船を何隻くらい増やそうか？　戦艦はナシで。と話し合った。

「まず戦闘機は厳しいのですよ。元から余裕の無い設計だから、改造しようとしても通常タイプとそこまで差が出せませんよぅ」

「乗員の死亡率も高いのはよろしくないのです。戦闘力は魅力だけど、運用できるのは自分の命しか大事なものがない個人営業の賞金稼ぎや、資金力に余裕がある軍や大手企業くらいなのです」

「パイロットの価値が高いのはいつの時代も同じなんだな」

戦闘機は戦闘艦よりコストが安く、購入費の割に戦力が高いが、船と違って撃墜されると即スクラップになるし、機体が大破するとパイロットもだいたい殉職するので、魔王軍（うち）の懐事情だと厳しいという。

戦闘以外、連絡機や偵察機としてなら、どこでもよく使われているようだが。

「前に沢山拿捕（だほ）したけど、フリゲート艦はどうなの？　駆逐艦より小さいけど便利そうだった」

「これがフリゲート艦の運用予測なのです」

ミーゼがグラフや数字のついた投影画像を俺とライムの所に投げてくる。

投影画像の内容を見ると、２人で渋い声を出してしまった。

購入費用と資金回収効率だけ考えると、中古の駆逐艦やフリゲート艦を中心に手頃なサイズの戦闘艦を揃えて艦隊を運用するのが１番なのは間違いない。

小型戦闘艦を多く揃えて運用した方が利益的にも非常に良いし、実際に他の民間軍事企業の多くもその道を選んでいるそうだ。

だが、小型戦闘艦を使った艦隊における船員損耗率の見積りが、３年で30％から40％と書いてあった。負傷率ではなく死亡率だ。１００人社員を雇ったら、３年で30から40人が死亡する計算だな。

そんなに船員がさくさく死ぬような環境とかおかしくないか？

いやＳＦ的には普通なのかもしれないが、ＳＦ世界と違って中世ファンタジー世界は人口が少ないため、有能な人材は大切にするファンタジーの魔王的には見過ごせない数字だった。

「なぁミーゼ、この船員損耗率は常識的な事なのか？」

「私には資料以上の実務実態がわからないのです。アルテ？」

「はっ。大手を除く民間軍事企業の船乗りでは一般的な数字であります。個人経営の賞金稼ぎだと損耗率が更に高くなるであります」

人口が多いせいか人の命が軽いな。流石ＳＦ世界だ。

民間軍事企業というか、賞金稼ぎの死生観は傭兵や西部のガンマンに近いものがあった。

危険な仕事でガッツリ稼いで、娯楽とかで散財してと、刹那的に生きている連中が多いそうだ。

アドラム帝国の民間軍事企業は刹那的な生き方をする傭兵タイプの賞金稼ぎと、堅実だが命を懸ける割には稼ぎの少ない警備会社タイプの２通りがあるという。

魔王軍(うち)の方針は後者に分類されるな。

「……話にならない数字だな。うちは損耗率５％以内を目指すぞ」

「その数字は最大手の民間軍事企業レベルであります」

最大手になると、総戦力は軍の地方艦隊よりも大きな規模になるという。

「実例があるならわかりやすいな。危険を下げられるなら可能な限り下げる」

「安全なのは大歓迎なのですよぅ。だから戦艦を「却下だ」「却下なのです」「へうぅ……」

被害を抑えられるなら最低限に、有能なヤツを大事にして将来の悪行(本業)に備える。

ファンタジーな魔王らしい基本方針は、ＳＦ世界では人道主義に当たるのか。複雑な気持ちになるな……。

◇

方針が決まったところで船探しが始まった。

船の墓場星系だけでは限界があるので、アドラム帝国とその友好国であるユニオネス王国の勢力範囲内にある星系のディーラーが所持する売出し中の艦艇を片っ端から探した。

魔王軍が企業として評価されているのはアドラム帝国なので、中立国や敵対国では通用しない――国からの信用度や地位が無いと大型戦闘艦の購入許可が出ない――んだ。

船を探す条件はこうだ。

1つ、管理を簡単にする為に、船体とメインフレームがセットで運用されていたのものが、そのまま残っている事が前提条件。ワイバーンのように付喪神(つくもがみ)化を狙えるからな。

『ワイの仕事ぶりが評価されているようで嬉しいですわ』

「実際お前が居ないと、船を動かすのに必要な船員が数倍に跳ね上がる。アドラム帝国の正規艦隊で使われている型の船なんて、主砲や対空砲の砲手、船のスラスターの出力調整まで人力かつ機械式だからなぁ……」

2つ、逃亡する海賊を追いかける事も日常だろうから、小型艦に追いつける速度を出せる高速艦である事。

「賞金首は逃げ足も速いから、足の速さは大事なのです」

「小型で速度特化でもない戦闘艦が、戦闘機に追いつける方がおかしいんですよぅ！」

3つ、高速戦闘機を使う海賊を追いかけられるように、追撃用の戦闘機を搭載できる事。

海賊退治するのに逃げられては意味が無いよな。

「高機動型の戦闘機に乗った海賊が小惑星帯に逃げ込んだ時はアクトレイ（ワイバーン艦載機）に乗ったライム頼りだったからな」

「フリゲート艦より大きな船、駆逐艦や巡洋艦なら偵察用や移動用、贅沢な船なら戦闘用の艦載機を載せる格納庫とカタパルトはだいたいついているのですよぅ」

4つ、十分なシールドジェネレーター（防御力場発生装置）を持ち、船員の生存性に配慮した設計である事。

船員被害を多くしたくないので、ここは妥協できなかった。

「イグサ様、この強度が出せるシールドジェネレーターを載せた船になると、軽巡洋艦以上のサイズになりますよぉ？」

「この際、多少大きくてもいい。最低でも改造後にその数字以上の強度が無いと不安だ」

「イグサ、結構過保護？」

「割と過保護なのです」

5つ、最後に同型艦をまとめて購入できるのが望ましい。

艦隊行動をする時に速度調整が簡単になるし、消耗品や修理部品のストックなど、同型艦をまとめて運用した方が効率も良いし、同型艦なら船員の異動とかも楽だからな。

「というわけで見た目もそうだが、実用性を考えて同型艦で揃えたい。無茶だろうか？」

「多分大丈夫だと思います。型は古くなると思うけど、軍の放出品なら、たまに同じ型の船がどさっと中古市場に流れるのですよぅ」

◇

そんな条件で探したのだが、なかなか苦労した。

特にアドラム帝国製の艦艇は整備性とコストパフォーマンスに優れているものの、船員の生存性やシールドジェネレーターの出力、船体装甲などに不安があるものが多い。

そうなるとユニオネス王国製か、他国から持ち込まれた中古船の中から探すしかない。

ワイバーンで仕事をしながら、アドラム帝国各地にある様々な艦船ディーラーをはしごして、最終的にはアドラム帝国の北西外縁部辺境、ユニオネス王国との国境近くにある中古戦闘艦ディーラーが持っていた、ユニオネス王国製の旧型高速巡洋艦『ＣＭＷ－ＫＤ２６０ｘＥ３　ハングリーウルフ』級を３隻購入する事にした。

高速巡洋艦というジャンルが既に廃れてしまい、買い手が付かずにシップヤード（造船所）の奥にまとめて死蔵されていたらしく、買い取りと回航依頼の取引を持ちかけると、海産物っぽい異星人のディーラーは大喜びで応じてくれた。

回航用の燃料と費用、臨時船員は向こうで手配して『船の墓場星系』まで送ってくれるという大歓迎ぶりだ。

この前の仕事で企業評価が順調に上昇したのも大きかったようだ。信用（コネ）の大事さが身に染みる。

「なぁリゼル。高速巡洋艦というジャンルが廃れているのはわかるのだが、理由は何なんだ？」

「ただの流行なのですよぅ。今は戦艦も巡洋艦も、火力、防御力、機動性のバランスが良いのが流行ですが、バランス型の流行は３００年くらい前にもあったのです」

「それ以外に理由とかは無いのか……？」

「無いのです。バランス型の後に防御力は低いけど遠距離から大火力を放てる火力型が流行って、それに対抗するのに機動性が高い高速巡洋艦が流行って、高速巡洋艦が流行った後に高速巡洋艦の火力で倒せない防御力偏重型が流行って、防御力偏重型は速度が遅くて運用に難があるからと、今のバランス型の流行に繋がっているのですよぅ」

『製造時期が新しいもんほど性能は高いですが、製造コンセプトはその時代の空気に流されるのもザラなんですわ』

ジャンプゲートで接続されているとはいえ、８つ離れた星系から巡洋艦を運搬するのに時間がかかるという事で、おやっさんをリーダーに高速巡洋艦を改装するための部品の調達と製造を頼んだ。

おやっさんとリゼルが嬉々として趣味の改造仲間を集めて、閉鎖されていたのを借りた『ヴァルナ』ステーションの気密ドックで設計と製造を始めた。

……まぁ、ある事情により、リゼルは設計以外では周囲が止めて、関わらせてもらえなかったが。

「このメインスラスターは私が図面を引いたから、私が改造する権利があるのですよぅ！」

「おい、この馬鹿娘を引き留めろ！　間違っても何の触媒が残留してるかわからねぇ、スラスターの中に突っこませるんじゃねぇぞ！」

「リゼルの姐さん、親方もああ言っているし、どうかご自重を、自重を！　ってか力強っ！　おい君達も力貸してくれ！　僕達じゃ止め切れない！」

船が来るのが待ち遠しすぎたリゼルの手によって、半ばライム専用機と化しているワイバーン艦載機のアクトレスまで魔改造されていた。

幸いライムには好評のようだが、普通のパイロットだと真っ直ぐ飛ばすのも困難、軽く曲がろうとしたら、イナーシャルキャンセラー（慣性を中和・抑制する乗員保護装置）で中和しきれないGがかかり、まず失神するという仕様は、リゼルとその師匠であるおやっさんのマッドぶりがよくわかるな。

動いている所を見せてもらったが、出力上げすぎたリアクターから零れる燐光を撒き散らし、超高速のまま非常識なくらい、狭い旋回半径で180度ターンをする戦闘機は色々おかしい気がする。

ＳＦ世界でも戦闘機はもっと鈍い動きしているはずなんだが……。

「艦載機を弄るだけだと消化不良なのですよぉぅぅ！」

「リゼルねーさんはあの非常識な艦載機に何も思わないのです？」

「おー、おー、何が漏れているのかも不明な燐光の航跡まき散らしながら、よくまぁ、あんな機動ができるもんだ。軍の新型でもあの機動性はちょっと無理だぜ」

「ライムが実に楽しそうだから良いんだが、速度が出すぎてビーム砲は照準がズレて、ミサイルはランチャーの中で動作不良起こしたそうだ。火器関係も弄ってやってくれないか？」

◇

さて、新しい船の運用準備をするのに何が1番大変か。

多くのやつは購入する為のIC（カネ）と言うかもしれないが、それは前提条件であるし、難易度的にも2番か3番目程度だろう。

最も大変なのはまず艦長とブリッジクルーなど、船員の雇用だろう。

艦長をいい加減なヤツにすれば艦ごと乗り逃げされかねない。ブリッジクルーは技能と経験が無ければ艦の性能が生かせない。素人すぎると最悪船が動かない。

そして船員を集めるのも骨が折れる。

今のワイバーンでも船員は約120名乗っている。しかし、この数は付喪神なワイバーンと魔法の併用で必要な船員の数を減らしているが、本来であれば数倍の人数が必要なんだ。

今度購入するハングリーウルフ級高速巡洋艦は全長が550m。全長が180mしかないワイバーンの3倍を超えている。

強襲揚陸艦ではなく純粋な戦闘艦なので、突入ポッドで敵艦に突っ込む白兵戦要員が減る分、運用に必要な人数はサイズに比べ多少減るものの、現役だった頃のカタログスペックを見ると、最低人員は500名からだ。

過去の運用記録を見ると800人から1000人で動かしていた事が多いようだ。

人手不足の嵐が再び到来した。

付喪神とか人外種族の船員とかファンタジー的に頑張って、運用に必要な人数を減らす予定だが、ワイバーンの人員削減率から考えても、1隻当たり400人前後、3隻で1200人は最低限集めて、改造が終わる前に船員として最低限の教育をして、その後に訓練も必要だろう。

「今日の分、面接のノルマ100人終わったな……やる気があるのは良いんだが、明らかに子供や老人が混ざっているのは、どうにかならないか？」

「『ヴァルナ』ステーションで募集かける以上、諦めてほしいのです。おとーさんやおかーさんが頑張って、ぎりぎり仕事には困らないようにしているけど、その日暮らし以上が望める仕事先は少ないのです」

「故郷の成長期(高度成長時代の日本)を思い出すな。なら女性の応募が圧倒的に多いのも？」

「危ないけど稼げる仕事は体力勝負な事が多いから、どうしても男性の方に雇用が偏るのです。だから、魔王軍(うち)みたいに女性でも入れる、危険だけど給料の良い職場があると、集まってくるのですよ」

おやっさんとリゼルとメカニック系の船員達が嬉々として搭載予定部品の魔改造をする傍(かたわ)ら、俺とライム、ミーゼ、アルテは人員の募集と面接をひたすら繰り返す事になった。

海賊退治した影響で『民間軍事企業・魔王軍』の名前が『ヴァルナ』ステーション内で有名になってきていたので、前回より多数の求人応募が殺到してくれたので助かった。

今回は男性アドラム人も応募してきたので、艦内の男女比を1：9は確保するつもりでいる。できれば2：8くらいにしたい。

ブリッジクルーには俺がワイバーンでやっているような魔法使い枠を確保するのに、艦長とブリッジクルーの半分くらいは待望の女性淫魔で揃え、船の付喪神をアドバイザーにする予定だ。

契約してきちんと対価を払っている淫魔は知能も忠誠度も高く、魔法の行使も出来るのでうってつけだった。男性船員には通常の業務以上の疲労を強いる事になるが、残業手当を付けるので頑張ってほしい。

「イグサ、この魔導書みたいの何？」

「今度うちに入ってくる女性淫魔達が決めた、鉄の掟と血判状をまとめた本だな」

「そんな厳しい条件求めたの？」

「いいや、きちんと働けて給料が出て、食事（精気）も出る職場、SF世界のご時世だと貴重だからと、自主的に持ってきた。内容はかなり真面目な代物だったぞ」

「人が多いこの世界で淫魔が仕事先に困っているの？　とても不思議」

「普通の歓楽街で夜の蝶をやっているお姉さん方とか、商売敵が多いそうだ。女淫魔のまとめ役は中世の宗教による規制が厳しかった時代とか、定期的にある規制が多い時代の方じゃないと淫魔の需要が高まらないと愚痴っていたなぁ……」

――いや、淫魔は女性だけじゃなくて、男性淫魔もいるんだが。

以前試しに召喚した『色欲』の名誉称号を持つ、大悪魔でもある男性淫魔がな……時代のニーズに応えるのに、どこに出しても恥ずかしくないハイレベルな男の娘（こ）だった。

何でも淫魔は偶然に召喚されるくらいしか機会がないし、偶然召喚される事があっても大抵は深い業と欲望を持つ男性が多いので、そっちに呼び出されても大丈夫なように、男性淫魔はほぼ全員が武器じゃない方の意味で二刀流だそうだ。

そして、方向性こそ違うもののライムやミーゼよりも美少女に見える大悪魔が俺を見るなり「生まれる前から愛していました！」と、契約とか色々な手順をブッチして告白してくれた。

……うん。その日以来、そいつの召喚魔法陣は厳重に封印してある。

色々怖いのでそれ以来他の男性淫魔達も召喚していない。

俺も守備範囲は広いし色々業も深いんだが、普通（一般性癖）に女の子が好きなんだ。すまん。

◇

船員達に信頼されてきたのだろう。

ワイバーン乗組員のほぼ全員が前に仕込んだ主従契約が成立し、ファンタジー的なステータスを俺が直接操作できるようになった。

具体的にどうなったかと言えば、一般人から「魔王の僕（しもべ）」になった形になる。

SF世界の住人は「鑑定魔法」で能力を数値として見る事ができるが、ファンタジー的なステータスを自覚する事はないし、何をしてもレベルが上がる事はない。

当然、自覚的にステータスの操作や割り振りを自分では出来ないんだ。

恐らくだが、鑑定魔法で見えるステータスとスキルは本人が今持っている能力、ステータスポイントやスキルポイントは潜在能力的なものにあたるのだと思う。

乗組員達の適性と本人の希望を聞きながら、ステータスやスキルを成長させるついでに、「教導」や「訓練」といった教育系スキルを取得させて、新入社員の面倒を見てもらう予定だ。

うん、ツッコミたい気持ちはよくわかる。

SF世界でも能力を鑑定魔法でステータスやスキルとして数字で見る事ができるのは、理不尽だがまだ納得できる範囲だろう。

だが、使い魔契約や主従契約をしてファンタジー的な要素が混ざると、経験値も上昇するようになり、レベルアップもするようだし、ステータスポイントやスキルポイントの割り振りまで出来るようになったのには、俺ですら理不尽なものを感じた。

非常識だと非難してくれても構わない。ファンタジーも魔王も非常識なものだとしか答えられないが。

「なぁ、ワイバーン。使い魔や僕になればSF世界の住人もレベルアップするの、不思議に思わないか?」

『付喪神のワイが言うのもなんですが、不思議なもんですわなぁ。ワイを見たり魔法を受けてもそうならないのに、魔王様の関係者になると法則が適用されるっちゅうのは、リゼルの嬢ちゃんじゃないですが、理不尽なものを感じますわ』

「そうだよな。とはいえ、その辺りの法則の基を調べるなら時間が随分取られそうだ。今は使えるから便利と納得しておくか……」

『棚上げってのも時には必要ですわな』

さて、先の戦闘で直接戦闘した俺やライム以外でも、ファンタジー適応した船員達が全員、最低でもレベル8以上に成長していた。

ファンタジー的に考えれば、原因は説明できる。

あの特殊海賊空母を撃破、ステーションの制圧の仕事をした際に、艦内にいた船員が「パーティ」のように扱われて、パーティ用経験値配分的なものを取得したか。

あるいは海賊退治の任務がクエスト扱いで、クエスト達成ボーナスでも入ったか。

ファンタジーやRPGではよく見かけるシステムだな。現実に似たような事が起きるのは理不尽感が強いが。

そんな説明をライムとミーゼにしてみたんだが。

「うん、ファンタジーなら普通」

「おにーさんと話していると、たまに現実感が消え去るのです」

随分と対照的な意見を頂けた。

意外な提案をしてくれたやつもいた。

『魔王様、資金に余裕があるなら輸送業をやってはどうです?』

「珍しい提案だな。お色気なグッズの運送でもやる気か？」

人物鑑定や虚偽看破など、人事系にスキルを割り振った船員に、面接を任せられるようになり、忙しさが一段落した頃にワイバーンから提案があったんだ。

『そっちも捨て難いんですが、今回は別件ですわ。暇な時間使って色々物価調べていたんですけど。どうにも物流が今ひとつ上手く流れてないんです』

「……興味があるな、具体的に頼む」

『はいな。海賊の跳梁跋扈が1番の原因だと思いますが、エネルギーキューブ（ステーションの電力等をまかなう一般的なエネルギー源。現代で例えるなら石油やガス）や汎用オーガニックマテリアル（食料を人工的に合成する際に必要になる素材）みたいな『単価が安くて値段の割にサイズがかさばるけど需要が無くならないもの』を中心に随分と相場が高騰しとるんです』

「詳しい情報を送ってくれ」

携帯端末に送られた情報を見ると、確かに中央星系と外縁部の相場に随分と差がある。

しかも一カ所だけではなく、アドラム帝国と周辺国のほぼ全てで高騰しているな。

一部、前に俺達が出向いて近距離交易で荒稼ぎしたステーションの周辺は落ち着いているが。

『単価が高いもんは護衛でも何でもつけて行けるんでしょうが、単価の安いもんは護衛雇うと利益が飛ぶから小口運送じゃ護衛をつけられません。外縁部の海賊発生率はこの前のフィールヘイト宗教国との戦役以来上がりっぱなしです。で、中央星系から運送すれば堅実に儲けられそうなんですわ』

「……確かに目の付け所がいいのです。でも海賊への対応はどうするのです？」

近くで休憩していたミーゼまで交ざってきた。嗅覚が鋭いな。

『まず安全面ですが、今度の巡洋艦と同じ形式が良いですな。男船員と淫魔の姉さん方をセット運用すれば、ある程度は魔法で誤魔化しが利きそうですわ。輸送船は戦闘前提の設計ではないので乗員10から20名程度、人数的にも負担は少ないです。で、肝心な海賊対策ですがドローン・ファイター（無人自律戦闘機）でいこうかと」

船本体に防御力や戦闘力をつけようとすると、色々と改造項目が増えるから納得だ。

戦力の外付けは考えた事が無かった。

「ドローン（無人自律機）嫌いのアドラム帝国じゃ少ないけど、他の国の輸送船なら戦闘用ドローンを載せてある船も多いと聞くのです。でも、ドローンは船倉を圧迫するし、コストが高くつくのですよ？」

確かに海賊を追い払えても、利益以上にコストがかかっては意味が無いな。

『へぇ。そこでちぃと旧式でも再利用可能な型のドローン・ファイターを魔王様にファントムアーマー（全身鎧のゴーレム系モンスター）の連中と同じように魔物化してもらえればいけるんじゃないかと』

「ああ、なるほどな。確かに中古の宇宙戦用装甲服を素材にしたリビングアーマーは、ファントムアーマーという上位種の魔物になって、ただのリビングアーマーより頭が良い上にレベルも高く戦闘力が高かったな」

宇宙船用の装甲服を着た訓練受けた人間が、同じ数のリビングアーマーと良い勝負をするくらいの戦闘力だが、装甲服を魔物にしたファントムアーマーはリビングアーマーの数倍は戦闘力があるし、その上知能が高いので魔物としての格が随分と上だ。

『魔物化の際に戦闘力の強化も見込めますな』

「ドローン・ファイターの魔物化ならリビングアーマーと同じゴーレム化か。……試してみる価値はありそうだな。ミーゼ、旧式でも故障品でも良いから、中古品の再利用ドローン・ファイターを10機程度手配してくれるか？」

「そのくらいなら大して予算もかからないのです」

ミーゼは愛らしく頷くと、早速携帯端末を叩いて手配を始めてくれた。

翌日、戦闘の予定もないので最低限の人員でワイバーンを出港させ、『ヴァルナ』ステーション近くの宙域に停泊させていた。

俺はワイバーンの格納庫に設置されたドローン射出機と、そこにセットされたドローン・ファイター達の前に居た。

ミーゼが手配したのはアドラム帝国製「ＡＲＳＷ-１５６６０Ｆｖ６　ウォッチャーズ・アイ」という小型のドローン・ファイターだ。

全長は８ｍ程度、近未来的な航空機と潜水艦を混ぜたような流線型なデザインが、いかにもＳＦ感があって好みのデザインだ。

いつかの汚染惑星で戦ったドローン・ファイターよりずっと小型の、数を頼りに敵へ襲いかかるタイプだという。『船の墓場星系』でお手軽に入手できる辺り、旧式化具合は察してほしい。

ドローン・ファイターに限らず、ドローンは機種更新の頻度が高いので、ワイバーンよりはずっと若いようだが。

『死霊魔法発動：ゴーレム生成Ⅸ／対象拡大Ⅹ』

最近得意になってきた、指を鳴らすのをトリガーに魔法が発動すると、ドローン・ファイターの正面についているモノアイ(単眼カメラ)に赤い光が宿る。

赤い光が宿ったモノアイが一斉に俺の方を向くのは少々ホラーな光景だな。

雰囲気は目覚めた子犬が主を捜しているのに近いが、子犬にしてはフォルムがいかつ過ぎる。

『法理魔法発動：鑑定Ⅴ』

ドローンの一体に鑑定魔法をかけると予想以上のステータスになっていた。

『ドローンゴースト　レベル58』

かなりレベルが高い。攻撃力や防御力の補正も相当ありそうだ。

基になったドローン・ファイターに比べてシールドや火器にどの程度補正がかかるかは疑問が残るが。

「さて、ドローンゴースト達。俺が主だ、分かるか？」

「――――、――、――――」

こっちを見ていたモノアイに宿った赤い光が点滅して意思を返す。

ドローンにはスピーカーも無いから喋れないか……いや、通信はできるよな。

「ワイバーン、ドローン達へ通信回線を繋げて、ついでに信号を言語に変換して表示してくれ」

『了解ですわ』

ワイバーンの返事と共に、汎用端末から投影表示されたウィンドウに文字(テキスト)が流れる。

『初めまして魔王閣下。我等ドローンゴーストはこの身朽ちるまで忠誠を捧げます』

普通に礼儀正しいな。

「お前達の忠誠、大変うれしく思う。今日はお前達の評価試験を行う。今後の仕事にも関わってくる事だ、ワイバーンの指示を聞いて働きを見せてくれ」

『『了解(イエス、サー)』』

……うん、了解の中に「いえす、まいろーど」とか「やぼーる、へるこまんでる」とか混ざっていたのは気にするのを止めよう。

知性が高い魔物はどうしても個性が出てくるな。

その日に行った性能評価試験で、ドローンゴースト1機で最新鋭のクラス3戦闘機（各国の主力戦闘機相当）を楽に撃墜できると出て、評価試験を見学していた船員達が乾いた笑いを浮かべていた。
あまりに評価が高かったので同型の中古ドローン・ファイターを買い占めて、ワイバーンや今後増える巡洋艦の艦載機としても使用する事になった。

運送業の方だが、いきなり資金を大量投入するのは冒険が過ぎるので、まずは試しにと「ARTS－CC4－20003B　ネプチューンB型」という、アドラム帝国ではありふれた型の中型の輸送船を3隻購入して、ドローンゴーストを防衛用に搭載。

輸送船を運航する船員に、独身の男性テラ系アドラム人1人と、女性淫魔2人を最低1セット、可能なら交代も考えて3セット乗ってもらう事にした。

『魔王様も初出航の見送りとは律儀ですなぁ』

「まあ一応な。最初の交易船だから、1隻あたり男性社員3人、女性淫魔6人、女性社員10人の19人体制。ドローンゴーストも1隻あたり10機と修理部品を載せたから、心配はいらないと思うが」

『輸送船1隻にクラス3戦闘機10機の護衛と考えれば過剰も良いところですなぁ……』

基本的な「食事」の交渉とかは女性淫魔達に任せる予定だ。「枯死させないように」と命令してあるので、できる限り守ってくれるだろう。

男達も普通に働いてもらうし……うん、独身男性として幸せに満たされるだろうが、枯れ尽きないように頑張ってほしい。

売買もしないといけないので、トレーダーが使っていた旧型の携帯端末を付喪神化して、運航や商業アドバイザーを担当してもらう。

輸送船は魔改造もしないし『船の墓場』星系でもありふれたものなので、すぐに購入してドローン射出用の改造と全体を簡単に改装した後に送り出した。

ワイバーンと同じく純白の海軍仕様塗装をされた船体にはこう書かれている。

『民間軍事企業・魔王軍兵站課（PMC.DLA.LS:Dark lord Army Logistics Section)』

　余談ではあるが、最初に送り出した3隻のうち1隻は最初の目的地だった外縁部にある汎用オーガニックマテリアル製造ステーションへ辿り着く前に、撃墜や拿捕した海賊機とジャンク品で船倉が満杯になり『ヴァルナ』ステーションへ引き返してきた。

　後で船員達に聞き取り調査をしたが、ドローンゴースト達の戦力や働きは十分すぎるほどで、安心して航海できたと答えてくれた。

　スケジュールに余裕が無くワイバーンで護衛できなかったが、輸送船が戻ってくるまで俺が落ち着かない様子だったとリゼルに揶揄されたが、仕方ないじゃないか。直接指示できない所へ部下を送り込み、仕事を任せるのは初めてだったんだ。

　かなりの売り上げが出たので、これから輸送船を次々に増やすというし、慣れないといけないのだが、悪として身内への甘さがつい出てしまいそうになる。

　……せめて生命維持システムとブリッジ周りの防御力を増やしてもらうか。

◇

　海外で使われる通称の「ショットガンマリッジ」というのをご存じだろうか？

　日本で言えば「出来婚」最近じゃ「授かり婚」とか言うらしいが。

　海外では妊婦の父親がショットガンを相手の男に突きつけて「俺の娘と結婚して責任を取るか、

ここで死ぬか選べ」と迫る……という笑えない話だ。

いや、実際に行われる事もあるのだろうが。

どうにも未来世界にもショットガンマリッジは存在するらしいが、長い年月の間に内容が若干歪(ゆが)んで伝わっていた。

歪み方はこうだ。「未婚の妊婦の父が妊娠発覚から出産までの間に、相手の男をショットガンで物理的に制圧した場合、自動的に婚姻が成立する」という物騒な方向へ歪んでいる。

『ヴァルナ』ステーションにも伝わっていたが、今では年寄りと一部の物好きしか知らない古い風習らしい。

その古い風習を嬉々として持ち出して、法的にも認めさせようとする権力者がいた。

まあ、先日から突撃散弾銃を二刀流して襲撃をかけてくるリゼル父な訳だが。

もう色々ばらしても良いよな？

テラ系アドラム人は現代地球人と大差はないが、獣耳系のアドラム人の妊娠・出産期間は概ね2ヶ月から3ヶ月の間だという。

動物達と同じくらいの速さだが、流石に1度に多産という訳でもなく、普通は1人、多くても双子程度が多いらしい。

人員募集と同時に実施した、社員への健康診断で発覚したのだが、リゼルが妊娠1ヶ月目、後1から2ヶ月で出産するという。

やればできる。含蓄深い言葉だよな。

それを聞いたリゼル父は法律家や弁護士をまず抱きこんだ上で、突撃散弾銃を両手に毎日のように襲撃してくるようになったし、リゼル母は上品にあらあら笑いをしていたが、色々と嬉しそうではあった。

リゼル母のあらあら笑いの中に「――――計画通り」的な鋭い瞳が混ざっていたのは、気がついてない振りをしておいた。

もうすぐ生まれる子供はリゼル母が乳母をつけて実家で育てるようだし、今後の行動に支障はないものの、一時期周囲には緊張感を含んだ微妙な空気が漂ったものだ。

『イグサ様……その、随分とほっそりした面影になりましたな』

「自室で休息や睡眠していると、ライムかミーゼかアルテがやってきてな……」

リゼルができたなら自分もと狙っているのだろうな。場合によっては連戦になるので、俺の体力や生命力的なものが削られている。

近頃のライム、ミーゼとアルテは顔艶どころか、髪の毛や肌の艶までいいから、魔王の魔力的なものが含まれた液体すら利用するように適応してないか？　凄いな、人類。

『それでこのところの連続夜勤ですか。このスケジュールで体力は持ちますかいな？』

「正直なところ、夜勤中に仮眠取った方が睡眠時間を確保できて楽なんだ。割と命の危険を感じているので、そっとしておいてくれないか？」

『難儀なもんですなぁ……』

当のリゼルは全く気にしてなかった。というか少し前から自覚があったようだ。

今日もおやっさん主導で作製している、巡洋艦用のリアクター改造に嬉々として参加しようとして周囲に止められていた。

子持ちになろうとも、これから更に増えそうな予感をひしひし感じようとも、魔王である事や悪の美学を捨てる気はさらさらないが！

「イグサ、私も子供が欲しい」

背中から抱きついて耳元で呟くライムの言葉に、幸福感とか充実感とかよりも、軽い恐怖と遠くに旅に出たくなる衝動を感じるのは、魔王以前に男として仕方が無い事だと思わないか。

魔王、三人の魔女を従える

『魔王様、私共(わたくし)に魂を与えてくださった事、感謝致します』

ワイバーンのブリッジに20歳前後のすらりとした長身に、蛍光色の青い長髪をした似た顔立ちの女性の投影立体映像が3人、臣下の礼を執っていた。

3つ子だと言われても違和感が無いほど似ている女性達はそれぞれ、髪の毛を右、左、後ろで結って個性を出していた。

顔立ちはややきつめの印象を与える知性的でもありながら、肉食系の動物のような鋭さも兼ね備えている。

　この3人は、この前購入してようやく『ヴァルナ』ステーションへと到着した、ユニオネス王国製ハングリーウルフ級高速巡洋艦から生み出された付喪神達だ。

　やっぱり船に宿る人格なら、普通女性だよな？　女性かつ巨大な船を操り、船内ならどこでも神出鬼没で、投影画像に実体はないと、ミステリアスさも含めて未来世界における魔女のようだ。

　まかり間違えてもエロ中年オヤジ（付喪神の方のワイバーン）とか、普通無いよな……？

　旗艦をワイバーンからこの子達のどれかにしようか、かなり本気で考えたものの、エロに理解があって浪漫も解するワイバーンは手放し難い。辛すぎて血涙が流れそうだ。

『そして魔王様、やる事が無くて暇なので、ゲーム等の娯楽品とかを仕入れてよろしいでしょうか』

「……まあ、改修が終わるまでは暇だよな。許可する、予算額はミーゼと話し合うように」

　現在『ヴァルナ』ステーションのレンタル（貸し）気密ドックに、この娘達の本体である高速巡洋艦が停泊し、おやっさんとその弟子達、メカニック系船員、日雇いのステーション住人やおやっさんの趣味仲間まで動員して3隻同時に改造と改修が進められている。

　ワイバーンと同じく魔法前提の無茶な設計で魔改造の域に入っているため、あらかじめ交換部品の作製とかを終わらせていたものの、時間がかかっている。

　おやっさんとその弟子たちも、ついでに集められた趣味仲間も最高に楽しそうな顔をしているな。

　既にそれぞれの船の艦長やブリッジクルーも着任していて、今は操作や運用に慣れている最中だ。

20代の妖艶なお姉さんという外見の女性淫魔が、それぞれ艦長とブリッジクルーの重要なポジションについて、それを補佐する場所に新入社員の男性アドラム人船員がいる。

そんな日々の中、再びワイバーンのブリッジを訪ねてきた3人娘は、皆涙目だった。

「挨拶はいい。で、今日は何の用なんだ？」

『はい、昨日も夜間のブリッジで艦長のカンナさんと……そのブリッジクルーの犬耳の男の人が、ですね』

真っ赤な顔をして訴える巡洋艦姉妹の末妹セリカ。

髪型でも区別がつく、長女の右テールはアリア、その艦長はアンヌ。

次女のポニー娘はベルタ、艦長はベアトリス。

三女の左テールはセリカ、艦長はカンナという命名方式にしている。

単純なA、B、C順ではあるが、わかりやすさは大事だ。

そしてこの娘達、軍人風ワイルド系女子な顔立ちしている癖に、元の乗組員が品行方正なユニオネス王国軍人だったせいか、エロ方面に免疫がほぼ無かった。

女性淫魔達が食事……異性から精気を吸い取っている光景を最初に見た時は卒倒したそうだ。

付喪神の癖に初心（うぶ）すぎやしないか。

『あの、艦内の不純異性交遊を禁止にしたらどうでしょう⁉』

そして一番エロい事が苦手なのが末妹のセリカだった。涙目を通り越して実際に泣いている。

「却下だ」

そんな事をしたら俺が死ぬ。主に男としての大切な何かが。

艦長やブリッジクルーになるほど真面目に勉強して、有能さを発揮した淫魔達も餓えてしまう。

「やだー！　私の艦内でふしだらな事されるのやー！」

幼児退行してないか。付喪神の基になった船の艦歴はワイバーンより長いだろうに。

結局ワイバーンの秘蔵動画集をノンストップで5日間に亘り見せ続け、慣れさせる事にした。

その結果、随分慣れたようだが年季の入った初心な性根は直らなかった。

これからも女性淫魔達の食事風景を見ては赤面するのだろう。……それはそれで美味しいな。

◇

「なぁ、イグサの兄ちゃん。こいつらの竜骨をワイバーンと同じ素材にできないか？」

社員になってもおやっさんは俺を兄ちゃんと呼んでいる。この気安さも新鮮でいいものだな。

「率直に言えばできるが、手間がかかる。強化が必要か？」

「ああ、アダマンタイト結晶（ワイバーンの船体にも使われている、錬金魔法で変化させた魔法素材）だっけか？　未だに分析できなくて詳細不明なアレ、戦闘艦の竜骨と外殻に最高なんだ。硬いだけの金属なら似たようなもんがあるんだが、ほどよい強度に柔軟性がある上で、復元性が他の素材と比べても段違いでよ。こいつらの竜骨に外殻も頼めるか？」

おやっさんにはファンタジーな魔法の事も話してある。技術屋として少し苦い顔をしたものの「便利ならいいか」と納得してくれた。

「わかった、流石にこのサイズは骨が折れるが、やってみる」

　こういう時に魔法の熟練者が欲しくなるんだが、高位魔法を連続で使えて、俺が使役できそうなのが「あなたの為なら何でも出来るよ」と真剣に告白してきた、男の娘な色欲の淫魔王くらいしか浮ばない辺り、ファンタジー分野での人材不足も実感する。

　魔力消費的には問題なかったものの、３隻の竜骨と外殻をアダマンタイト結晶にするのは骨が折れた。竜骨は１つの金属として繋がっていてサイズが大きいので魔力消費が大きいが、錬金魔法１回で変化させる事ができる。

　問題は外殻なんだよな。船の装甲板の下に広がる――あるいは外殻を守るように、その上に装甲板を張っているともいう――外殻は交換を前提に設計されているせいで、部品が独立しているために錬金魔法で一気に変換できず、移動しては魔法をかける作業が大変なのだ。

「錬金魔法……移動して錬金魔法。巨大な障子紙の紙を貼り替えている気分だな。先を考えると嫌になるから無心で作業するしかないが」

　周囲を見渡すとドック内の様々な場所で作業の光が見える。

　折角購入した高速巡洋艦だが、船体を構成する中核の部品と内装以外は、かなりの部分を交換する事になっている。

　船の基幹部品とも言えるリアクターに推進器まで全交換するのは、日雇いで雇った作業員達が呆れていた。

　これなら新造した方が早いんじゃないかという声も上がっていたが、低予算で部品交換できるのはジャンク品や旧型の中古部品を組み上げて魔改造できる、おやっさんと趣味仲間達あっての事であるし、交換して取り出した部品も稼働する中古品として割といいお値段で売れる。

同じ性能の高速巡洋艦を建造する場合の見積りをミーゼに見せてもらった時は、気が遠くなったもんだ……いや、魔改造度合いがおかしいのもわかるのだが、最新型の巡洋艦の方が安いくらいだ。

「性能も非常識だけど、同じものを造ろうとした時の値段も非常識なのはわかったです？」

「目眩がする値段とコストパフォーマンスだな。出航して1週間以内に、重要部品消耗のため修理ドック入りというのもな。回復魔法のありがたさがよくわかる」

「ありがたい以上に非常識なのです」


「外した主砲も梱包してコンテナ入りだ、手荒く扱うんじゃねぇぞ。孫を抱いている時くらいの丁寧さでな！」

現場監督のテラ系アドラム人の老人が指示を出して主砲交換作業が続いている。

あれは確かおやっさんの趣味仲間の一人、ご隠居とか言われていた老人だな。

高速巡洋艦姉妹の武装は、主砲を高エネルギー粒子砲、副砲が衝撃砲の予定だ。

丁度、ワイバーンの主砲副砲と逆パターンだな、副砲の衝撃砲もワイバーンの主砲より高出力なものが装着されている。

高エネルギー粒子砲と衝撃砲は、どちらも汎用性が高く弾速の速さが特徴。

アドラム帝国では一昔前に流行した武装だという。

フィールヘイト宗教国では高エネルギー粒子砲がトレンドらしいが、アドラム帝国では弾速が遅い代わりに火力の高い集束プラズマ砲が最新の流行だそうだ。

一昔前に流行したものだから、『ヴァルナ』ステーションで、ジャンク品として多く流通しているし、安く買えるんだけどな。

ＳＦ世界の住人も非合理的な無駄をするようで、どこか安心した俺がいる。

３隻の高速巡洋艦のうち、末妹の付喪神・セリカが宿っている高速巡洋艦セリカだけ毛色の違う改造をされていた。

「『天使の翼』テスト展開急げ、５分後に天使の輪もテスト出力で起動するぞ！　作業員は焼かれないように逃げろよ！　人体にどんな影響あるか不明なんだからよ！」

おやっさんの大声が響くと、作業員があわただしく移動を開始する。

他の２艦は対艦戦闘を主軸に考えられているが、セリカは展開・収納式の情報電子機器を数多く搭載した、索敵や分析を得意とする電子戦仕様の艦になり、更にワイバーンとの接続ポートを造った上で大気圏突入・離脱と大気圏内航行能力まで持たせている。

電子戦仕様までは予定通りだったんだが、大気圏突入・離脱能力やワイバーンとの合体能力はおやっさんの趣味だ。

改造もお手軽でコストも安かったから俺も許可を出したんだが。

電子戦仕様なので他の高速戦艦より若干戦闘力が劣るが、ワイバーンが合体する事で、他の艦と同等の戦闘力になるとか浪漫じゃないか。

……海賊相手にその機能を使う日が来るかは。疑問の余地が残るが。

「よーし、セリカ。天使の翼を部分展開しろ。ドックの壁にぶつけねぇようにな」

『はい、エンジニアチーフ。エンジェルウィング・ブート、展開率12%、エンジェルハイロウ、テスト出力で起動』

セリカの船体装甲がずれて隙間ができると、装甲内部に格納されていた、薄い翠がかった透明なアダマンタイトセルで構成された、8枚の巨大な板状の翼がゆっくりと花が開くように展開し、ブウン……と鈍い音と共に翼の先端を繋ぐように発光して、桜色をしたリング状の力場が発生する。

「綺麗なものだな。原理とか謎なんだが」

「ん。好きな色」

「科学的に証明できない発光現象とかいやなのですよぅ……。しかもイグサ様、これ狙って造ったんじゃなくて、適当に造ったらできたものですよね？」

「休憩時間に弄ってみたらできた。アダマンタイト結晶の外殻を造るだけの作業が暇すぎてな……」

趣味で造ってみたアダマンタイトセル。アダマンタイトを結晶化する一歩手前まで練成したら細胞状になって安定したので、薄い板を造り積層させてみたら、自己修復力を持つ謎金属になったので、おやっさんに見せたらこんな代物を造ってくれた。

どうやらセンサー類として最適な代物らしく、展開させるだけでもパッシブセンサー及び通信用のアンテナとして非常に優秀な上、リアクターから出力をかけると出現する、艦体を取り囲む桜色の力場は、高精度かつ広範囲へ作用するアクティブ（能動）センサーとしても使えるという。

この光の輪、原理は不明だがある程度の重力制御能力も持ち、これを展開させている間は惑星の重力圏でも重力を無視して浮く事が出来るという。

そんな事を2人の姉に自慢していたセリカだったが、姉妹のスキンシップという名のくすぐり地獄の刑に処されていた。

こいつらも付喪神なのに人間くさい動作が多い。感情が豊かなのは好感が持てるが。

◇

SF世界で、人類の大半はステーションで暮らしているらしいが、ステーションの多くは銀河標準時間で朝から昼、夕方から夜、そして朝になるサイクルを繰り返している。

――――そう、夜が過ぎれば朝になるんだ。

久々に船以外のベッドで目覚めた朝、窓からは環境効果音らしい鳥の鳴き声が聞こえてくる。

そう意識した時に頭の芯へ響く鈍痛、久方ぶりの二日酔いだろう。そして、問題なのは朝起きた時に、ベッドに寝ているのが1人じゃなかったという事だろうか。

これは俗に言う「朝チュン」というシチュエーションなのだろうか？

人員の募集も大体終わり、高速巡洋艦1隻当たり約350人前後の人員を確保した訳だが、その後は非常に暇になってしまった。

出撃しようにも高速巡洋艦達はまだ改装が終わってない。

高速巡洋艦の船員達もドック内で基礎訓練中であるし、ワイバーンからも高速巡洋艦に教官やリーダーとして転勤した船員が多く、停泊した艦内での新人教育が続いていた。

ワイバーンはベテラン船員（魔王軍内比較）の数が多いので、訓練も順調に進んでいた。

リゼル父の襲撃も、先日初孫が無事に生まれ、今はそっちに首ったけで、最近は顔すら見ていない。平和なのは良い事だ。

獣耳系のアドラム人は、生後1年で地球系アドラム人の5から8歳程度くらいの体まで急成長し、年齢が追いつくまでその姿が続き、男性は13から16歳で、女性は個体差が激しいが15から30歳前後で外見の成長が止まるそうだ。

随分と都合のいい種族だと思うが、元々人が作りだした種族なのだから、都合がいいのは当たり前だよな。

ちなみに生まれたのは女の子だそうだ。

母親に似て残念な性格に育たない事を祈るばかりだな。


さて、暇になったものの社員達を待機させるだけで給料を払うのも勿体ない。ワイバーンの船体操作の慣熟に白兵戦訓練、ドローンゴーストの射出と回収、整備作業など、色々な訓練漬けな日々が続いていた。

訓練ばかりでは息もつまるだろうという事で、屋台街の一角を借りてワイバーンと高速巡洋艦で訓練中の船員達を集めて飲み会をする事にしたのだった。

幸いな事に、民間軍事企業「魔王軍」は『ヴァルナ』ステーションだとかなり評判が良い。

仕事を探していた女性を多く雇ったので、家族に親戚や友人など、ステーションのどこかしらに船員の親族や知人友人など、知り合いがいるケースも多いし、リゼル母からもう50人ほど追加で雇った武装メイド隊が社長付き秘書室という名目で風紀取締りをしているため、陸（ステーション内）で荒事を起こす事も非常に少ない。

多めに料金を支払ったせいもあって、歓迎ムードな屋台街での飲み会になった訳だが、男ばかり集めれば馬鹿になるというが、女ばかり集めると恥や外聞が砕けるようだ。

飲み会が始まって2時間程度経ち、酒も食い物も十分に行き渡る頃には、女性に憧れを持つ青少年にはお見せできない惨状になっていた。

俺や一部の船員とメイド隊は、急遽貸切にしてもらった大衆酒場の座敷に酔いが脳まで回った船員達を押し込めるなど苦労をしていた。

一緒に苦労した船員達は酒が苦手な船員達であったし、俺に至っては「毒耐性レベル10」のせいで酒に酔えなかったからだ。

酒の席で素面なヤツほど苦労をする。よく覚えておいてほしい。

早々に酔いつぶれたミーゼをアルテに預け、もういい加減酔ってしまいたかったので毒耐性減少魔法（デバフ）を自分にかけた上で、お酌をしてくれた牛娘（姉）のユニアが勧めてくれたウィスキーっぽい酒を飲み、ようやく素直に酒を楽しめて、結構速いペースで飲んでいた。

いつもはしっかり者の牛娘（妹）のルーニアも相当酔っていたのか、軟体生物と化して俺に寄りかかってケラケラ笑っていた。

こういうのもたまには良いかと、更にグラスを傾けていたはずなんだが——どうにもその先の記憶がない。

思った以上に毒耐性減少魔法が効きすぎた上に、ウィスキーの水割りみたいな酒も、見た目や味の割にアルコール度数が高かったようだ。

ただの人間だった頃は、素直に酒を楽しんで飲むような性格ではなかったし、魔王になってからは毒耐性スキルのせいで酔う事もなかった。

そうか、俺は酒の飲み方が下手だったか。

そしてここはどこだろうか。

ワイバーンの船内じゃない所を見ると『ヴァルナ』ステーションの中だと思うが。

何故か微妙に狭い、家庭的なサイズのベッドに2人で横になり、牛娘（妹）のルーニアが俺の腕を枕にして寝ていて、いかにも牛！　と自己主張の激しい胸元が非常に目の毒になっているが。

ほら、これはアレだろう？　ラブコメでよくあるシチュエーションってヤツだ。酔って一緒に寝ちゃいましたとか。夜中に寝ぼけて寝床に入り込んで来たとかさ。

ここはラブコメの主人公よろしく「やれやれ」とか言いながら紳士らしく対応するところか？

魔王になってまでラブコメやる事になるとは思っていなかったが。

ま、念のために確かめてみるか。ぺらりと体を覆っていたシーツの中を見て確認する。

「……ぉう」

ぱたん、と静かに元に戻した。お互い服を着てない上に体液的なものが色々付着していた。

ラブコメではないようだ。普通にアウトだった。

脳裏に野球の審判姿の中年男性が「アウトゥー！」と非常に良い発音で叫ぶ姿が浮かぶ。

さて、ここは勇者なら責任を取るからと愛を囁くところなんだろうが、生憎俺は魔王なので、静かにフェードアウトする場面だろう。なに、地球の宗教でも処女懐胎とかあったんだ。

いざという時でも大丈夫だろう？　うん、きっと。

静かに逃走する事に決めて、そっとベッドから離れようとした時だ。

「おっはよう、ルーニアちゃん。朝だよ、二日酔いは大丈――――ぶ？」

ばたーん、とドアを開けて牛娘（姉）のユニアがタイミングよく顔を出した。

相変わらずの美声だが、私生活では随分と砕けた喋り方をするんだな。

そして非常に間が悪い。俺の姿を見て固まっている。

――――大騒ぎになった。


結局、全員泥酔していた上に記憶が曖昧なので無かった事にしよう。万一の時はその時考える。

という事で落ち着きそうだったんだが……。

「そんなのは嫌です」

ルーニアから駄目出しが出ました。

「でもルーニアちゃ……ルーニア、どうする気なの？」

ユニアもようやく、ぽわぽわしていた空気を押し込めて、きりっとした外見を取り繕ったのだが、手遅れ感が大きい。

「……社長」

付き合いが長いお隣の幼馴染に、面倒見のよい委員長に、スポーツ少女を足したような印象のルーニアだが、かなり思いつめているようだ。

さっきから小声で「しょうがないよね」とか「こうなったからには」とか呟いているから間違いない。

「責任を取って愛人にしてください」

……さて、どこからツッコミを入れたものか。愛人にするというのは責任を取るうちに入るのだろうか。それとも色々な過程をすっ飛ばして、行き着く先みたいな告白をしているところだろうか。

「今ならお姉ちゃんもセットでついてきます」

「えっ？」

姉のユニアもあまりの内容に目と口を丸くしてハニワ顔になっている。

「ああ……うん、はい。わかった。愛人なら何とか」

責任を取ってと言い出された辺りで、逃亡をちらっと考えたが。

その先が斜め上すぎて思わず返事してしまった。

混沌ぶりが加速する中、とりあえずシャワー浴びたり服着たりして身だしなみ整えて、全員一度落ち着いてから話を聞いた。

ユニアもルーニアもあまり裕福ではない家庭で育ち、両親が潰した工場の借金のカタに親戚の叔父から、姉か妹どちらか愛人になれとか言われていたという。

危なっかしいが給料がよい戦闘艦のオペレーターをして何とかしていたが、そろそろ断り続けるのも限界になっていたようだ。

「だから2人まとめて面倒見てください。こんな可愛い子が2人付いてくるんだからお得ですよ」

ルーニアはまだ酒が残っているのだろう。妙に目が据わっていて少し怖い。

仲の良い姉妹が離れ離れになって、噂のよろしくない叔父の所にどっちか行くくらいならいっそ……と、今回の一件も重なり吹っ切れてしまったようだ。

真面目な子ほど吹っ切れた時の反動が怖いな……。

そんなルーニアの説明にユニアも納得し、結局申し出を受けた上で2人の借金を肩代わりして払う事になった。

「まあ社長なら……あの叔父の所に私が行ったり、この子を行かせるよりはずっと良いかしらね」

魔王軍はまだ小規模な民間軍事企業だが、戦闘艦や大量の人員を使う以上、動く金額は個人レベルから見れば非常に大きい。

個人レベルの借金程度ならポケットマネーで解決できた。

……解決できなかったらミーゼに会社の予算から何とかしてもらうつもりではあったが。

全ての処理が終わった後、冷静にわが身を振り返ってみた。

知り合いの女性を妊娠・出産させ(リゼル)。

それ以外にも多数の女性と関係を持ち(ライム・ミーゼ・アルテ)。

――なお一方的に持たされた関係は考慮しないものとする。

更にはIC(カネ)にものを言わせて愛人を増やす(ルーニア・ユニア)。

おかしいな、俺は悪を目指しているんだが。

客観的に見ると悪と言うより、人間のクズとして順調にレベルアップをしている気がする。

……魔王だし普通だよな?

ほら勢いに乗って後宮とかつくっちゃう魔王もいるだろう!?

本日の教訓。酒って怖い。

◇

「3番艦セリカからのデータリンク正常、対象との相対位置、予測範囲内であります」

「会敵予想時刻に変更なし、13分後に射程圏内に入ると同時に作戦開始の模様であります」

「ワイバーン乗務員に通達します。本艦隊はこれより第2種戦闘配置に移行します。一般船員はS3以上の保護エリアに移動してください。戦闘員は各部署で配置についてください」

セリカに接続されて高速巡洋艦の一部と化したワイバーンの艦長席に座り、戦闘を前にして高揚した空気に包まれるブリッジを眺めていた。

膝の上にミーゼとライムが座っているので正直前が見辛いが、これも日頃のポーズが大事なので我慢している。

仕事中であるし、この前の一件で酒は暫く飲む気になれないので、常備しているワイングラスにはトマトジュース的な液体が入っている。

格好付かないと言わないでほしい。


高速巡洋艦3隻の改装も終わり、船員の訓練を兼ねて実戦（営業）を行う事にしたんだ。

高速電子巡洋艦セリカの固有装備、天使の翼を最大展開し、巨大な天使の輪を作り出した索敵能力は、強襲揚陸艦として規格外すぎるセンサー能力を持つワイバーンでさえ比較にならないほど広範囲に及んでいた。

そのセリカが『獣道』方面のジャンプゲート近く、星間航路をギリギリ避けるように移動する2隻の所属不明駆逐艦を見つけたので、実戦訓練相手になってもらう事にしたのだった。

「アリア、ベルタ共に艦首に高エネルギー反応、イオン粒子砲発射体勢のようであります」

3隻の高速巡洋艦には改造時、艦首に主力戦艦クラスのイオン粒子砲を搭載してある。

イオン粒子砲は物理装甲に対して威力が低いが、シールドに特効とも言えるほど有効で、強大なシールド出力を持つ大型艦相手に対して、とても有効な装備なんだ。

以前、ワイバーンの武装で特殊海賊空母のシールドを抜けなかった反省を生かしている。

主力戦艦級のイオン粒子砲は、高速巡洋艦の艦首に1門つけるのも割と無理やりだったんだが、主力戦艦はこのクラスの砲を10門以上同時に斉射しても、まだ余裕があるというのだから、どのくらい桁違いな存在かよくわかる。

「セリカは高度隠蔽を維持したまま待機ですか、良い判断なのです」

「手札を初手から全て見せないか、セリカもいい性格をしている」

「イオン粒子砲発射されました。標的Aへ命中。敵艦シールド消失、装甲約40％融解、大破状態であります。標的Bへは至近弾。敵艦シールド消失、船体ダメージはなし、ただし沈黙しているので電子系に深刻な異常が出ている模様であります」

……まあ、物理装甲には影響が薄いとはいえ、主力戦艦級の砲が当たれば、駆逐艦程度なら轟沈する可能性は十分にある。

「大勢は決したな。各艦シールド出力を維持しつつ隠蔽解除を指示、1番艦アリアに降伏勧告発信の指示を出してくれ」

この海賊達も運が悪いな。田舎の航路を外れた場所に巡洋艦が複数、突然現れるとか災害に遭ったようなものだ。

「降伏勧告の受諾を確認。コントロール系はアリアに委譲されました。アリアより通信『魔王様、頑張りました。後で褒めてくださいね』だそうです」

アドラム帝国や周辺国では高度ＡＩが艦長をやる事が認められていないので、女性淫魔達が艦長の肩書きを持っているが、実質的な艦長は各艦の付喪神達がやっている。

「褒めてやると返事しておいてくれ、良い手際だった」

各艦に配置したリビングアーマーを率いたファントムアーマー達からなる陸戦隊が乗り込んで最終制圧を始めたが、こちらも順調に終わっていった。

こうして初の実戦はオーバーキルする事も無く、駆逐艦2隻を拿捕して『ヴァルナ』ステーションへ帰還する事になった。

人手の大事さを痛感する。

有能な人材を大切にしようと改めて誓ったのだった。

魔王、魔女と僕達を教育する

未来世界に生きる民間軍事企業、あるいは賞金稼ぎ達の収入源の一番大きな部分とは何だろうか？

戦闘機1つで宇宙を駆ける命知らずの賞金稼ぎ達は、各国が海賊にかける賞金と答える。

何故なら、戦闘機同士の戦闘は基本殺すか殺されるかだ。

海賊の戦闘機を撃墜しても、せいぜい焼け焦げたスクラップかジャンク品が手に入る程度。

運悪く、或いは運良くリアクターに直撃させて爆発四散させてしまうと、スクラップやジャンク品すら回収できない事が多い。

収入の比率的に賞金の割合が重くなるのは当然の事だろう。

だが、賞金稼ぎでもフリゲートや駆逐艦に乗り始めるか、小規模な民間軍事企業レベルになると今度は収入における賞金の割合がやや減少する。

海賊達も規模が地方の無法者から組織だった海賊になってくると、戦闘機数機程度の集団から駆逐艦やフリゲート艦などの艦艇が中心になってくる。

海賊の艦艇と戦闘になって、優勢になれば降伏勧告をして拿捕する事も夢じゃない。

宇宙艦は戦闘力や機動性云々の前に、まず簡単に轟沈しない事を前提に造られる。

戦闘機と違って一撃で沈む事は少なく、不利な状況でも降伏を考える余裕が出来るんだ。

上手く拿捕できれば艦が丸ごと手に入るし、海賊の私有財産の没収だって出来る。

海賊らしく旧式だったり、スクラップを寄せ集めた船の場合も多いが、それでも宇宙艦を売れば美味しい収入になるし、海賊は国営の銀行なんて使えないので財産を持ち歩いている。

船を拿捕できれば、海賊が貯め込んでいるお宝を頂けるので2度美味しい。

問題は圧倒的な戦力差を見せても、素直に降伏するほど、お行儀の良い海賊が少ないところだろうか。

自棄になって降伏勧告も聞き入れずに、無駄な抵抗をしてしまう海賊も多い。

その点、相手がどのような態度だろうが船内から制圧できる突入ポッドを扱える、強襲揚陸艦としてのワイバーンの能力は海賊相手に実に有用だ。

普通なら船内での白兵戦は熟練を求められる上に、洒落にならない被害が出るらしいが、魔王軍はリビングアーマーとファントムアーマー達がいるので、白兵戦要員は実に安上がりだ。

ワイバーンに乗り、新人船員の訓練と実戦体験を兼ねて、久しぶりの遠征に出ていた。

熟練の船員と比べると、どうしても行動がもたつくが、それでも『ヴァルナ』ステーション出身だけはある。海賊に遭遇して戦闘した時の危険手当とかを提示したら、文字通り顔付きが変わった。

海賊を獲物として見る捕食者の顔付きにだ。

「敵艦隊との戦闘領域内に突入したであります。前方で襲われているのはコランダム通商連合国の民間企業所属、輸送船パルミラE型が2隻、国際救難信号を発信中」

「海賊は駆逐艦が1隻に強襲揚陸艦改造と思われる小型空母が1隻……であります。さらに海賊所属と思われるクラス3から4の戦闘機を計18機確認したであります」

かなり規模が大きい海賊艦隊を発見と同時にアルテと、メイド隊の中でも瞳に光がなく言葉も若干棒読みでキャラが立っているツェーンが、即座に分析して報告してくれた。

アドラム帝国中枢に近い『船の墓場星系』の西部にしてはかなりの戦力だ。

ブリッジ内に出ていた投影ウィンドウから、戦闘に関係ないものが『第1種戦闘配備中』と表示が切り替わっていく。

「駆逐艦に主砲斉射、シールドを削って注意を引け。小型空母には副砲で対処。沈めるなよ」

船員も増えたので以前のような、ライムとリゼルと俺の3人だった頃とは違い、殲滅戦以外の選択肢を気軽に選べるのが嬉しい。

　戦闘機は仕方ないとしても、戦闘艦は撃沈ではなく拿捕を狙いたいところだった。

「はーい。隠蔽解除、下部3番4番主砲駆逐艦へ発砲。副砲各個射撃開始ですよぅ」

　手馴れてきたリゼルの制御で淡く光る白い弾体の衝撃砲が駆逐艦のシールドを削り、花火にも似た、幻想的な色合いの青白い粒子を撒き散らす。

「駆逐艦へ主砲命中、シールド強度60%にダウン。輸送船を襲撃していた海賊所属機、反転してこちらに向かってきます」

「ライム、任せた。出来るだけ峰打ちで頼む」

『ん。頑張る』

「ドローンゴーストも順次射出、オーダーはミディアムレア（半殺し）で」

　指をパチリと鳴らして法理魔法系『伝達』魔法を使い、格納庫で待機しているドローンゴースト全体へ命令。

　ドローンゴースト達はキュィ！　とモーター音を鳴らして了承の返事をしてくれる。

　自律型なのでファジーな命令でも分かってくれるのが美味しいな。

　命令を下す時に悪役として格好はつけたいが、ファジーすぎる命令をすると部下に困惑されるからな……。

「ミストレス（ワイバーン艦載機アクトレスをライム専用レベルに魔改造し、改名したもの）発進、ドローンゴースト順次射出。32秒後に交戦に突入予定であります」

ライムの乗ったミストレスが格納庫から電磁カタパルトで射出され、光の粒子を撒きながら発進していく。

更に船体下部の格納庫と上部甲板に追加されたドローン射出口からドローンゴースト達が射出され、宇宙空間で編隊を組み上げながら海賊戦闘機群へと向かって行く。

すぐに推進器の光が複雑な航跡を描き、ビームやレーザーが飛び交う乱戦へと突入した。

「敵艦シールド弱体化、突入ポッドを順次射出するのです。割合は駆逐艦に2、小型空母2なのです」

「はいはーい。主砲と副砲の稼働停止。近接用対空レーザー砲で復元分を削っておくのですよぅ！」

「イエス、マム。各艦に軸線合わせ。突入ポッド順次射出」

リゼルとアルテが素早く対応して巨大な砲弾にも見える突入ポッドが射出され、駆逐艦と改造小型空母へ突き刺さる。


ライムとドローンゴースト達の空戦もすぐに終結し、ファントムアーマー達からも戦勝報告が上がるのだった。

被害はリビングアーマーが9体行動不能、ドローンゴーストが2体大破。

どちらもファンタジー的な表現をすると「瀕死／戦闘不能」状態なので回復魔法で修復可能なんだ。戦闘後にライムとミーゼの回復魔法で新品同然まで戻った。

この戦闘で割と新しい駆逐艦と改造小型空母を拿捕し、クラス3戦闘機を4機、クラス4戦闘機を3機、中破から大破状態で回収した。

『ヴァルナ』ステーションからは離れているので、近くのステーションで売却するつもりだ。

捕虜にした海賊も300人を超え、所有財産に今まで被害を受けた船から奪取した荷物を隠してある、小惑星のアジトの座標もばっちり聞きだした。

正直どちらが海賊か分からないようなやり口かもしれないが、戦艦や正規空母が出張ってくるような大規模戦以外での民間軍事企業なんてこんなものだ。


そのはずなんだが――。

「アリア、ベルタ、セリカから通信が届いています。内容は業務内容について。暗号解凍、表示します」

高速巡洋艦の三姉妹艦はそれぞれ別行動を取らせていた。

確かに『船の墓場星系』はアドラム帝国の外縁部にあり、『獣道』に通じるジャンプゲートが存在するので、海賊の出現率は高いのだが、巡洋艦3隻に実質軽巡洋艦+αの性能を持つワイバーンの艦隊で相手するレベルの海賊はそうそう出ない。出たら帝国艦隊が出張るレベルの大騒ぎになる。と言うか高速巡洋艦1隻でも過剰すぎる。

小規模な海賊があちこちで被害を出すケースが多いので、個別に小口の海賊討伐や賞金首対応をしていたのだった。

ワイバーンが『船の墓場星系』西側、セリカが東側、アリアとベルタは『船の墓場星系』から直接繋がった、『獣道』を構成する星系の1つを手分けして仕事させていた。

『アリアより経過報告。『獣道内』セクター103星系で海賊と逐次交戦。戦果報告、戦闘機18機撃破、軽巡洋艦1隻撃沈、フリゲート艦2隻撃沈。当方に被害無し』

軽巡洋艦が出たか、随分大物が釣れたみたいだな。

『ベルタより経過報告。『獣道内』セクター103星系で海賊勢力と交戦。戦果報告、戦闘機43機撃破、駆逐艦4隻撃沈。頑張りました、褒めてください』

ベルタの方は戦闘機が多く出たようだな。

『セリカより経過報告。ごっめんなさーい。海賊さん達、戦闘機20機くらい相手したけど全部蒸発しちゃいました』

ファジーな報告だな。

付喪神もそうだが、知性高い魔物は個性が強いのが多く混ざるのはデフォルトなんだろうか。

しかし、懐かしいな。思えば俺達も最初はそうだった。海賊達を蒸発させたり蒸発させたり蒸発させたり――。

……まて？　艦船も相手にしておいて1隻も拿捕できてないとはどういう事だ？

◇

「各艦に通達、撃破した艦の座標を各自記録するように。『ヴァルナ』ステーションに今すぐ集結。反省会の時間だ、お転婆(てんば)娘共。以上だ」

「はい社長。各艦に通達します」

その後、集まった付喪神の娘達をワイバーンのブリッジに正座させて説教コースになった。

元が「ハングリーウルフ」級高速巡洋艦のせいか、付喪神の3人娘は飼い主に叱られている犬のような雰囲気を出していた。

「アリア、質問だ。敵艦とはどう対処するものだ?」

「可能な限り被害を出さずに撃沈するものです」

「……そうか、元が軍艦だったせいで、金策という思考が無いのか」

アリアの答えにベルタもセリカもうんうんと頷いている。

……知らなかった事で罰を与える気はないが、教育が必要だな。

「軍隊ならそれでも問題はない。だが、民間軍事企業としては足りないな。色々覚えてもらうぞ」

説教は30分程度で切り上げたが、その後にミーゼ先生による、小規模企業における経済観念授業が12時間、リゼル先生とおやっさんによるジャンク品再生の必要性とその可能性をテーマにした授業が交互休憩しつつ38時間続いた。

終わった頃には3人娘とお付きの艦長と副長達は虚ろな瞳になっていた。

「さて、やる事は理解出来たか? 出来なかったらもう1度最初から丁寧に教えてやるが」

「「「……(がくがくがくがく!)」」」

揃って壊れた機械のように首を縦に振る巡洋艦3人娘。

拿捕の必要性以前に、また反省会に参加させられるのが怖くて頑張ってくれそうだな。

付喪神でも躾は大事だな。本当に。

ちなみに『獣道』内部で撃沈されていた艦艇は、死霊魔法の『幽霊船作製』魔法で幽霊宇宙船にしておいた。

撃破した場所が散らばりすぎているし、船体のダメージが大きすぎてジャンク品にも使えそうになかったため、苦肉の策なんだ。

幸いな事に大破していた駆逐艦の数隻が工作船モドキだったので、それを幽霊工作船に仕立て、『船の墓場星系』のすぐ東にある『獣道』の星系、セクター103に数多く漂っている小惑星の1つをくり抜いて、幽霊船艦隊を中に保存しておいた。

幽霊船は運航に必要なアンデッドを自分で生成するので手間いらずであるし、多少穴が開いていようが航行に必要な部品が無くなっていようが動いてくれる便利なものだ。

便利なんだが、幽霊船にすると低級アンデッドが自動で湧き続けるので、間違っても中古船として売れなくなるし、幽霊船としての能力は元の船に毛が生えた程度でしかない。

これが地球の大航海時代くらいの船なら、海賊スケルトンの群れによる白兵戦や、何故か弾切れにならない幽霊船大砲とかで頑張れたのだろうが、多少動きが速くなろうと、骨でしかないスケルトンはSF世界では重火器にあっさり駆逐されるし、スケルトンより動きが鈍いゾンビに至っては射撃の的にしかならない。

また、幽霊船自体は高度な知性を持たないので指示も出し辛い。

ワイバーンやファントムアーマーとは比較にもならない。リビングアーマー達よりも随分と緩慢かつ大雑把な命令を聞くだけの存在なので、頼りになるとは言い難い。

かなり古びた残骸からでも造れる代償なのだろうか。

回収途中で見つけた旧式の巡洋艦の残骸もついでに巻き込んで、巡洋艦1隻、軽巡洋艦1隻、駆逐艦12隻、フリゲート艦2隻からなる幽霊船艦隊を、小惑星に急造した隠し基地で待機命令を出して隠しながら、これだけの艦隊を売ったり普通に運用できていたら……と少し寂しい気持ちになるのだった。

◇

生粋(きっすい)の魔王とはいかなるものだろうか。そんな事をたまに考えてしまう事がある。

ステータスからもわかる通り、俺は種族としては地球人で職業が魔王になっている。

魔王にも色々なパターンがあると思うが、生粋の魔物の王として生まれた種族としての魔王と、人類への憎しみや怒りなどで人が魔王として行動するパターンとで分類すれば、俺は後者に該当するだろう。個人対象ならともかく、人類全体への憎しみや怒りとか、俺には無いんだけどさ？

何故そのような益体も無い事を考えてしまうかというと、魔王専用の魔法系統である『魔王魔法』その中級辺りの難易度に『魔王転生』という魔法があるんだ。

人類への憎しみに満ちた人間とかが「俺は人間を辞める、魔王となって災いを世界に満たしてやる！」とかかっこよく『種族：魔王』へ転生する為の魔法だ。

そう、俺はいつでも人間から純粋な魔王へと変貌する事が出来る。

魔王化の特典は色々と豪華だ。ステータス増強に寿命の消滅から、望むなら不完全ながら不死性すら取得出来る。

魔王化セットとでも表現すればいいのか、そんな特典が詰め合わせで入手出来る。

だが、俺は種族としての魔王になる気はない。その理由を話そうと思う。

少し長くなるし、退屈かもしれないが最後まで聞いてくれると嬉しい。

性善説と性悪説というのはご存じだろうか？

性善説とは人間は生まれながらに善なる存在であるという考え方だな。

しかし、手放しで人間は善なのだという考えではない。

人間は生まれながらにして善ではあるが、それ故に悪に染まりやすく、悪にならないように心を律する為の倫理観や教育を大切にすべしという考え方だな。

性悪説とは人間は生まれながらにして悪を行ってしまう倫理的に弱い存在なので、善なる存在になる為の心がけや教えを大切にすべしというものだ。

まあ、そんな蘊蓄(うんちく)は横に置いておこう。

ここは性善説と性悪説と聞いて、すぐに人が連想するもの。

人は生まれながらに善であるというイメージと、人は生まれながらにして悪であるというイメージで考えてほしい。

俺は考え方としては後者の方が好きだな。人は生まれながらにして悪であるが、だからこそ持ち得た善性が尊いのだと。

この辺は平和な日本だと、実感し辛いかもしれない。

例え話をしようか。誰しもが生まれた頃からの顔見知りばかりの閉鎖的な山奥の村の平和と、弱肉強食の理が全てのスラム街で血のつながりも無い人間同士が紡ぐ友情や愛、どちらが尊く感じるか、想像をしてみてほしい。

魔王らしくないと言わないでほしい。

ひたすら人間に関わる事になる魔王は、基本的に人間と善が大好きなものなんだ。

人間を嫌っていたり無関心なら、魔王曰く「取るに足らない人間共」なんて放置するもんだ。

さて、その上でだ。種族としての魔王に生まれたヤツが悪をやって何が楽しいのだと主張したい。

だってそうだろう？

種族としての魔王が悪の限りを尽したとしよう。だが、魔王なら当たり前だろう、むしろ優等生と言っても良い。それは悪ではあるが、ただの生態であって美学ではない。

俺がいつも大切に思っている悪の美学とは、当たり前の事のように悪を行う事では無いんだ。

美学ある悪とは、人々に憧憬と恐怖をもたらすものだが、決して善を大切にする大衆の人々に受け入れられる存在であってはいけない。

抽象的ではあるが、俺が思う悪としてのあり方だ。

だからこそ、人間であると同時に職業が魔王である現状は俺の理想に近い。

現状に満足をしているのだが、もしもの話として純粋な魔王になった俺はどのような存在になるか、つい考えてしまう時がある。

いやな、種族も魔王になれば強くなるのは分かるんだけどさ。

寿命が無い不死の存在って事は繁殖の必要性もないだろうから、今でも胸で熱く猛っているエロへの情熱なんて薄れるか、最悪消えてしまうだろう。

常時賢者モードとか便利かもしれないが、味気ないにも程があると思わないか？

まあ、元が人間ならまだエロい事をする習性が残るかもしれない。

しかし強い種族というのは基本繁殖力の弱い存在だ。

何せ単体で完結している上に強く、不死なので繁殖する必要がないのだからな。

つまり子供なんて頑張りまくっても殆ど出来ないだろうし、個人的にはそういう要素のないエロい事はどうにも浪漫が少なく感じる。

もしもメンタリティはそのままに、人間を滅ぼさないといけない存在になったとしたら悲劇でしかないな。

想像をしてみてほしい、人間の世界を侵略していた頃はお楽しみも色々あるだろうが、人間が完全に滅んでしまった後は悲劇でしかない。

だって世界には魔物が満ちるだろう？　淫魔くらいは残るかもしれないが、大半はゴツかったり獣だったりする。深刻なケモナーでも魔物スキーでもないのに、エロい事をする対象の相手がほぼ居なくなるとか、ご褒美どころか拷問でしかない。

だから今日も俺は人間のまま職業としての魔王で満足している。

完全な魔王にならないのは哲学や美学的な理由が大きいからであって、後者の理由が主ではない。全く無いとは口が裂けても言えないが。

◇

ライムは相変わらず膝の上で猫のように甘えているが、ここ最近ミーゼはきちんと副長席に座ってる。膝の上に座るライムの方を見てかなり羨ましそうな視線を向けているが。

最近になってワイバーンに船医室と船医が急遽追加された。

前から応急手当が出来る処置室はあったんだが、専門の医者を雇う事にしたんだ。

勘の良いヤツは言わなくても、もうわかっているかもしれない。いくらミーゼが軽いとは言え不安定な膝の上に母体を乗せておく訳にはいかないからな……。

地方のステーションで出産が終わるまで過ごさせる訳にもいかないし、妊娠発覚のたびに実家に送り届けるのも大変なので、ワイバーンの船内に船医室と、外科や内科も出来るが本業が産婦人科な船医を増やす事になった。

このSF世界、特に獣系のアドラム人は子供が出来やすい体質な上に、妊娠から出産までのサイクルが短いので、普段はインプラントチップ（体内埋め込み式の機械）によって、避妊しているらしい。

だがリゼル母の陰謀なのか、魔王化によるステータス強化やファンタジー要素がいけないのか、インプラントチップが上手く機能してなかったようだ。

俺の年齢だと、気も手も早い同級生が親になっているのはそう珍しくも無かった。だが、立て続けにそういうイベントが起きると流石に色々と考えてしまう。

もう２人目か……うん、複雑だ。

色々台無しとか言わないでほしい。

魔王といえどもこの手のイベントには複雑な心境になるものなんだ。

余談ではあるが無事に２人目も生まれて、２人の孫に囲まれたリゼル父は立派な孫馬鹿になってなかなか仕事が手に付かずに周囲を困らせているらしい。

この前、顔を出した時には相好を崩した笑顔で「で、３人目はまだかい？」とか言われた。

……複雑な心境になるよな？


「イグサ、次はアルテと私どっちかな？」

「……どっちだろうな」

現実逃避しているところなんだ。ライム、現実を直視させないでくれ。

◇

ワイバーンの発案で始めた『総合商社・魔王軍兵站部』は試しにやってみる程度の気楽な気持ちで始めたものだったが、これが非常に上手くいっていた。

『順調に業績が伸びてますなぁ。長年商売に使われてた汎用端末の付喪神達も、随分頑張っているみたいですわ』

「危険がある分、やや冒険だが定収入が得られているのは大きいな。軍事部門の方は、稼げる時はガッツリ稼げるんだが、間隔が不定期なんだよな」

「利益の伸びが非常にいいのです。利益を全部準備費用に回して、軍事部門の利益を多少投入しても事業拡大する時なのです」

エネルギーキューブも先のフィールヘイト宗教国との戦争以来、辺境では高騰が続いている。

地方の太陽光エネルギープラントやブラックホールエネルギープラントが相次ぐ海賊被害によって操業停止している所が増えているせいだ。

巨大な発電用パネルを展開させる太陽光エネルギープラントは、海賊などの攻撃に対して非常に脆弱であるし、ブラックホールエネルギープラントは制御が難しく、技師を誘拐すれば非常に高価な身代金が取れるし、他国に売り払っても儲かるので海賊達に狙われていた。

「『ヴァルナ』ステーションの近所にある太陽光エネルギープラントも、海賊に発電パネルをやられて操業停止していたのですよぅ。新しいパネルを買ってくれれば再稼動できるけど、また海賊が来るかもしれないって、再開は当分見合わせるみたいです」

また、SF世界の主な食料源たる汎用オーガニックマテリアルの製造には、やはりエネルギー源たるエネルギーキューブが必須になる。

するとどうだろう、安全にエネルギーキューブを生産できる治安の良い中央星系でエネルギーキューブを買い付けて、外縁部近くにある汎用オーガニックマテリアルや各種工業生産プラント、民間ステーションに販売し、海賊たちのせいで出荷がままならずにダブついて値段の下がった品を購入してまた高く売れる所へ持っていくという。

大航海時代的な地方による品物の価格差のおかげで不思議なくらいに売り上げが良く、時には積荷の利益率が300％（仕入れ価格の3倍で売却）以上になる事もあった。

『馬鹿みたいな利益率で売れるから、笑いが止まりませんなぁ……』

「この値段でも物資不足が深刻な地方だと歓迎されるとはな」

たった3隻の中型輸送船と護衛のドローンゴースト30機で始めた『総合商社・魔王軍兵站部』は飛躍的に規模を拡大させ、現在は中型輸送船20隻、大型輸送船3隻、護衛のドローンゴーストが400機（中型輸送船1隻に10機、大型輸送船1隻に50機、予備50機）という大所帯に発展を遂げていた。

また、ミーゼとリゼル母に進言されて、アドラム帝国の周辺国であるフィールヘイト宗教国、ユニオネス王国、コランダム通商連合国の中央星系に、アパートやマンションの1室程度のささやかな規模だが、支社を造って『民間軍事企業・魔王軍』と『総合商社・魔王軍兵站部』はアドラム帝国の1企業から多国籍企業へと変化した。

というのも、アドラム帝国にべったりだと次に大規模な軍事衝突が起きた際、半ば強制的に従軍させられる可能性もあるし、SF世界から見ればファンタジー技術を盛り込んだ魔王軍は魅力的な遺失技術の塊なので、軍が手を回して艦船の徴発命令を受ける可能性すらある。素直に従う気はさらさらないが。

多国籍企業になってしまえば軍から受ける庇護を大分失う事になるが、従軍命令や徴発命令を拒否できるし、アドラム帝国にとって敵国のフィールヘイト宗教国の中でも大手を振って商売が出来るようになるとメリットも大きいのだ。

特にこれ以上『総合商社・魔王軍兵站部』を拡大するなら多国籍企業にならざるを得ない。

エネルギーキューブや汎用オーガニックマテリアルの不足はアドラム帝国だけではなく、フィールヘイト宗教国の外縁部でも同様に起きている。このビジネスチャンスを逃す手はなかった。

「国と癒着するのも美味しいが、会社の浮き沈みが国に左右されるのは面白くないな」

「政治家とは賄賂の絆で繋がっている程度が良いのです。特に魔王軍の船はカタログスペックを無視するような性能や戦果を出しているから、軍部に目を付けられる前に多国籍企業への移行ができそうで一安心なのです」

「アドラム帝国の軍部は1中小企業に対して、そこまで強硬策を使うのか？」

「大企業なら政治家や軍部へのコネが沢山あるからやり辛いけど、逆に中小企業なら強硬策で技術を奪うくらいはするのですよ。表向きは軍部との専属契約で、ライセンス料もしっかり払われるから、逆らい辛いのですよぅ」

「対価をしっかり払うとか筋を通す分、確かに抵抗し辛いな……これがドラマの陰謀論たっぷりの横暴な軍部ならいくらでも反逆するんだが」

兵站部の輸送船は全力運転で順調すぎる売り上げを出していた。

ワイバーンも喜んでいたし、ミーゼすら収支計算をしながら顔がニヤついていた。

だからこそ、違和感があった。

――――この状況はあまりにも美味し過ぎないだろうか。

兵站部の輸送船と同じように、海賊被害の危険をおして商売をする船は国籍問わず数多い。

沈んだ際のリスクが大きいので、中型以上の輸送船を使って商売している所こそ少ないものの、個人所有のクルーザーから、果ては輸送に向かない戦闘機まで大きくない船倉をギリギリまで拡張して交易するなど、さながらゴールドラッシュの様相を見せている。

海賊被害も天井知らずに拡大しているが、それでも利益に集まる船乗りや艦艇は後を絶たない。

「海賊被害が多くなるなら航行する船が少なくなるか、あるいは被害が多くなって海賊の駆除が行われ――――駆除は行われているが間に合ってない？　それほど異常なペースで海賊の数が増えている？　……不自然だな。意図は何だ？　この状況に悪のにおいを感じる。それも人々に憧憬を抱かせるような悪ではない。もっと醜悪なのに機械的で、人を数字に置き換えて利益の為にすり潰すような、俺が嫌いな悪のにおいがする」

「イグサが嫌う悪。……うん、私もやだな」

「通信、セリカに連絡。グローバル情報ネットからの情報収集及び分析に重点を置くように。ミーゼ、アルテ、ワイバーン。上がってきた情報を精査、兵站部以外で利益を上げている企業や組織を中心に調べてくれ」

「わかったのです」

「あいさー、了解であります」

『魔王様、承知しましたわ』

これから調査が始まる訳だが、面白い結果が出てくるかもしれない。

魔王、商人達の企みを看破する

ワイバーンの会議室に幾つもの投影ウィンドウが浮かび、海賊被害の統計や外縁部の経済状況などが並べて表示されていた。

特注で造った和テイストな会議室は宇宙船らしからぬ内装をしている。木材パネルが張られた内装に、床は謎素材で造られた畳もどき。蛍光灯風の室内灯が天井にはめ込まれ、部屋の中央には一辺に20人は入れそうな大きな掘りコタツが鎮座し、その上にはミカン的なもの（汎用オーガニックマテリアルから作ったミカンモドキ）が完備されている。

俺の趣味全開で造ってみた、どことなく昭和風味のある日本家屋風の会議室だが、投影ウィンドウが立ち並ぶ光景と妙なくらいに違和感が少なく、レトロさとSFの奇妙な調和を感じる。レトロフューチャーとでも言えばいいのだろうか。

この室内では投影ウィンドウを使わずに、書類系は紙媒体にしたくなるが、作業効率が落ちる上にコストがかかりすぎるので贅沢ばかり言えない辛いところだ。

交代要員含めてブリッジクルーが全員揃っているのは壮観だが、皆コタツの魔力にやられて妙にくつろいだ表情をしている。

とりわけコタツに弱かったらしいリゼルはコタツに半分体を埋めた上で、俺の膝を枕にすやすやと眠り込んでいる。時々動く猫耳が愛らしい。どこからどう見ても猫だな。

普段はきりっとしたメイド隊ですら、半分以上がコタツの魔力にやられてトロンとした表情を隠せないでいる。獣系のアドラム人ばかりなこの会議室において、原始的ながらコタツの魔力は猛威を振るっていた。

……あれ？　会議室の快適性を上げすぎて、真面目な会議するには向いてないのでは？

『解析が大体終わりました。どこかで聞いた気がしたと思ったら、また随分と古い手ですわ。数百年前に流行った『海賊牧場（パイレーツ・ファーム）』の規模を拡大して応用したものですわ』

とりわけ大きな投影ウィンドウの前に立ったワイバーンが説明を始めた。

「聞いた事がないな、説明してもらえるか？」

名前からして大体想像はつくけどな。このＳＦ世界はわかりやすい表現の固有名詞が多いので色々と助かる。

「私も聞いた事がないのです」

きょとりと首を傾げるミーゼ。愛玩動物枠は健在だな。使い魔として寿命が樹木並に延びているので、魔法少女としての賞味期限も随分長持ちする事だろう。

『嫌がらせや地上げにも使われた手ですわ。特定宙域の海賊に戦闘機や艦艇、武器を供与して海賊達を育てる方法です。１つの組織に限らず、小口でもガンガン投資するから軍の討伐艦隊が来ても全滅し辛い手です』

「嫌がらせや地上げ程度にしては、随分とＩＣ（カネ）がかかりそうな方法だな」

『へぇ、そこですわ。『海賊牧場』の特徴は全部終わった後にきっちり収穫する事にあるんです。海賊という有限資源を肥やして増やし、増えた後で賞金ごとキリトリ（回収）する、遠回りながら有効なエグイ手なんですわ』

企業レベルで見れば海賊すら資源扱いか、流石ＳＦ世界だな。確かに乱獲すると賞金稼ぎの仕事が減ってしまうが、養殖するのは想定外だった。

「合理的だが、今の状況とは少し違うな。回収まで予定に含まれているとしても、随分広範囲過ぎないか？」

アドラム帝国とフィールヘイト宗教国、その周辺国の外縁部ほぼ全域で海賊被害が拡大しているのだ。回収が困難すぎないか？

「そうです。ここまで大規模になると自前回収が難しいのです。応用部分はどうなっているのです？」

『これが今回の嫌らしいところでしてなぁ。『海賊牧場』で増やした海賊を使って、治安の維持が難しい外縁部で資材不足を誘発して、兵站部の皆さんがしてるような交易で荒稼ぎするって寸法です』

「そして肥えた頃に海賊も頂いて更に金儲けか。やるものだな」

回収しきれなかった分以上に儲けられれば良いという発想か。

美しくはないが、実によく計算されている悪事だな。その途中に発生する民間人の被害、物価の高騰により困窮する人々などを欠片も考慮せずに、ひたすら利益追求をする姿はいっそ清清しい。

「この規模になると行動を隠すのは無理なのです。なら、火付け役や煽り役、利益上げる役を手分けして堂々とやっていると思うのです」

『ミーゼ嬢ちゃんの言う通りです。セリカの嬢ちゃんと諜報課の皆さんが頑張って作ったリストがこれです』

情報収集能力が高いセリカには、今回の件から諜報課という新部署を増やしたんだ。

諜報課と言っても、セリカのセンサーが拾い上げた情報を整理する情報分析部署と兼業の、人数が多くない部署だが。

基本は特殊部隊経験のあるメイドをリーダーに、情報分析に適性がある船員を部下につけて動かしている。

投影ウィンドウにずらりと表示された、企業名と企業のロゴは、超一流所こそないものの情報ネットの番組スポンサーとかで見かけた事のある、中堅企業の中でも大手に属する企業の名前がちらほらと読み取れた。

「さながら下克上を狙う中小企業複合体だな」

「おにーさん、待ってください。ここと、ここ。後こことここも近々合併の話がある企業なのです」

投影ウィンドウに表示された企業リストを神経衰弱のカードをめくるように次々とマークしていくミーゼ。

「むにゅ……」

膝の重さが増えたと思ったら、俺の膝を枕にして居眠りをするリゼルの腕の中に体を寄せるようにして、同じ体勢をしたライムがリゼルと並んで俺の膝を枕にして寝ていた。

どうやら半眠り状態でコタツの中を移動してやってきたらしい。

専門分野違い喧嘩じゃないと開き直った、この気楽さが羨ましい
「今回の件で上がった利益を元に次々と合併、大企業の仲間入りを目指す。というところか？」

『はいな、セリカも諜報課の皆さんも同じ分析しとります。今は兵站部も目ざとい便乗者程度に見られてると思いますが。この調子で事業規模が大きくなると、当然目を付けられますな』

「やってる事を手分けしているのが上手いのです。帝国の法務局とかがついても、実行している末端企業がトカゲの尻尾切りされるだけで、本体はそのまま仕事を続けられるのです」

今回の事を整理してみよう。

まず、海賊が大発生したのは一部企業がしかけた『海賊牧場』計画の影響。

海賊という有限な資源を増加させるもので、仕掛けは民間軍事企業と商社が手分けして行っている。

次に外縁部での資源や製品の価格高騰や暴落は『海賊牧場』の影響で増加した海賊が原因で、暴

落や高騰を狙い交易をして稼ぐのが今回の騒動の主な目的。

最後にそれをやっているのは、アドラム帝国、ユニオネス王国、フィールヘイト宗教国、コランダム通商連合国、各国国内にある野心的な中小企業が参加した企業複合体。

狙いは利益追求と、増えた資産を持ったまま会社を合併する事によって、発言力も影響力も大きな大企業になる事。

対して犠牲になるのは海賊被害を受ける船乗り、巻き込まれる形になるステーションや生産プラント運用をする企業や資産家に自治体、そして経済悪化のしわ寄せを受ける民間人。

国力が低下するという点も見れば各国も間接的な被害者と言える。

――――さて、これが勇者様なら「民衆の血を吸い上げて利益を貪るなど許せん！」とか言うところなのだが、俺は魔王であるので。

「なら方針は簡単だな。可能な限り介入して上前をはねる。悪評も投資費用も全部かぶってくれるというなら、甘えに甘えて美味しいところだけ頂こうじゃないか」

「同感なのです」

流石ミーゼ。良識とか倫理とか言わずに納得してくれた。腹黒さが果てしないが実に頼もしい。

『現実的ですな。タレコミしても解決しても二束三文です。それが一番うちとしても儲けが出ます』

納得顔のワイバーン。たまにこいつが強襲揚陸艦の付喪神だという事を、忘れそうになるのは俺だけじゃないはずだ。

「……良いのでありますか」

複雑そうなアルテだが、コタツの魔力で目元が溶けているので説得力がない。

そこ、セコいとか言うな。

美学のない悪ではあるが、ここまで徹底した悪ならば倒すのは英雄や勇者の仕事だろう。

魔王として、小悪党を食い物にするのは基本だしな。

勇者なら1人膝の上で寝ているが、ライムを普通の勇者枠でカウントするのは難しそうだ。

『助けたいと思う人を救う』のがライムなりの勇者の姿勢であって、困っている大多数の為に無私の犠牲を払うなどとは縁がないようだしな。

個人的にはライムの職業がまだ『堕ちた勇者』になっていないのが驚くところだ。ファンタジーなシステム的に勇者の職業は変化しないのだろうか。俺が見えるステータスウィンドウやレベルもそうだが、この世界は謎が多い。

「なら次だ、上前をはねるならどうすればいいかだな。このまま海賊討伐を続けて、兵站部の交易を拡大すればかなり美味しいところを頂けると思うが、当然相手も目障りだろうから妨害や襲撃をかけてくるだろう。どう対処するかが問題になるな」

「艦隊の現戦力であれば、大規模な襲撃が来ても大丈夫であります。『民間軍事企業・魔王軍』が所持する戦闘艦4隻とも、既存の艦では追撃すらままならない高速艦。勝てないにしても逃げ切るのは容易であります」

ワイバーンも高速巡洋艦の3隻も非常識な高速性を持っているからな。

「一番困るのは『総合商社・魔王軍兵站部』の輸送船襲撃なのです。敵が突くとしたら弱く、困る所からまず襲われると見て間違いないのです」

そこが問題だな。誰でも思いつける有効な手だ。

「はっ。小官も同意見であります。戦闘は仕掛ける方が有利なもの。例え輸送船1隻あたりフリゲート……いえ、駆逐艦を1隻護衛に付けたとしても、相手はそれを余裕で打破できる戦力を展開してくると予想されるであります」

「攻撃側が有利なのはいつの時代も同じだな。何か解決法はないか？　うちの懐事情じゃ輸送船1隻1隻に護衛艦を付けるのは辛いし、何よりその程度の事で社員達を殺させる訳にはいかないからな」

社員達の命を無条件に守るとは言わない。しかしだ、どうせ命を懸けるなら華々しい舞台を用意してやりたい魔王心(おやごころ)だ。

『少々難易度高いですが、あります』

ワイバーンにしては珍しく言い淀(よど)んでいるな。

「どんな手だ？」

『魔王軍(うち)の戦力は巡洋艦3隻にワイと、そこらの民間軍事企業じゃありえない充実っぷりです。その戦力を襲撃された所に素早く送り込めれば良い訳ですわ』

そうだな。少なくともこの4隻が集まっている状態なら多少の襲撃――――フリゲート艦数十隻単位の海賊艦隊程度――――では被害が出る気がしない。

とは言え、うちの高速巡洋艦娘達だって、幾つも離れた星系に移動するには時間がかかる。

星間航路で全速航行したら他の宇宙艦と衝突して事故るからな……。

巡洋艦のシールド出力に装甲なら民間船程度では船体に傷も付かないが、小型の民間船でも衝突粉砕してしまうと、賠償金で財布が痛いことになる。

SF世界の国家は一部の例外を除いて、基本的に刑罰の類が無い。その代わり税金、罰金、賠償金の支払いに関しては非常にシビアだ。

支払いを無視したり逃亡すると「無法者」として軍や治安維持部隊に追われる事になるし、当然国内のステーションや惑星は無法者とまともに取引などしてくれない。

極端な例ではあるが堂々と海賊行為をしても、それに見合う罰金と賠償金が支払えるなら問題無い。当然、評判は地に墜ちるけどな。

「ワイバーン殿、まさかジャンプドライブでありますか？」

アルテが悩み半分の口調でワイバーンへ尋ねる。うん？　初耳の単語だな。

『その通りですわ、アルテはん。魔王様、この宇宙にはジャンプゲートで接続された星間航路で繋がってますが、裏技が2つほどありましてな。今は廃れてるワープドライブによる超光速航行とアルテはんが言ったジャンプドライブによる跳躍移動です』

「ワイバーン、詳しく教えてくれ」

ワープとかジャンプとか浪漫溢れる単語だよな。

そして膝を枕にしていたライムが眠ったまま、体を巻きつけるように膝から胸元にまで上ってきている。蛇か……。

『へい。ワープドライブの方は……まあ、ワープドライブ用の専用リアクターとそれに使う希少触媒がえらく高価だったり、高度演算能力を必要とする航行装置を調達するにも運用するにも困難がつきまとい、しまいにゃ航法装置自体がデカかったりするのもあるんですが、面倒な問題が山積みで現代じゃ廃れてる技術です。で、肝心のジャンプドライブですが、ユニオネス王国の独占生産品でして。ジャンプゲートの始点になるフィールドを船体前方に発生させて、どこぞのジャンプゲートに接続してそこまで短時間で行けるものです。移動する距離によって相応にエネルギーを大量に使う、大飯喰らいでもあります』

「出口になるジャンプゲートフィールドを発生させる、ゲートリアクターというのもあるであります。この2つを組み合わせれば、エネルギーの許す限りどこにでも短時間で移動できるであります」

「好きな時に、好きなジャンプゲートへ向けて跳躍移動が出来るシステムと、ジャンプゲートの出口を生成できるシステムか。とても便利そうなんだが、一般に広まってないのは何故だ？」

　ジャンプゲートと星間航路が賑わっているところを見ると一般的な存在では無さそうだ。

『へぇ。それがジャンプドライブはユニオネス王国でしか生産できない上に、年間生産量がごっつう少ないんですわ。独占生産していても、生産したものは一般販売するんで各国の主力旗艦や大企業の一部艦艇に配備されてますが、どうにも高価なものになります。他国も入手したジャンプドライブにゲートリアクターを解析しようとしてるんですが。これがまぁ、数百年頑張っても成功しませんで、独占生産状態が続いてます』

　数百年経っても解析できないというのも壮大な話だな。遺失技術絡みのものなんだろうか。

「ジャンプドライブを配備した艦隊があれば中央星系制圧とかも簡単に出来そうなだな。……どの国もしないところを見ると裏があるのか？」

「はっ。ご明察の通りであります。ジャンプドライブは他の艦船部品に比べて圧倒的に頑丈なので、艦が撃沈されても簡単に回収と再利用ができるのであります。ジャンプドライブ搭載艦隊での強襲を行った場合、失敗した際に大量のジャンプドライブを相手国に奪取される事になるため、非常にリスクが高いのであります」

『以前にコランダム通商連合国が、随分長い事喧嘩してるカシワギ軍事連盟国に、ジャンプドライブ艦隊で攻めて返り討ちに遭いましてな。それ以来まとめて奪取されたジャンプドライブで延々と痛い目にあってるのは有名な話です』

便利なものだが、便利すぎるのと希少さで迂闊に使えないのか。

色々本末転倒な気もするが、国ではなく民間や個人レベルでの使用を考えるなら非常に便利だな。

「入手のアテはあるのか？」

『勿論ですわ。正規ルートの方は大人気過ぎて、ちぃと入手は難しいですが。『獣道』の側道にいる創業の古い海賊がジャンプドライブを山盛り持ってるってのも有名な話です』

「有名な話なら国や軍は動かないのか？」

『海賊団の名は『隠者の英知』。主力戦艦クラスの海賊戦艦を持ってる事で有名な所なんですわ』

海賊を調べている最中に聞いた名だな、有望そうだが除外した理由が確か……。

「ああ『獣道』の側道に居ついて引きこもっているって海賊団か」

『『獣道』の側道、どこに繋がる訳でもなくジャンプゲートネットワークが途切れて行き止まりになっている、星間航路の横道の奥から出てこないで、手下の海賊戦闘機や小型海賊艦が出稼ぎに出るだけの海賊団だった。

『その通りです、魔王様。そいつらが『獣道』で力尽きた船から長年かけて集めたジャンプドライブを溜め込んでるのは有名な話なんですが、側道の位置が『獣道』でも丁度アドラム帝国とフィールヘイト宗教国の中間くらいでして、ジャンプドライブを入手しようと討伐艦隊を出すと、大抵相手国も邪魔しようと艦隊を出して喧嘩になりましてなぁ』

国や軍としては当然の対応なんだろうが、客観的に見ると間が抜けているものだな。

「長年の妨害合戦で被害を出した為、現在ではこの海賊には両国とも手を出さない状況が続いているであります」

「海賊としてはどうなんだ？」

「はっ。『隠者の英知』は無駄な殺しをせず、麻薬や人身売買に手を出さない、仁義を重視する珍しいタイプの海賊団であります。獣道を通る交易船の中には通行料を支払い、この海賊団から襲われないようにする商人も居るくらいであります。側道の主という通称で呼ばれる事も多いであります」

現代の暴力団より、映画の中に出てきそうな任侠みたいなものか。

「なるほど、状況は大体わかった。俺達が『海賊牧場』をやってる奴等の上前をはねるには、妨害を撥ね除ける必要があるが、その為にはジャンプドライブを入手するのが一番と。その海賊団、今も独立を保っている上でジャンプドライブが流出してないところを見るとカネやコネベースの交渉は通用しない。力ずくで分捕(ぶんど)ってくるしかない、って訳か」

『その通りです』

「敵戦力の概要はどんなものだ？」

『最新の情報だと主力戦艦級の大型戦艦が1隻と、この前拿捕したのに似た輸送船や強襲揚陸艦を改造した改造空母タイプが多々、戦闘機が数えたくないくらいにごっそりってところですわ』

「普通の巡洋艦3隻と、軽巡洋艦1隻で挑んだ場合の勝率は？」

『計算するだけ時間の無駄ですわ』

「だよな。さて、それに対抗するなら――――」

敵戦力の目算が間違っていた事を考慮して、事前情報の2倍は敵の戦力があると想定して、手持ちの予算と技術、実現可能な手間の範囲で勝つための方法を逆算していく。

魔王になった時に知力にステータスを多く振り、指揮や戦術、戦略にスキルを振った影響か、戦闘・戦略のシミュレーションが脳裏で同時に複数走り、様々な手段が模索されていく。

おおよそ8000パターンの事前準備と戦闘が浮かび、うち82パターンで勝利する事ができた。その82パターンの中から被害と戦後の処理が楽なものを模索する。

「被害が少なく済むのは――――これだな。大量のドローンゴーストを運用した艦載機戦闘。兵站部で頑張っているのとは別に、大型輸送船を4隻。後は中古のドローン・ファイターを近くの星系から掻き集めるか。ミーゼ、予算と時間はどうなる？」

「今の資産状況なら兵站部で使っているウラヌス級の大型輸送船を4隻と、中古やジャンク品だったらドローン・ファイターを大量に集めるのも大丈夫なのです。大型輸送船の回航と改修は……最速でだいたい2ヶ月。ドローンも中古やジャンク品集めたり組み上げたりするのもその間に出来るのです。ドローンはどのくらいの数を集めるのですか？」

「ドローンのサイズ、クラスは問わない。条件は中古の安いものである事と、使い捨てではない再利用型か、再利用型に改造できるもの。量は大型輸送船4隻をドローン運用空母に改装したものと高速巡洋艦3隻、ワイバーンの船倉を満杯に出来る数。改造用の汎用ドローン射出機も多めに準備したい」

「その数になると、かなりの投資になりそうなのです」

「今回の主役はドローンゴースト達になりそうだ。兵站部の事を考えれば無駄にはならないさ」

「……ジャンク屋のおじさんの毛髪が無くなるまで値切る事にするのです」

「毛髪は勘弁してやってくれ。当面の方針は決まったな。最終目標は『海賊牧場』であぶく銭を稼いでいる連中の上前をはねる事。その手段を手に入れるための方法は、側道の主からジャンプドライブを頂く事だ。行動開始は大型輸送船の準備が整う2ヵ月後予定。各自準備を頼むぞ」

「おにーさん。もう私とアルテ以外沈没しているのです」

「……コタツの魔力は偉大だな」

ワイバーンとミーゼとアルテの3人以外は既に眠りに落ちていた。

「小官はどんな状況でも定められた仕事を果たすのであります。もう果たしたのでありま……すぅ」

アルテもまさに今、コタツと睡魔の誘惑に堕ちたようだ。

この会議室のレイアウトは失敗だったろうか。皆の寝顔が幸せそうなので個人的には大成功なんだが。

結局隣にいたミーゼも寄りかかってきて寝息をたて始めたので、抱き枕になった気分で俺も一眠りする事になった。

割とシリアスな会議していたはずなんだが、この和みようは何故だろうな?

唐突ではあるが、新しい魔物を作る事になった。

今度の仕事で高速巡洋艦の付喪神であるセリカにドローンゴースト達の指揮管制をさせようとしたら、そんな難しい事は私の処理能力(あたま)じゃ足りませんと泣きつかれたんだ。

確かにセリカの基になったメインフレーム(演算処理中枢)はかなりの旧型で、動作速度も容量もアドラム帝国の最新型メインフレームと比べるのが残酷なくらいだ。

「元々ユニオネス王国の軍事製品は性能よりも信頼性重視だから、同じ年代の型でも他国の製品と比べると性能が落ちるのですよぅ」

元々が性能より信頼性重視な上に旧式では性能が微妙になるのは仕方ない。

付喪神化して性能が上がっているはずだが、限度があるみたいだな。

そこで情報処理の補助が出来そうな新しい魔物を生み出す事にした。

既存のファンタジー種族連中はSF技術に疎いかカネに煩いかのどちらかだしな。

召喚が簡単なミノタウロスとかSF技術に疎い代表だろう。未だに本能だけで生きている上に暴

力とエロい事が大好きでブレーキも利かないとか扱い辛いにも程がある。

幸いファンタジーな魔物作製魔法は、ＳＦ世界でも適応してくれていた。

中古の装甲戦闘服にリビングアーマー作製の魔法を使ったら、リビングアーマーよりも高い知能と会話能力を持つ上、ＳＦ的な重火器を扱えるファントムアーマーという魔物になったし、中古のドローン・ファイターにゴーレム作製魔法を使えば、ドローンゴーストという強力な魔物になった上、人間並の知能に判断力を持っていた。

ただの土塊(つちくれ)から泥ゴーレムを作れるが、鉄を素材にしたアイアンゴーレムの方が強いように、ＳＦ世界のより高度な素材や素体を使った方が強力な魔物になる傾向があるようだ。

今回使うのは死霊魔法の「入魂自動人形作製」だが、ジャンク品を組上げた義体——生体部品と機械部品がミックスされた機械の肉体を素材として使う。

適当にアレンジして概念魔法に祈祷魔法を合成し、死者の霊魂を人形に入れるだけではなく、魂を浄化した上で新しい魂に組み替え、新しい命として生を享けるような方式にしてみた。

魔法のアレンジは「今日は暑いから味噌汁の味を少し濃くしてみよう」とかの実にファジーな感覚に任せてやっているので、具体的にどう弄っているか説明し辛い。

一度術式として成立してしまえば何度でも繰り返し使えるのだけどな。

「だから人形を素体にするのです？」

素っ裸では目の毒なので、白い古典的なワンピースを着せてある義体達から一体の手を取り検分しているミーゼ。

ミーゼも魔法を使えるようになってから、魔法研究的な事に熱心なほど興味を持っていた。

「ああ、ファントムアーマーやドローンゴーストの例を見ると、高度な技術で作られたものを素体や素材にした方が知性や能力に期待が持てるからな」

「この人形達からどんな魔物を作る予定なのです？」

「ステーション内でも動ける程度に人間に近い姿をしている事と、情報処理とかの機材を能力として扱える事を目的とした魔物だな。欲を言えば自衛できる程度の戦闘力も欲しいところだ」

大量に義体を組上げてもらったおやっさんの趣味仲間には「人形に対して特殊な趣味を持つ客相手のピンク色な商売でも始めるのか？」と実に興味津々に尋ねられた心の傷も、今は良い思い出だ。

商売にするくらいなら俺がエロい目的で使う！　と反論したが、たまたま近くにいた一般船員の視線が冷たかったな……。

そんな訳で『ヴァルナ』ステーションの一角に借りた倉庫で魔法陣を準備していた。

50体の義体を組上げるのに借りた倉庫で、そのままでも電源さえ入れれば少々古くさい性能ではあるが、アンドロイドのボディとして稼動させる事も出来る。少女型の義体が立ち並んだ光景はなかなかに壮観だ。

何故少女型なのかは聞かないでほしい。この手で生み出すなら女の子の方が良いじゃないか。聞くだけ野暮というものだ。

余談だが、ＡＩや自動制御嫌いなアドラム帝国でも、性風俗に使うなら高度ＡＩ搭載型の電脳もそれを載せた義体も違法じゃない辺り、帝国上層部の業の深さと腐敗が垣間見える。

『死霊魔法準備：入魂自動人形作製X』

『祈祷魔法準備：魂純化X』

『祈祷魔法準備：転生X』

『概念魔法準備：生誕概念付与X』

ファジーに混ぜた魔法がカチリカチリと組み合わされ、一つの魔法へと変化していくのを意識の先で感じる。

準備した魔法よりも重く、複雑化した魔法発動のトリガーを脳内で引き絞る。

『創生魔法発動：機鋼少女作製X』

ワイバーンを作製した時以上に複雑な魔法陣が倉庫一杯に展開して、次第に圧縮されていき、最後にはほんの一滴の赤い液体となって義体達に吸い込まれる。

《スキル：『創生魔法』が追加されました》

合成された魔法が新しいジャンルの魔法へと変化したようだ。

スキルポイントを使って、早速レベル10まで取得しておく。便利そうな魔法だしな。


魔法が発動した後、義体達は様相が一変していた。

白いワンピースを着た義体であった外見年齢が10歳から18歳くらいの少女達は、固定ケースから自分の体を外して地面に降り立ち、片膝を突いて右手を胸に添えた臣下の礼を執っていた。

「「「初めまして、マスター。命を与えていただきありがとうございます」」」

安物だったせいで人工的な質感だった肌や、ガラスっぽい見た目のカメラが埋まっていた瞳も人と見分けがつかない外見になっていた。

動く際にモーター音もせず、足音も人間そのもの。

……予想では人の心を持ったロボット的な魔物化すると思っていたんだが、予想よりずっと生物よりの方向性を持って仕上がったようだ。

「俺はお前達のマスター、魔王イグサだ」

近くにいたローティーン程度の機鋼少女の頭を撫でてみると、ふわりとした髪の毛は色こそ金属的な輝きを持っているが、人間と区別が付かない手触り。

撫でている手に頭や頬をすりつけたりする、気持ち良さそうな反応まで人間くさい。

撫でていた機鋼少女はうっとりとした艶のある瞳を返してくる。このまま続けていたら変な気分になりそうだ。

鑑定魔法も使ってみる。

『機鋼少女　レベル1』

高度そうな見た目にしてはレベルが低い。

鑑定魔法で詳細を調べると、どうやら機械を取り込み、自分の力として使ったり、体内で合成したり体外に再構築する能力を持つようだ。体内に取り込んだ機械の質と量によって能力やレベルが変化するらしい。

「……もしかして、お前達は生身か？」

「はい。私達は機械を扱い機械と共にある魔物の種族。純然たる生体です」

「ミーゼ、リゼル。確認してみてくれないか？」

事細かく調べたい気持ちはあるんだが、見目麗しい少女を、事細かにねっとりじっくり調べると調査以外の行動に走ってしまう自覚と自信があるので2人に任せる。

「ちょっとだけ違和感があるけど、地球系(テラ)アドラム人の反応に近いのですよぅ」

汎用端末でスキャンしていたリゼルは人だと判断した。

リゼルの汎用端末は調査・測定方向に尖った性能をしているので間違い無いだろう。

「手触りも構造も肉体は人そのものです……生殖も出来そうなのです。おにーさん、本当にお仕事のためにこの子達を作ったんですか？」

手足や何処とは言えないがデリケートな場所まで調べたらしいミーゼ。

疑いたくなる気持ちはわかる。わかるが、俺はロボ子も期待していたので、それは冤罪というものだ。

「仕事のために作ったのは本当だ。嘘はない」

嘘はついていない。それ以外も期待していたが。

「……信じるのです」

嘘に敏感なミーゼだが、嘘でなければ見落としも多い辺り、リゼルとの血の繋がりを感じる。

一言で表現するなら実にちょろい。

「さて、生体なら色々処理しないといけないな」

結局その日は、生まれた50人の魔物の少女の身分証明書の準備で日が暮れた。

書類上は海賊から救出した身元不明の少女達という事にしておいた。

『ヴァルナ』ステーション行政府には、色々と融通の利く人脈があったので簡単に処理が出来たのだった。やはりコネは大切だな。

機鋼少女達が生身になってしまった以上、身分証明書の類や食事も寝床も必要になる。

生物としての欲求が出てくるなら、将来的には給料を与えて自立させていく事も考えないといけないか？

ＳＦ世界で生身の魔物を従えるのはやはり苦労が多いようだ。

新しく作った魔物の機鋼少女だが、能力は申し分無かった。

まず機鋼少女達は触れた機械の分解と再構築が出来る。

試しに分解させたレーザーライフルが螺旋を描く金属のリボンのようなものになり、解けて少女の肌へ溶けていくのは幻想的であったし、腕の半ばから銃身だけ生成したレーザーライフルが稼動する様はなかなか味のあるエロさがあ……ごほん、十分な戦闘力を持っているのを確信させてくれた。

シーナと名づけた機鋼少女の個体に、スクラップヤードで埃を被っていた、大量の宇宙船・ステーション用メインフレームや汎用端末などの情報処理機器の残骸を与えたところ、１日でレベル１

38まで上昇した。

取り込む機械が壊れていたり、古いものでも分解と再構築できるというので、ジャンク品ではなくスクラップで十分だったのは大きい。

まだ再利用できるジャンク品と、素材としてリサイクルするくらいしか使い道がないスクラップでは、価格に雲泥の差があるからな。

「うえぇえ……スクラップは美味しくないです」

「分解して取り込むのに味を感じるのか。新しい方が美味しいのか？」

「新品かつ職人芸で作られた機械とか、凄く美味しそうです！」

「給料を出すから、ボーナスを貯めて買ってくれ。仕事用だと経費の関係で、スクラップばかりになりそうだ」

「美味しくないのいやですー……」

◇

『魔王様、本当にその子、私に接続できるんですか？』

シーナを連れて『ヴァルナ』ステーションの開放型ドックに停泊中の、高速巡洋艦セリカのブリッジにやってきた。

見た目14歳前後で背も低い、可愛い女の子にしか見えないシーナがワイヤード（有線）接続用のケーブルを口にくわえて座り込んでいる姿は、愛らしくもあったがどことなくシュールだった。

「実際に試した方が早いな。シーナ、接続開始だ」

シーナの頭をぽんと撫でて合図をする。

『外部からの接続を確認。接続先不明、ワイヤード接続によるアクセスです。えっ、本当にアクセスが来ました⁉　情報処理・補助機器のパターン受信、メインフレームへの接続……何もしてないのに許可されました。私許可してないよ！　テスト情報処理パターン起動……ええと、この情報処理速度約８０００パーセント上昇って何でしょうか」

「もふふ、もーふふ」

口にケーブルを加えたシーナが何か言っている。シーナの指が予備ケーブルを指差していた。

「追加のケーブルが欲しいのか？　喋れなくなるから、最初に口で接続するのは変えた方がいいんじゃないか……？」

シーナにケーブルを渡すと、腕に生成したコネクターに接続していった。

『情報処理速度、更に上昇。３万パーセント超えています。こんな速度のメインフレームを何に使うんですか……』

段々とセリカの口調に驚きより呆れの色が濃くなってきた。

『あの……魔王様、もう私の処理能力を随分追い越されているというか、情報処理の補助機器が本体みたいな状態だけど、私ってもしかしていらない子なんでしょうか』

ブリッジの床に座り込んで体育座りになり、いじけるセリカの投影画像。他の姉妹よりも情報処理能力が高い事がセリカの自慢だったからな。

「機鋼少女のシーナは情報処理特化だが、セリカは電子高速巡洋艦なんだ。特化型と汎用性重視の違いだろう」

機鋼少女は戦艦砲でも再構築して射撃できると思うが、高位の魔物でも少女でしかないので、反動で吹き飛ぶだろうし、戦艦砲の反動を抑制するなら、結局戦艦サイズの機械を再現する事になるから、中古の戦艦と付喪神を用意した方が戦力になりそうだ。

しかし、機鋼少女のポテンシャルが予想以上に高い。

単純に魔物として強い訳ではないが、機械を分解、吸収、再構築できる能力と、機鋼少女が取り込む高性能機械が手軽に入手できるSF世界の相性が良かったんだろう。

装甲戦闘服や重火器を吸収させ、戦闘力に特化させた個体は、地上制圧用の大型戦車を殴り倒せそうな能力になっていた。戦車レベルの耐久性を持つ乙女の柔肌とか、脳が混乱しそうになったものだ。

難点を言えば、思考や発想は見た目通りの少女のものでしかないため、指揮官には向いてないところだろうか。

基になる義体が安いものではないので量産性にも難があるものの、魔王の側近候補として非常に有望な魔物になってくれた。

有望なんだが、機鋼少女達は俺の事を魔王ではなくマスター（ご主人様）と呼ぶので、一般船員達の「あんな子達まで毒牙に……」的な視線が痛い。

「マスター、マスター、新しい演算処理の構造体を作ってみました。ご覧になっていただけませんか？」

子犬のように懐いてくるシーナを撫でてやりながら思う。

どの様な視線を受けようとも、機械じゃなくて生体であろうとも、恋も愛も知ることが出来るロボ子達に囲まれてマスターと呼ばれるのは本望というものだ。

この浪漫を解する同志は数多くいるだろう？

魔王、幼子達の面倒を見る

祭りというものは準備が大変なものだと相場が決まっている。

俺もそれなりに学生時代を楽しんで送っていたから、学園祭前のあの落ち着かない楽しさと、楽しみとない交ぜになった焦燥感に満ちた空気は、体験していたし嫌いじゃなかった。

懐かしいものだ。教員に袖の下を渡して巡回の手を逃れ、未成年では入手が難しいアルコール類をツテを使って入手し、特殊な商売を希望する生徒を集め、経験の浅い生徒には教育を施して。

学園祭の出し物だが、客1人当たり万札単位の売り上げになるから、収入を税務署の目から誤魔化すのもなかなか苦労したものだ。

商売を聞きつけた暴力団関係者への対応とかにも手を焼いたな。

結局そのまま商売になって、歓楽街に店を1つ造るハメになったんだよな。

……自分の事ながら、一般的な学園祭の楽しみ方から若干ずれていたと思う。

まあ、俺の昔話なんてどうでも良いんだが、何か大きな事のために準備をする楽しみはSF世界においても遜色がないようだ。

中古の大型輸送船を買い付け、回航して改装し、ドローンのジャンク品や中古品、時にはスクラップを寄せ集めて組み上げて。

忙しい毎日を送っていたが、社員達にはどこか浮き足立った心地よい焦燥に、笑顔と活気が満ちていた。

悪の秘密結社や魔王は、恐怖政治をしているように描かれる事が多いけどさ。

普通の生活より悪の組織の方が、心地が良く楽しいってのもアリだろ？

◇

側道の主(隠者の英知)と対決する、今回の仕事のために準備した4隻の大型輸送船『ウラヌスE型』は『ヴァルナ』ステーションでも長く使われていなかった、大型輸送船用外部ドックに入港していた。

戦闘艦用のドックとの違いは、中の荷物を搬入・搬出するための施設の充実ぶりだな。ドック内の栈橋近くはコンテナヤードのように広いスペースと、コンテナを移動させる作業用アーム(クレーンの親戚)などが立ち並んでいる。

『ウラヌスE型』はアドラム帝国で建造された船らしく、流線型の船体ながら実利優先の無骨な印象を受けるデザインだ。

外見は翼を広げた機械の飛竜が、体と同じ大きさの箱を抱えていると表現すればかっこいいだろうか？　戦闘艦とは別方向の、地球で使われている巨大タンカーのような浪漫を感じる外見だ。

「ウラヌスE型1番艦『アラミス』改修率91％。増設ドローンベイ稼動チェック中、実動テスト項目リスト消化率64％です」

「ウラヌスE型2番艦『ポルトス』改修率89％。ER86－1611区画にて事故発生、救護班は急行してください。軽傷4名の模様」

「ウラヌスE型3番艦『アトス』追加装備試験中。ドローンゴースト放出、回収チェック中。13番射出装置に動作トラブル発生、整備班は作業に当たってください」

「ウラヌスE型4番艦『ダルタニアン』改修率95％。火器管制装置の動作確認及び、対艦レーダーの発信テストを5分後に開始します。艦外で作業中の作業員は船内またはドックのエアロックまで退避してください」

ワイバーンのブリッジに増設された仮設作業管制室で、オペレーター達が作業の指示を出しつつも次々に報告してくる。

別に携帯端末や投影ウィンドウで直接情報を貰ってもいいのだが、様式美というものだ。

何よりオペレーターが報告しながら最終チェックする事で、作業中の事故を減らせるのが大きい。

あちこちに開いた投影ウィンドウに、作業中の様子や進捗状況とかが雑然と並んでいて、司令室的な浪漫を感じる。

リゼルやミーゼには雑然としすぎていると、たまに来ては綺麗に整理されてしまうのが寂しいところだ。整理した方が見やすいのだけどな。空中に乱立する投影ウィンドウには浪漫がな……。

オペレーター達はユニア（牛娘姉）が紹介してくれて、随分と充実している。

以前ユニアと同じ職場でオペレーターをしていたものの、勤め先が倒産して慎ましい生活をしていたという、獣系のアドラム人女性達だ。

同郷の出なのだろうか、ユニアと随分親しいようだし、年齢……は近いのだろうか？　獣系アドラム人は外見で年齢がわからないから謎だな。

ユニアも含め、モデルや女優のようにスタイルも良い。オペレーターは声が良いのは前提条件として、スタイルの良さも大事なんだろうか。

オペレーターとしての経験もあって、声も綺麗だったので即決で雇ったのだった。

「社長、カルミラス家より至急タグがついた通信が来ました」

緊張を帯びた時でも綺麗な声が出せるのは、オペレーターとして得難い素質だと思う。

「至急とは穏やかじゃないな。内容は？」

「はい。あー……その」

何故か急に周囲を見渡している、童顔の上に背が低いにも拘わらず、スタイルが抜群に良い犬耳オペレーター。

「早く頼む」

「『無事産まれた3人目は男の子だったわよ。女の子も良いけど男の子も良いわね。アルテでかしたわ』……だそうです」

非常に言い辛そうに通信内容を答える犬耳オペレーター。

リゼル母からの伝言だったか。

「「「「…………」」」」

近くのオペレーター達も手を止めて、なんとも言えない沈黙が場に満ちる。

——やればできる。深い言葉だよな。

獣系アドラム人は妊娠しやすい代わりに、出産後1年近く妊娠しなくなるらしいが、このペースで増えていったら、最終的に何人子供ができるのだろうか。

リゼル母には「どこで何人つくっても、うちに預けてもらっていいわよ？　姉弟として育てるから。むしろそうしてくれると嬉しいのだけど」とお墨付きを貰ってはいるけどな……もう3人目か、嬉しくはあるんだが、逃げ場を着実に塞がれていっているような、落ち着かない気持ちになる。

本気で避妊魔法の構築を考えた方が良いんだろうか。

魔王というかファンタジーの悪役的に、エロい事をする際、避妊魔法を使うのはどうか？　と謎の抵抗感を感じる。

だって、なぁ？　捕らわれの勇者とかオークに捕まった女騎士など、お楽しみシーンの前に男優が避妊具を使うようなものだろう？　紳士的ではあるんだが、盛り上がりに水を差すじゃないか。

具体的にナニとは言わないが、そういう方向に容赦ないのも悪役の嗜みだろ？

「社長って確かまだ独身……」

「ミーゼちゃんやライムちゃんとイチャイチャしている事多いし……」

「アルテさんって、あのメイド隊の隊長よね？」

「あの凛々しい感じの人？」

「え、でも3人目って……」

「そうそう、もう前に2人つくっているって事よね」

「やっぱり別の女なのかしら……」

「ユニアも妹と一緒に囲われているとか……」

「――さて、仕事に戻らないか？」

ヒソヒソと姦しい話を始めるオペレーター達に釘を刺す。

「「「了解」」」

びしっと敬礼をして業務に戻るオペレーター達。

ああ、こういう時に気軽に相談できる男の船員が切実に欲しい。

ワイバーンはエロに理解はあるが実体が無いから、切実だったり生ぐさい系の愚痴を言う相手には向かない。貴重な男性船員は『魔王軍・兵站部』の輸送船に優先配置されるから、どうにも寂しいものを感じるな……。

どうでもいい話かもしれないが、アドラム帝国を含めこの未来世界の大半で、婚姻に関して特に制限はない。

一夫多妻だろうと多夫一妻だろうと多夫多妻でもできるんだ。制約は一切無い。

婚姻以前に経済的なものというか、生活には先立つもの（資産）や収入が必要なので、効率の問題で一夫一妻に落ち着く事が多いと聞くが。

◇

大型輸送船『ウラヌスE型』は全長600m、全幅300mと、大きさだけなら以前戦った特殊海賊空母に迫る大型艦だ。とはいえ、分離可能な船倉兼大型コンテナが船体の大部分を占めているので船としての性能は高くない。

アドラム帝国規格の量産品であるステーションは、本来このクラスの大型輸送船が入港できるような大型港がある方が珍しい――多くの場合はステーション近くに停泊した大型輸送船から、必要な荷物だけ小型か中型の輸送船で運ぶ――のだが、幸い『ヴァルナ』ステーションでは、繁栄していた頃に大型艦専用の外部ドックを何基も増設していたので、年代もののドックではあるが大型輸送船4隻を入港させてもまだ余裕があった。

「イグサ様、大型ドックの利用請求書が来たのですよぅ」

リゼルが差し出した端末に表示されていた請求額を見て、苦い顔になってしまう。

「……埃かぶりどころか、埃に埋まっていたドックの癖に強気料金過ぎないか？」

長年使われずに放置されていた癖に、請求金額がかなり高額だ。

大型ドック1隻分につき1週間で20万IC、4隻を1ヶ月停泊させているので20×4×4で32

0万ICか。

最新型かつ新品のクラス5か中古のクラス3から4の戦闘機を武装込みで買えそうだ。

「多分、昔の料金設定のままなのですよぅ」

「ライム、料金交渉を頼んでいいか？」

大型輸送船の改装のために『ヴァルナ』ステーションに詰めていた、ここ最近で1番変化したのはライムだろうか。

出撃（営業）が無いので戦闘機へ乗り込む機会が少なく、突入ポッドでの戦闘もファントムアーマー達が育ってきたので、余程の修羅場じゃない限りはライムなしでもこなせるようになった。

俺としてはファントムアーマー達も成長しているが、ライムがパイロットや白兵戦要員として、生還する意味で1番安心して送り出せるから、そのままでも良かった。

だが、自分のやれる事を増やす事を思い立ったライムは、残ったスキルポイントを使って商業系のスキルを取得していた。

どの職業の代わりも出来る勇者だからこその方向転換だな。ステータスの補正とスキルによって、そこらの熟練ビジネスマン顔負けのレベルで仕事ができるようになったんだ。

今まではミーゼに副官と副社長、秘書的なポジションを兼任してもらっていたのだが、業務の規模が拡大するにつれ、段々と無理が出てきていたので、ライムがミーゼと仕事を分担できるようになったのはとても助かった。

「うん。アリア艦長のアンヌさんを補佐に付けてもらっていい？」

「構わないが、何故だ？」

「ここのオーナーはスタイルの良いお姉さんに弱いから」

この辺もライム特有のものだろうか。

ミーゼは理責めが得意だが、色仕掛けなど感情面に訴える手が苦手だ。

逆にライムは相手の感情面に訴える手を得意としている。

「任せる。手を出してもいいが、吸い過ぎて殺してしまわないように念押しを頼む」

アンヌは見た目も性格も良い娘だが、淫魔だけに取り扱いには注意が必要だ。

迂闊に一般人の精気を遠慮なく吸ってしまうと、気軽にミイラ（乾物）にしかねない。


ライムが頑張って、ついでにアンヌが予定外のご褒美（食事）にありついた交渉の結果、ドックの使用料金は総額で5万ＩＣに落ち着いた。

当初の請求金額の64分の1だ。大型輸送船用の特殊ドックではあるが、放置されて半ば朽ちていたのだから、適正価格だろう。

照明すら機能停止していたので、ドック内の設備を修理するところから始めたからな……。

「頑張った。イグサ、褒めて♪　撫でて♪」

「よくやってくれた、偉いぞ」

交渉から帰ってきたライムを膝の上に乗せ、満足するまでハグをして頭を撫でる事になった。

ライムの行動が外見相応になってきているな。ミーゼの影響だろうか？

部下が功績を立てたら褒美を出すのは、上に立つ者として当然だと思うんだが、魔王としてこの褒め方でいいのかと疑問を感じなくもない。

新人オペレーター達も、微笑ましいものを見るような視線を俺達へ送っているしな。

――まあ、身内に甘いのは俺の基本方針だからいいか。

◇

大型輸送船『ウラヌス』級は積載量が極めて大きく、大型艦の割には速度も出る方だが、輸送・交易業をするなら、燃費やリスク管理などの効率を考えると、普段使っているネプチューンシリーズの中型輸送船に軍配が上がるという。

積載量が大きければ大きいほど良いんじゃないのか？　と俺も最初は思ったんだが。

単一商品をウラヌス級の船倉一杯に詰め込んで、1つのステーションで放出してしまうと、相場がさくっと暴落して利益が出るどころか損失が出るレベルであるという。

暴落しない程度に放出するなら中型輸送船の船倉サイズで十分だそうだ。

船倉の大きさを生かして、複数の商品を取り扱えばよいとも思ったが、ステーションによって利益がでる商品が違うので、1つの船で多数の商品を同時に取り扱うのは難しいんだよな。

相場やステーションの品不足と船倉の中身が上手くかみ合えば大きく稼げるが、そんな幸運にありつけるのはそう多くない。どうしても無駄が目立ってしまうんだ。

『魔王軍・兵站部』が運用している同系の大型輸送船も、中央星系の巨大生産プラントから大量買い付けをして、地方の中継ステーションなどで中型輸送船に積み替えるなど工夫しているらしい。

現代で例えるならタンカー船だな。大量の荷物を長距離輸送するには便利だが、末端まで荷物を届けるなら港でコンテナを降ろして、輸送列車やトラックに載せ替えて届けるような。

大型輸送船というフレーズに浪漫を感じるんだが、同じコストで中型輸送船を複数買って使った方が小回りも利いて何かと便利なんだよな。現代でインフラ（道路整備）が整った国だと船便での輸送よりトラックの方が出番が多くなるのと、同じようなものだろうか。

ワイバーンのブリッジで船体改装の報告書を読んでいた時の事だ。

『『『魔王様、魔王様ー！』』』

可愛らしい甘い声と共に現れたのは4体の投影映像体。

ドックで改装の最終工程を行っている4隻の大型輸送船の付喪神達だ。

中古船ではあったが、輸送船は中古艦でもどれも製造されてからの艦齢が短めで——ある程度旧式化すると解体され、部品や素材をリサイクルされて新型の輸送船になる——付喪神にできるかどうかは怪しいところだったんだが。

実際やってみたら普通の付喪神にはなりきれなかったようだ。見た目や思考が、かなりロリ……いや、ペド……ごほん、幼くなった。

『アラミス、艦内調査できるようになりました、褒めてー！』

『ポルトスは情報処理頑張りました。えへん』

『アトスはドローン達と遊んでましたぁ、リンク率少し上がったんですよぉ』

『……えっと。ダルタニアンはブリッジの人と交流できました。ちゃんと目を見て話せるようになったです』

「そうか、良くやった。艦長の言う事をよく聞いて頑張ってくれよ」

艦齢は20年以内らしいが、付喪神の見た目は6歳とかそのくらいだ。

投影画像の頭を順番に撫でてやると、ちゃんとフィードバックされているのか、とても気持ち良さそうな顔をする。

ちなみにそういう趣味もあったのか、この4人が来た時のワイバーンのデレっぷりも凄い。

『みんな元気で良い事ですわ。ご褒美に飴ちゃんどうですかい？』

ワイバーン……言葉だけは紳士だが、目が血走っているしハァハァと息が荒くて犯罪くさいぞ。

……いや、実体を持たない付喪神として、芸が細かいと褒めるところだろうか？

『『『『やーっ！』』』』

まあ、当然のように悲鳴をあげて逃げられるよな。

……おや、ワイバーンが飴を差し出した体勢で固まっている。

『ワイは仲良くしたいだけなのにあんまりです……』

ワイバーンが床に手を突いて本気で落ち込んだぞ。かなりショックだったのか？

◇

大型輸送船の改装も終盤に入り、クルーの訓練と物資の搬入が続く中、俺はワイバーンのブリッジに連日詰めていた。手札（戦略）が決まったので、次は札（戦術）の切り方の練習だ。

「さてさて、魔王を慢心させてくれないSF世界（この世界）は実に素晴らしいな。俺が知っている人間なら、地球出身系種族の間で泥沼の戦争でも続けていそうなものだが」

台詞とは裏腹に声はつい弾んでしまい、不謹慎なほどの高揚感を感じている。

ジャンク品から作ったありふれた武器で魔王の命を脅かせる世界。

組織の規模に対して不釣り合いなほどの戦力を持った老舗の海賊だとしても、魔王とその部下達が全力で準備した上で立ち向かわないといけない脅威になるというのは、実に滾（たぎ）るのだ。

神の加護に溢れた武器防具を揃えた勇者が自分に挑んできたとか、あるいは正義や義理のために裏切った部下がヒーローとして、悪の組織を末端から潰していき首領たる自分の前に立ちふさがったとかに近いか？

俺が悪として憧れるシチュエーションが実現したようなものだ。

魔王としての感情が歓喜に満ちている。俺の中にある魔王成分は職業（クラス）だけだが、人間が好き過ぎないだろうか。

「シーナ、ワイバーンとコンソール（入力装置）をワイヤード（有線）接続してシミュレーションを立ち上げてくれ。ミーゼ、アルテは立ち上がったシミュレーションの相手を頼む。陣営を入れ替えて何度か相手をしてくれ」

「はいです。手加減はしないのですよ」

「全力を尽くすであります」

「はーい。……はむっ」

シーナがワイバーンのコンソールに繋がる通信ケーブルを口に銜(くわ)え、腕に生やしたスロットに次々と有線ケーブルを接続していく。

「ワイバーン、シミュレーターの管理を頼む」

魔王として戦うのに相応しい相手だからこそ手を抜けないし、慢心せず準備を続けられる。

『老骨に鞭打って何とかしてみせますわ』

「さて……と。相変わらず慣れない感覚だな」

シーナの腕から延びたケーブルの1つ、先端が彼岸花のような形の端子になっているものを首の後ろに押しつける。

ケーブル先端の細い端子が動き、ずるりと皮膚や肉の間に滑り込み、神経に繋がっていく。

コンソールの思考入力だと入力速度が追いつかないので、直接人間に繋げる思考入力／出力用の接続端子――アドラム帝国では禁制品、リゼルに作ってもらったもの――が首の後ろに固定され、脳裏に直接シミュレーションの画面や各種情報が描写される。

『では休憩も終わって、相手はミーゼのお嬢ちゃんと補佐のアルテはんに交代、第232回戦闘シミュレーション、スタートですわ』

「もふふ、もふーふ。もふふもふ（戦闘シミュレーション、スタート。所持戦力は海賊側が大きく優勢、戦力配分は乱数により今回は＋２３２％に設定します）」

レベル10（人外の領域の更にその先の何か）まで取得した戦術や戦略スキルを馴染ませるために、ミーゼとアルテが操作する海賊艦隊との戦闘シミュレーションを続けている。

発想や思考に影響を与えるスキルは慣らさないと、本来の能力を発揮しないんだ。スキルを取得した途端に人格や価値観が変貌してしまうのを防ぐセーフティなのかもしれない。

「ああ、人は素晴らしいな。魔王を少しは慢心させてほしいと、贅沢な不満を言いたくなる」

その後何戦もシミュレーション上で艦隊戦をしたが、堅実な足止めをするミーゼとゲリラ戦を展開するアルテの連携に苦戦しつつ、満足げな呟きがつい口から漏れてしまった。

「おにーさん。人を散々負かしておいて、その反応は酷いのです」

「帝国艦隊に追い回される、海賊の気持ちがわかった気がするであります……」

◇

『戦闘輸送船、１番艦アラミス、出渠（しゅっきょ）（ドックから外へ出る事）しまーす！』

元気な付喪神の声と共に、改修と物資の積み込みが終わった大型輸送船がゆっくりとドックから出てくるのを、ワイバーンのブリッジから見ていた。

大型輸送船は戦闘に連れて行く事もあって、かなりの改装を施したが、ワイバーンや高速巡洋艦ほどの魔改造まではしていない。

全体的な設備の近代改修に、リアクターや推進器を高出力のものに載せ替え、戦闘機とミサイル迎撃用の自動レーザー機銃砲座の追加設置と、武器設置による火器管制装置の追加、船倉にドローンゴースト射出・回収装置を増やしたくらいか。

SF世界的には十分過ぎる魔改造の領域なのだろうが、魔法の補助がなければ航行しているだけで自壊、最悪リアクター融解から爆発四散する、ワイバーンや高速巡洋艦姉妹達のレベルまではいっていない。

『リアクター……えっと、出力55%で安定。かんちょうー、推進器の出力もまだ5%で大丈夫だよね？』

一々確認するあたり、初々しさや危なっかしさを感じるな。

『舵そのまま、誘導ビーコン（識別発信機）に沿って微速前進。セリカおねーさん、宙域マップ貰ってなかった、ちょうだいー！』

魔王軍のトレードマークになってきた、純白の軍用塗料で塗られた大型輸送船の全貌が見えてくる。動きは遅いものの、高速巡洋艦よりも大型だけに見応えがあるな。ワイバーンが振動音のような効果音をつけてくれているので、臨場感も抜群だ。

改装の内容だが、1番艦アラミス、2番艦ポルトス、3番艦アトスは同じ改造をした戦闘輸送船になった。

通常の輸送船も最低限のシールドや武装はしているが、どの艦も駆逐艦レベルのシールドジェネレーターと主砲こそ無いものの、戦闘機／ミサイル迎撃用の小型火器を大量に搭載している。

フリゲート艦や駆逐艦のような戦闘艦相手は少々辛いが、戦闘機数機程度なら艦載砲とシールドだけで十分相手できる性能になっている。

また、膨大な積載量を生かし、ドローン格納庫を大量に設置してあるので、武装輸送船というよりもドローン母艦(空母)としての面が強い。

ドローンを大量に搭載する分、通常の大型輸送船と比べて船倉が相応に狭くなっている。

今回の仕事で生き残ったら、危険地域の交易任務や輸送船護衛などで活躍してくれるだろう。


4番艦ダルタニアンは戦闘輸送船の中でも偽装輸送船というジャンルになるらしい。

外観は1から3番艦と見分けが付かないが、中身は全くの別物になっている。

共通点は大量のドローン運用を出来るところぐらいだろうか。

出力だけなら巡洋艦と同等レベルのシールドジェネレーターと装甲板を装備、そして装甲板の下に収納・展開式の主砲や副砲――出力は軽巡洋艦相当のもの――を大量に装備させてある。

流石に機動性や速度は戦闘艦としては遅いが、このサイズの大型輸送船を重武装させて、速度や機動性を一般的な中型輸送船並に維持しているのは驚異的な性能だそうだ。

スクラップヤードで朽ちていた、巡洋艦と駆逐艦の残骸から部品をかき集めて装備させた、効率という言葉を窓から投げ捨てた歪(いびつ)な設計だ。

輸送船だと思って襲ったら戦闘艦でしたという。実に海賊に優しくない設計になっている。

まあ、ご想像の通りおやっさんと趣味仲間の作品だ。

4隻のうち1隻は火力と防御力を強化した船にしたいと言ったら、色々と想定の斜め上の作品に仕上げてくれた。リゼルも良い笑顔で「これなら軽巡洋艦と殴り合いだってできますよぅ！」とやり遂げた顔で報告しに来たしな。

難点としては大型輸送船の船体をしっかりと守れるシールドジェネレーターや装甲、武装とそれらを動かす為の大型リアクターの搭載とかで、1から3番艦よりもさらに船倉が狭く、積載量が減っている事だろうか。

生存性と戦闘力が高い代わりに、輸送船としての使い勝手はえらく悪い。


……まぁ、俺が欲しかったのは危険な状況でも戦闘能力を保っていられるドローン母艦だったから、一応注文通りなんだ。

この船が最も輝くのは不利な状況。他のドローン母艦が轟沈、または機能停止に追い込まれるような危機的な状況でも、戦力を維持できる船があると生還率が随分違う。

「イグサ様、この船を設計した私が言うのも何だけど、設計思想からして想定する戦況が悲惨すぎると思うのですよぅ」

「情報収集に戦略や戦術で優位に立ったとしても、戦闘の勝敗に絶対は無いからな。この船が真価を発揮する時は、生還できる船がワイバーンとダルタニアン含めて2、3隻程度になっているだろうな」

「生き残った船も武装や装甲とかボロボロになってそうですよぅ」

「負け戦だとしても、ギリギリのところで逃亡・再起する方が俺達らしいだろう？」

「そうですねぇ……ボロボロになったワイバーンとダルタニアン2隻からでも、また稼いで、人を集めて新しい船を造って頑張るのですよぅ！」

諦めるという選択肢が浮かばないリゼルを見ていると気が楽になる。

エネルギー生成プラント攻略戦の時もそうだったが、賞金首の仕事は失敗すると大抵の場合は宇宙の藻屑（もくず）になる。俺が魔法を使って藻屑になるのを避けられたとしても、宇宙に出てから手に入れたもの――――部下や船、ＩＣ（カネ）など――――の大半を失うだろう綱渡りだ。

だからお気楽に、どん底の状況なっても立ち上がるし、当然のように死ぬ気はなく、死神と縁遠そうなリゼルは癒しになる。

「イグサ様とライムさんと一緒なら何とでもなるのですよぅ！」

リゼルの言葉が意図するところのない天然での発言だとしても、勇気づけられた分は働きで返さないと魔王（おとこ）が廃るだろう？

悪とは――――悪役とは、格好を付ける生き様だからな。

◇

「艦列形成完了しました、相対位置は誤差の範囲内であります」

『ヴァルナ』ステーションの近郊で、ワイバーンと高速巡洋艦姉妹3隻、武装大型輸送船4隻の合計8隻で艦列（陣形の艦隊版）を組んでいた。

艦隊は前方にワイバーン、両翼を固めるように高速巡洋艦のアリアとベルタが固め、その後ろには菱形に艦列を組む大型輸送船4隻を挟んで、後方に高速電子巡洋艦のセリカを配置してある。シールド強度の高い戦闘艦で輸送船を囲む、戦闘艦による輸送船護衛で一般的な配置だ。

目的地の『側道』は海賊達の頻発出現地帯の『獣道』の中にある。

大型輸送船も一般の輸送船と比べると規格外に強力なシールドジェネレーターを積んであるし、高速巡洋艦と同じく船自体も付喪神化して、ブリッジクルーに魔法が使える女性淫魔を乗せているが、防御面で若干の不安が残る。1隻例外（偽装輸送船ダルタニアン）もいるが。

いや、ワイバーンや高速巡洋艦達がカタログスペックより桁違いに防御力が高いだけだし、大型輸送船も戦闘機程度の火力ではシールドを削るのに苦労するレベルなんだが、最初から戦闘艦として造られた船とは違い、どうしても船自体の耐久性が低く、運用に神経を使う。

これが空母に艦載機なら、ローテーションで艦載機に護衛させながら移動も出来るんだが、再利用型かつ魔物化したドローンゴーストでも、艦載機に比べると圧倒的に活動可能時間が短い。

また、1度出撃したドローンゴーストを回収して、リアクターを冷却し消耗品の交換をする（休息させる）など、再出撃できるまで整備するのに手間や時間がかかる。

ドローンゴーストになって稼働時間は大幅に改善されてはいるものの、単独での超長距離移動を前提に造られている戦闘機ほどではなく、ドローンゴーストに大型輸送船を常時護衛させるのは難しかった。

「イグサ様、やっぱりドローン用の自動整備装置をしっかり載せたかったのですよぅ」

「あれは容積取りすぎて積載量が減りすぎるから没になったじゃないか。ドローンゴーストを常時展開させたいからといって、搭載数が減りすぎるのは本末転倒だ」

うん、自動でドローンの再整備を行ってくれる装置はあるんだが、これがドローンを整備できる数と速度に対して、非常にかさ張るんだ。

具体的な数を言えば、ドローン再整備装置とローテーションで再整備するドローンゴースト6機を設置するスペースを確保する場合、同じスペースにドローンゴーストを詰め込むと40から50機は載せられる。

ドローンゴーストを常時展開させて船の護衛をさせようとすると、自動整備装置を大量に搭載する事になり、積載量が極端に落ちるので見送る事にした。

船倉の一部を整備工場にして、整備員が人力で整備した方がまだ場所を取らないくらいなんだ。


「こちら民間軍事企業『魔王軍』第1艦隊旗艦ワイバーン・オペレーター・ユニア。見送っていただけるヴァルナステーションの係員の皆様に艦長に代わりお礼を申し上げます」

「火器管制チェック完了です。装填中のフライイーター対戦闘機ミサイルの自己診断も比較的グリーンなのですよぅ」

大量の艦載機との戦闘が予想されるので、対戦闘機用のミサイルもたっぷりと買ってきた。

長らく埃を被っていたワイバーンのミサイル発射管や保管庫も掃除されて綺麗になっている。

自己診断させるとエラーを吐いたり、スラスターの不調を訴えるのは、消費期限切れの中古ミサイル故に仕方ない。グリーン表示が多いだけましというものだ。

再生武器屋の店主をしている恰幅の良い中年女性の話では、最低限まっすぐ飛ぶしミサイル発射管の中で詰まったり誤爆したりするレベルの不良品は混ぜてないという。

基準がおかしい気もするが、新品を潤沢に揃えられる軍隊と違って、傭兵や民間軍事企業に海賊達の装備ならこのレベルの品を使うのは珍しくないそうだ。


対艦ミサイルも普通に売っているし、オススメされたが今回は見送った。

ワイバーンのミサイル発射管でも撃てるんだけどな。このSF世界のミサイルは基本的に飽和攻撃が前提。相手のミサイル迎撃能力を超える大量のミサイルをばら撒いて目標を撃破する事になる。

弾体や弾頭の種類にもよるが、高価な対艦ミサイルならシールド中和／貫通能力を持っているので、命中すれば大ダメージを期待できるんだが、中古でもコストが非常にかかる。

気軽に対艦ミサイルを撃てるのは、自前でミサイルの生産施設を持っている軍隊か大企業、あるいはミサイルが迎撃されない距離まで接近してぶちかませる凄腕の戦闘機乗りくらいか。

そもそも、魔王軍（うち）なら対艦ミサイルを載せる場所にドローンゴーストを詰んだ方が再利用できる上に、対艦ミサイルより戦果が期待できるんだ。

ドローンゴースト達が便利すぎて困るな……。

「各艦とのデータリンク正常、全艦チェック終了。いつでも出発可能であります」

「航路情報を確認、セクター103から105は交通量もあるので揃っていますが、セクター201と202は情報が古いのであてにできません。航路の変移に注意してください」

「各艦に通信開いてくれ。平文（暗号化してない通信）でいいから全艦放送するように」

「通信開きました、全艦放送中、暗号強度無し」

「民間軍事企業『魔王軍』代表・イグサだ。準備してきた成果を出すときが来た――なんて堅い事は言わない。準備してきた祭りの時だ！　今回の仕事の目的は実にシンプルだ。ジャンプドライブを溜め込んでいる海賊が『獣道』の奥にいるから、乗り込んで快く譲ってもらうだけだ。道中も海賊との戦闘が予想される。危険手当に臨時ボーナスは高めだから、しっかり稼いでくれよ！」

艦内から威勢の良い歓声が聞こえくる。

相変わらずノリの良い連中で小気味良いな。

「艦隊前進、目標『獣道』、そしてその先にある『側道』！　全艦第3種警戒態勢へ。獣道内に突入と同時に第2種警戒態勢に移行する」

「あいあいさー、推進器稼動、出力8%で加速開始であります」

「各艦へ。第3種警戒態勢が発令されました。また各艦巡航速度で移動開始してください」

「――さあ、祭りを始めようじゃないか」

魔王、獣道を散策する

餓えている時にご馳走が目の前にあったら、手を出さないでいられるヤツはそういないだろう。

空腹程度なら我慢できると思ったヤツは、餓えを経験してみるとよい。

空腹と餓えの差は、身をもって体験しないと分からない事の1つだと思うからな。

あれは魔王になる前の事だった。大学生になりたての頃にうっかり妹の誕生日を忘れていて『兄さんはご飯抜き』というのを4日ほどやられた。

買い食いぐらい出来たらよかったんだが、財布まで没収される徹底振りだ。ベタな報復だがあれは酷く辛い。3日目辺りから半分思考停止していたからな……。

妹は報復の仕上げとして空腹で虚ろになっていた俺の前で、ダイエットを投げ捨ててラージサイズのピザをおいしそうに食べるという暴挙をしてくれた。

その直後に行った人生初の本気土下座の虚(むな)しさと、ピザの味は忘れられない。

中小企業連合が仕掛けた『海賊牧場』は着実に海賊の数と質を増し、人々の生活を脅かし続けている。

だが、海賊達も随分と懐事情が厳しいようだ。

だってそうだろう？　獲物の数は変わらないのに同業者はひたすら数が増えまくるんだ。

しかも装備が下手に揃った分、維持するのにもIC（カネ）がかかる。

海賊同士で共食いしても被害の割に得るものが少ないから、獲物に対して貪欲になるのは当たり前だよな。

『アリア、ターゲットα12、大型フリゲート艦。主砲発射します』

高速巡洋艦アリアから紅色に輝く高エネルギー粒子砲が連続で撃ち出され、海賊の大型フリゲート艦の側面を貫通、リアクターを誘爆させて爆沈させる。

『ベルタ、ターゲットγ3から15。副砲連射します』

周囲を飛び回るクラス3から4の海賊戦闘機を、巡洋艦ベルタが副砲として装備している集束衝撃砲の大人気ない大火力が順番に蒸発させていく。

「近接用レーザー砲稼働中、ターゲット設定は半オートですよぅ。主砲副砲とも個別に目標追尾しまーす」

ワイバーンも固定装備の近接レーザー砲が、周囲を飛び交う海賊戦闘機や思い出した頃に飛んでくる対艦ミサイルを撃ち落とし、軽巡洋艦並の出力をした主砲や副砲から出るエネルギーの奔流が海賊戦闘機を融解させ、金属蒸気へ昇華していく。

「ワイバーン、リアクターの調子はどうだ？」

『激しい運動でちょいしんどいですが、このくらいなら何とかなりそうです』

付喪神にとって船体の稼動状態は体の調子に該当するようだ。

実にファジーな報告だが、データをずらずらと並べられるよりも理解しやすくて良い。

『4番艦ダルタニアン接敵しました。ま、魔王様反撃の許可下さい、こわいよー！』

「許可する。ダルタニアン武装解放、攻撃開始」

悲鳴は戦闘の華だと思うが、見た目も声も幼すぎる付喪神ダルタニアンの泣き声が混ざった悲鳴は、悲痛すぎて風情がない。映画にしたらジャンルがホラーになりそうな泣き声だからな。

『攻撃、攻撃、攻撃開始！　近寄らないでっ、来ないでー！』

ああ、何かに似ていると思ったら、反応が台所に出てくる黒くて速いアレを見た時に近い。

一般的な宇宙海賊は台所じゃなく交易路に住み着く害虫ではあるが、浪漫と侠気に溢れた宇宙海賊も存在するかもしれないので、一概に害虫扱いするのも微妙なところだ。

一見すると普通の輸送船に見えるダルタニアンが展開した装甲の隙間から、ハリネズミのように砲門を出して花火じみたエネルギー兵器をばら撒き始める光景に、戦闘機乗りの海賊達も混乱したようだ。

ダルタニアンの近くにいた順に海賊戦闘機が景気よく爆散していくな。

「戦闘終了、大型フリゲート1、フリゲート3、戦闘機が約23の撃破を確認。セクター103、第13波海賊艦隊の撃退を確認であります」

『側道』どころか『獣道』に入った最初の星系で既に13回も海賊艦隊の襲撃を受けていた。

被害らしい被害は使った兵器類の消耗程度なのが救いだが、側道に入ってすぐのセクター103

星系に入ってまだ3日目。

　隣の星系へのジャンプゲートまでの行程を、半分くらい進んだ程度だというから頭が痛い。

「なぁ、リゼル。『獣道』は海賊の出現頻度が高いのは分かるんだが、幾らなんでも襲撃頻度が多すぎる。恨みはもうあちこちで買っているが、俺たちが襲われるような心当たりはないか？」

「イグサ様、今の私達はおいしそうな獲物に見えるのですよぅ。大型輸送船が『獣道』に入る事は少ないし、4隻も集まっている上に巡洋艦が3隻も護衛しているのだから、きっと良いものを運んでいるって私でも思いますもん」

「……あー。なるほどな」

　そうだよな。大型輸送船を何隻も引き連れて仰々しく護衛がついていれば、海賊達も思わず襲いたくなる、美味しいそうな獲物（おたから）に見えるというのを考えていなかった。

　アラミス、ポルトス、アトスの3隻はドローンゴーストを満載しているドローン母艦とも言える物騒な代物だったり、ダルタニアンに至っては下手な巡洋艦より火力もシールドも強いが、見た目は大型輸送船（カモ）だよな。

　透明化魔法で隠れたくなった……が、『獣道』内は海賊避けに高速巡航している一般船も多いので衝突が怖い。

『獣道』はアドラム帝国勢力圏外なので、小型艇の1隻や2隻ひき潰しても賠償金を払う義務も発生しないし、シールドや装甲的にも問題はないんだが、襲ってくる海賊連中ならともかく、ただの通行人を船ごと沈めてしまうのは寝覚めが悪い。

悪として最初からやる気で一般人に危害を加えるならともかく、衝突事故で無駄な死者を量産するのは美しくないよな。

「仕方ない、地道に行こう。予備部品を多めに積んできて正解だったな」

その後も海賊の襲撃を鎧袖一触（がいしゅういっしょく）とばかりに払いのけながら、予定通りの進路を進むのだった。

◇

『死霊魔法発動：幽霊船作製Ⅸ／対象数増加Ⅲ』

襲撃してきた海賊艦隊を沈めた後、幽霊船として復活させ、以前造った小惑星帯の隠し倉庫に移動させておく。

正直なところ、幽霊船にするのは非常に勿体無い。

大破や爆散した戦闘艦や戦闘機の残骸からですら、ジャンク品やら稀少資材やらが色々と取れるんだ。

セコイと言わないでほしい。

戦闘艦なんて維持費だけでも高いのに、戦闘を繰り返しているから消耗した部品を予備に交換するだけでも、かなり費用がかかるんだ。

今回の目的は海賊退治ではなく『側道の主』との対決なので一々回収していられない。

最初は回収していたんだが、輸送船の空き容量がすぐに満杯近くになってしまったんだ。

そのまま放置しておくと、流しのサルベージ屋や海賊達の餌になるだけなので、沈めた船は片端から幽霊船に仕上げているが、そろそろ幽霊船だけで大艦隊が組めそうな数になっている。

幽霊船にするたびに勿体無いと、ダンボール箱から寂しげな瞳を向ける捨て猫のような、雰囲気と哀しげな瞳を向けるリゼルの視線も痛い。

気持ちは分かる、分かるからその瞳はやめてくれ。愚痴を言われたほうが楽だと思うんだが、無言なのが重い。魔王に罪悪感を与えるとか、天然は恐ろしいものだ。


武器が磨耗せず宿屋に泊まる程度で延々と戦い続けられる、古典的なファンタジーＲＰＧのキャラクター達が羨ましくも懐かしい。

魔力だけで戦える魔王も、お手入れ不要らしい勇者の剣と鎧を持った勇者もいるが、流石に身一つで戦闘艦と戦いたくはない。

戦闘艦の中では小型と言われるフリゲート艦だって、全長50から１００ｍはある上に多彩な武装をしている。

ファンタジー世界の砦や帆船なら、由緒正しく古式ゆかしい『メテオストライク（隕石落とし）』の魔法でも適当にブチ込めば何とでもなるんだが、ＳＦ世界だと隕石程度はデブリ扱いでさくっと迎撃されてしまう。

ライムの聖剣なら軽巡洋艦すら真っ二つだったんだが、必殺技的なものは１日に何回までといった回数制限があるという話だから、小型機が多い海賊相手だと相性が悪い。

生身でＳＦ世界の戦闘艦を相手にするのは困難や面倒が多い。だから多少経費がかかってもワイバーンみたいな戦闘艦で対抗した方が楽なんだ。

「なあ、ライム。聖剣でフリゲート艦や駆逐艦の外殻や装甲は斬れるか？」

「ん、余裕。魔法防御のない金属なら豆腐と一緒」

「必殺技的なものを使用しない聖剣1本で、フリゲート艦を沈めるのにどのくらいかかる？」

「1時間以上。簡単に斬れるけど、大きすぎて解体に時間がかかる。家庭用の包丁で鯨をさばくようなもの」

「だよなぁ……突入ポッドでカチコミかけるか、直接泳いで船体に取り付いてからエアロックから入って、ブリッジ制圧した方が楽だよな」

「うん。ブリッジ押さえるのが簡単」

ファンタジー（非常識）と言えども万能ではないな。

万能なものじゃないからこそ、使いこなすのが楽しいんだけどな？

◇

「セクター201へのジャンプゲートを確認であります」

ワイバーンのメインモニターには『側道』へ繋がるジャンプゲートが表示されていた。

セクター201のジャンプゲートは赤錆びた鉄骨を組み合わせたような、廃工場じみた見た目をしているが、動作には問題ないようだ。

一般的なジャンプゲートの形状は、枠が中途半端に途切れている片眼鏡に近い。

ジャンプゲートは外見こそ作製した国や文明圏によって変化するが、内部構造はほぼ同一で、未だ原理不明の遺失技術で造られているという。

何でも「時間と手間とコストをかければ新しく造れる。使う事も整備や運用のノウハウもあるが、動作原理は不明」だそうだ。

「アルテ、今までの襲撃報告を頼む」

獣道に入りセクター103、104、105星系と移動してくる間に襲撃してきた海賊の数は、大は巡洋艦クラスを旗艦にした艦隊から、小は単独のクラス5戦闘機まで、襲撃数が3桁にいった辺りから数えるのを止めていた。

もう最後の方は小規模な襲撃だと、警報すら鳴らさずに当直のクルーだけで撃退していた慣れっぷりだ。襲撃のたびに一々警報鳴らしていたらロクに睡眠も取れないほどだったからな。

「襲撃回数は『獣道』内で153回、うち巡洋艦3隻、軽巡洋艦13隻、駆逐艦52隻、フリゲート艦102隻、戦闘機は約1000機であります」

旧型とはいえ巡洋艦まで出てきた時は軽く笑いが漏れたな。いや、旧型といってもうちの高速巡洋艦より新型だったので複雑だが。

拿捕した船は無く、全部幽霊船にしたのが口惜しい。

「被害と整備状況はどうだ？」

「はっ。被害状況はドローンゴーストが38機喪失の186機大破、大破からの復旧には時間がかかる模様であります」

損傷したドローンゴーストは回復魔法を使えるクルーが順次回復させているが、破損状態が大きいほど魔力も時間も多くかかる。特に重傷な個体は後回しになるのは仕方ない。

「各艦とも主砲、副砲とも交換部品が底をついて、以前交換した廃棄品からの部品取りや共食い整備が始まっていますが、まだ深刻な整備不良は発生していないであります」

キビキビと報告するアルテだが、表情は明るくない。

消耗して交換された廃棄品から使えるパーツを抜いて補填しているとか、稼働中機器同士で不良部品を交換して回る共食い整備が始まっている時点で、おおよそまともな運用ではないからだ。

「応急修理用の部品はもう作り飽きたのですよぅ……」

ジャンク品やスクラップから部品を作り出せるリゼルは、このところのオーバーワークが祟ってコンソールの上に伸びていた。

ワイバーンの船倉の一部を工房にしているおやっさん達も似たような状況らしいが、機械と酒と美味い飯があるなら問題ないと、豪快なバイタリティを発揮して今も作業を続けている。

おやっさん達はドワーフ（坑道妖精）か何かだろうか？　と首を傾げる事になった。

「この先は『側道の主』の勢力範囲だ、そう頻繁な戦闘はないだろう。大規模戦を後2、3回できるまで持たせてくれ。帰路は最悪、現地で補給を考える。セリカ、天使の翼起動、天使の輪稼働率35%、ジャンプゲートの管理システムを乗っ取れ」

『はい、魔王様。エンジェルウィング・ブート、エンジェルハイロウを稼働率35%で展開、ジャンプゲート管理システムのハッキングを開始します。魔王様、私は頑張ってます、ちゃんと見ていてくださいね。どうですか？　ちゃんと働いていますし、装甲だって汚れてませんよね？』

セリカは電子戦能力がある分被弾に弱いので、後衛で戦闘に参加させない事が多かったせいか、随分とフラストレーションが溜まっているようだ。

それでも被弾しているので、純白の塗料を塗った装甲板のあちこちに傷が入っているが、素直にそれを言うと泣きそうだ。

「ああ、見た目は綺麗なものだ。だからしっかり仕事しろ」

『えへ、えへへ。可愛いかー、私可愛いなら仕方ないよねー。頑張ります！』

セリカも外見は20代の大人なんだが、気が若いというか甘え癖があるんだ。

高速巡洋艦といえども、末妹は甘やかされるものなんだろうか？

『ジャンプ先ゲートの映像及び周辺星系図の取得に成功しました。情報共有します』

ジャンプゲートにはゲート間を繋ぐ映像システムが搭載されている。

基本的には目視で先が見えないゲートの向こう側の状況を映して、ジャンプゲート付近での接触事故を防ぐ為のカーブミラー的な存在だが、監視システムとしても十分に使えてしまう。

それを逆手にとって『側道』の様子を見てみたんだが、ゲートの向こう側は待ち伏せ1つない静かなものだった。

「迎撃部隊の1隻もないか。静かなものだな」

「ジャンプゲート周辺での迎撃は近代戦術の基本であります。罠かもしれません」

「なに、罠なら踏み潰せば良い」

魔王の風格というヤツだ。

何よりジャンプゲート周辺での戦闘は、小型の戦闘機や戦闘艦が主体なので、ドローンゴーストの独壇場だしな。

「罠を警戒して時間を浪費する方が、今は損失が大きい。急いでくれ」

決してまた襲撃されて経費が増えるのが嫌だとか、切実な理由が大きい訳じゃない。本当だぞ?

「了解。全艦に第2種戦闘配備の維持を通達。即応態勢で突入するであります」

ワイバーンは艦隊に先駆けてジャンプゲートへと突入して行った。

◇

「セクター201という名称は無機質で無粋だと思ったが、実によくお似合いの場所だな」

『獣道』から『側道』に入った最初の星系、セクター201は見渡す限りの岩塊、小惑星や砕けた星の破片が漂っていた。

SF的に表現するなら、重力やら惑星の位置関係で周辺に漂っているものが集まりやすいスペース・サルガッソー(宇宙版船の墓場)宙域というところだろう。

普段本拠地にしている船の墓場星系といい、船の墓場という名に縁があるんだろうか。

進行方向にあるセクター202行きジャンプゲートとの間は、小惑星などの密度が非常に濃い暗礁宙域になっている。

星間航路の情報を確認すると、小惑星密度の濃い中央を避けて、左右どちらかに迂回するルートが推奨されているようだ。

暗礁宙域にある小惑星には聞いた事もない、古い企業の所有情報がついているところを見ると、漂う小惑星の1つ1つが資源採掘予定だったものなのだろう。元からこの宙域にあったものだけでなく、小惑星ごと他の場所から運搬してきたのも多そうだ。

「おにーさん、航路はどうするのです？　入手した星間航路の情報だと道は直進か迂回かの2つ、後はそのバリエーションくらいしかないのです。相手に気付かれないように接近するなら、直進して暗礁の中を通り抜けるのが1番だと思うのです」

「小官も同意見であります」

ミーゼの発言をアルテが太鼓判を捺してくれる。

「相手に気が付かれてないならその手が有効だろうな。だが、ジャンプゲートの監視システムは乗っ取ったが、ここはもう相手の庭だ。別の手ですでに探知されて発見されている前提で動いた方がいいだろう。セリカ、天使の輪を35％で起動。暗礁宙域の密度が濃い方へ金属反応を探査してみてくれ」

「イグサ、資源の目星でもつけておくの？」

商人系スキルを取ったせいか目ざといライムだ。

「いや。俺がここで奇襲かけるなら暗礁宙域の小惑星表面に、無人戦車や砲座とか配置して予想外の奇襲に混乱しているところに、戦闘機で攻撃する手を取るだろうからな」

『魔王様、暗礁宙域内に人工物を多数発見です。空母改造を施された強襲揚陸艦が10隻。更にあちこちの小惑星の表面に小型砲や戦車が配置されています。何でこんな所に戦車とか砲台を造っているんでしょうね？』

「隠れているつもりなんだろう。セリカの探知能力が規格外すぎるだけだ」

『え、えへ。私凄いですか、魔王様に褒められちゃいましたか』

だらしないにやけ顔ができる付喪神というのもレアな存在だよな？

「ゲリラ戦なら王道の手だけど、用意周到なのです」

気がつけなかったと膨れ面をするミーゼ。

「この時代の軍人様は邪道だとか言うかもしれないけどな」

『魔王様、セリカより連絡です。後方のセクター１０５方面のジャンプゲートに、ジャンプの前兆反応を観測しました。大小含めて反応多数、戦闘機だけじゃなくて艦船も結構混ざっていると思います』

追っ手が来たな。ゲート前で迷わずに正解だったようだ。

「リゼル、船舶識別ビーコン偽装デコイ(おとり)をドローンゴーストに曳航(えいこう)させて射出、艦隊の移動速度で暗礁宙域へ向かわせろ。俺達の後を追いかけてくる熱狂的なファンの海賊なんだ、十中八九罠のところまで誘導してやろうじゃないか。海賊がビーコン偽装デコイに十分食いついて、釣られて暗礁宙域へ入ったら、デコイのビーコンを停止、ドローンゴースト達を帰投させる」

「いえすますたー、船舶識別ビーコン偽装デコイへ艦隊全員分のデータ入力完了。全部船倉から放出、ドローンゴーストも8機射出、曳航お願いですよぅ」

デコイを曳航したドローンゴーストが暗礁宙域へ飛び立って行く。

ちなみにビーコン偽装デコイはリゼルとおやっさんのお手製だ。船舶識別用ビーコンを偽装できる機材は大抵の国で違法な品だしな。

使い捨てにしては割と高価な機材になるし、製作にはおやっさんやリゼルと同じレベルの技術力に設備が充実した工房を求められるので、気軽に使えないのが難点だ。

普段は船舶識別ビーコンが破損した時の予備部品という名目で船倉に入れてある。

『概念魔法発動：認識阻害Ⅵ／対象数増加Ⅵ』

射出されるドローンゴーストに認識阻害魔法をかけておく。

認識阻害魔法は人間だけじゃなく、ＳＦ世界的なセンサー類も誤魔化せる優れものだ。

その分、透明化魔法に比べて効果時間が短かったり魔力の消費が激しいといった難点もあるが。

「艦隊に通達、隠蔽モードに切り替え。全艦左へ回頭、中央の暗礁宙域を迂回して次のジャンプゲートを目指す」

「はい。全艦へ通達、隠蔽装置作動、左へ回頭。迂回ルートを取るのです」

ミーゼが復唱したのを、オペレーターが各艦へ連絡していく。

隠蔽機能と言っても、各艦の艦長や副長が使う透明化魔法だ。通信で魔法とか単の語を混ぜると、魔法を知らない船員が混乱するからな。

『法理魔法発動：透明化Ⅳ／持続時間拡大Ⅳ』

ワイバーンに続いて艦隊が透明化魔法で隠蔽モードになっていく。

『側道』に入り、民間船舶がほぼ無くなったからこそ出来る荒業だな。『獣道』で艦隊を透明化すると、航路が被った運の悪い民間船を踏みつぶして、相手は宇宙の藻屑になって、相手の船が大きいとこっちの船もシールドジェネレーターや船体にダメージが入るからな……。

魔法並にステルス効果のある機器は稀少で高価だというから、艦隊全部が透明化するというのはSF的に非常識らしいが、効果はどのくらいでるだろうか。

『セクター105方面よりジャンプアウトを確認。所属は推定海賊、巡洋艦1隻、駆逐艦8隻、フリゲート艦32隻、戦闘機約80。艦列が整っていないですね。寄り合い所帯でしょうか？　指揮系統が乱れている可能性が高いです』

また随分な大所帯だな。これをやり過ごせればありがたい。

以前はワイバーン1隻で透明化した時は通信できなかったり、アクティブセンサーを動かせなかったりと不便が大きかったが、高速電子巡洋艦セリカの『天使の輪』は動作原理や現象も不明ながら、透明化中でも通信や能動探査が出来る優れものだ。

「海賊艦隊、偽装ビーコンを追って暗礁宙域へ突入します。我先にという様子で、足の遅い艦が置き去りになっている酷い有様であります」

海賊だし目の前に美味しそうな獲物がいれば、統制が甘くなるよな。

「リゼル、偽装ビーコン停止。デコイは自壊コードを打ち込んで小惑星へ投棄。ドローンゴーストを帰投させろ」

「いえすますたー。偽装ビーコンに自壊コードを送信、デコイを適当に投棄どうぞ。ドラゴンバット隊の皆さんは帰ってきてくださいですよぉ」

「海賊艦隊進路変わらず、ビーコンを見失ったせいか加速している艦があるくらいです」

さて、誘導は終わったな。後は海賊達の奮戦を見守るか。

「接触ポイントまで後3、2、1……複数の小惑星表面からエネルギー反応多数。戦車や砲台が一斉射撃を始めました。海賊艦隊混乱中であります」

追いかけてきた海賊達はあっさりと罠に引っかかったようだ。

動きの良いヤツもいるんだろう。海賊艦隊から散発的に反撃が出ているが、大半は訳が分からないまま、反応も出来ずに撃たれ放題になっている。

透明化したまま暗礁宙域を迂回しながら、セリカと偵察仕様のドローンゴーストが拾っている映像を眺める立場は気楽で良いな。

レーザーやビーム、ミサイルの噴進音など、様々な戦闘音がワイバーンのブリッジに腹に響く重低音を伴って響いている。効果音を再現してくれるから、ワイバーン以外の船に乗り辛いんだ。

「小惑星に隠しミサイルポッドも沢山あったみたいです。エネルギー砲だけじゃなくて、贅沢に実弾砲や対艦ミサイルを使っているのですよぅ」

ミサイルもそうだが、実弾砲もSF世界では贅沢な兵器に分類されるんだ。

ワイバーンにも搭載されていた事のある、電磁加速砲は砲身や砲塔こそ安いものの、弾頭が高価な消耗品だ。シールドを中和・貫通する対艦ミサイルほどでないが。

エネルギー砲は動力と、射撃する時に摩耗する消耗品の予備があれば使えるのに対して、実体弾は弾薬を大量消費するし、弾の保管に場所も取るからな。

「『側道の主』側の戦闘機が海賊艦隊へ突入しました。海賊側の艦列がさらに乱れます」

「海賊側の大型巡洋艦が小惑星に激突。混乱しすぎなのですよぅ」

混乱の極みにあった海賊の大型巡洋艦が、回避行動を取ろうとして近くにいた大型駆逐艦と衝突、そのままもつれるように小惑星に激突した。

シールドで小惑星の表面を削って少しは耐えたものの、負荷に耐え切れずにシールドが消失し、船体の半ばから折れ曲がって爆発と共に轟沈する。

大型巡洋艦の船体が破砕され、リアクターが誘爆したのだろう、周辺の宙域を純白に染める閃光が生まれる。

リアクターの誘爆は遠くから見る分には非常に綺麗な光景なので、掛け声でもかけたくもなるんだが、あの閃光の中で4から5桁の人命が艦体と一緒に消滅していると思うと、今ひとつ素直に観賞する気になれない。

単純に人の死を喜ぶのは邪悪であって悪ではないんだ。思春期の男子学生のエロ心にも似た、繊細で微妙なジャンル違いを分かってもらいたい。複雑で繊細なのは乙女心に限ったものじゃないさ。

「海賊側も混乱しすぎだと思うが『側道の主』側のやり口が上手いな」

「はっ。ゲリラ戦とはいえアドラム帝国の正規軍に劣らない練度であります」

わかっていたが、なかなかに手ごわい相手のようだ。


『強襲揚陸艦改造型空母、反転開始しました』

海賊艦隊は混乱から立ち直る間もなく沈められ『側道の主』側の空母改造をした強襲揚陸艦は艦載機を収容すると、すぐに艦首を回頭させて『側道』の奥へ、これから向かうセクター202方面へ移動していった。

海賊艦隊はロクに抵抗できなかったとはいえ、小惑星上に配置した戦車や砲台は無視できない損失が出ているし、虎の子だろう隠し対艦ミサイルポッドは、残弾がかなり減っているだろう。

無理をして次の獲物がかかるのを待たず、後退して味方と合流する思い切りの良さは、味方にするなら頼もしいが、敵にするとやっかいなものだ。

「アルテ、ジャンプゲート到達までの見込み時間はどのくらいだ?」

「はっ。艦隊巡航速度で約2日半であります。中心部ほどではありませんが、デブリや小惑星の密度が濃いので、多少時間がかかるであります」

「ミーゼ、社員達に交代でしっかり休憩を取らせるようにしてくれ。多分だが、この星系では戦闘は起きないだろう」

「はいです」

◇

予定通りの2日半後『側道』の最奥たる、セクター202星系へのジャンプゲートへと辿りついた。

その間の襲撃は予想通り無し。迂回路の星間航路は他の船の航行がなく、隠蔽状態で移動できた影響もありそうだ。

『ジャンプゲート管理システムの掌握完了、向こう側に船影なしです』

「全艦に通達、第1種戦闘配置」

「第1種戦闘配置が発令されました。戦闘要員は持ち場について指示を待ってください。10分後に通路は防護隔壁で閉鎖されます。それまでに非戦闘要員はS2以上のフロアに退避してください。繰り返します」

牛娘（姉）のユニアが艦内へアナウンスを始め、同じ内容を牛娘（妹）のルーニアが他の艦に伝達していく。

「ライム、晴れ舞台だ。一緒に来てくれよ」

「うん」

いつもより気合の入った服装をしたライムが頷いて手を握ってくる。

「ミーゼ、挨拶中の指揮を頼むぞ」

「はいです」

ミーゼが膝から下りて、指揮代行をする時に被るようになった軍帽を頭に乗せ、副長席に座り艦

隊指揮用の投影ウィンドウを開いていく。

「全艦隠蔽解除、ジャンプゲート突入開始」

透明化魔法を解除して、艦隊がジャンプゲートに入っていく。

ワイバーンは艦隊の先頭に立ち真っ先にジャンプゲートへ突入する。

ジャンプ特有の発光現象が船体を包み、艦隊は側道の最奥へと突入したのだった。

魔王、側道の主と対面する

「通常空間に復帰、ジャンプアウトであります」

ジャンプゲートに突入して移動中に見える、特有の幻想的ながら不可思議な空間を映していた船外モニターが通常の宇宙空間へと切り替わる。

ジャンプ中の光景も幻想的ではあるんだが、暗闇に星の光が浮かぶ宇宙空間の方が落ち着くな。

……いや、ここ最近見慣れたけどさ。魔王が見て落ち着く光景なら、宇宙よりやっぱり魔界的な光景の方が正しいんじゃないか？　つい自問してしまう。

「ジャンプゲートのビーコンを確認。セクター202星系への移動確認であります」

操縦席に座ったアルテは手際よくジャンプゲートの信号から現在地を割り出していた。

ジャンプゲートの移動先がずれる話なんて都市伝説みたいなものだが、ジャンプ後のお約束らしい。

『セリカ、セクター202星系内スキャンします。星系内に惑星や小惑星はなし……ううん？　違和感がありますよ。『天使の翼』展開開始、展開率85％。空間探査実行――ゲート出入り口を包むように配置された大規模クローキングシステムを確認。クローキングシステム回避にアクティブセンサー周波数調整、再スキャン開始します』

　セリカも真面目な時は精神年齢が高く見えるな。

『恒星を中心として惑星が複数存在する恒星系です。惑星数は25、うち第4惑星から第16惑星までが恒星と同一距離、同一軌道。惑星表面に生命体反応を確認しました。居住可能惑星みたいです』

　恒星系、地球が存在する太陽系と同じ恒星（太陽）を中心に惑星や小惑星が周回している宙域だ。

　恒星のサイズがそこまで大きくない割に惑星の数が25というのは数が多い。

「ジャンプゲートのある星系が恒星系で、居住可能惑星が13個？　こんな情報が流れたら国じゃなくて、不動産屋が大艦隊つれて侵略に来るのです。ううん、でも獣道の奥過ぎて、確保しても売れないから買い手や入植者が集まらないかも。不良債権になりそうなのです」

　セリカから受け取った星系内情報を見て、呆れたような声を出すミーゼ。

　ＳＦ世界の常識では、知的生命体の生活圏は宇宙が中心だという。『ヴァルナ』ステーションを含む宇宙ステーションに人口の大半が住んでいる。

　知的生命体の数に比べて居住可能惑星は数が少ないし、住んでも環境に気をつけないとすぐ汚染されてしまう。なので、天然の惑星上に住むことは、ＳＦ世界では一種のステータスシンボルとなっている。

官僚組織の中心や政治系の施設の大半が、各国の中央星系近辺の居住可能惑星上にあるという辺りで察してもらいたい。

現代風の感覚で言えば、居住用ステーションが郊外の団地だとすれば、居住可能惑星は都心の一等地にある超高級マンションや、有名リゾート地のコンドミニアムみたいなものだな。

価値の高い居住可能惑星がここまで固まっていたら、軍隊よりも早く不動産屋やら土地開発屋が大艦隊を率いて侵略してくるというのは、現実的過ぎて逆に笑えない。だからこそ、ジャンプゲート周辺に大規模クローキングシステムを配置して隠していたのだろうな。

ミーゼの言う通り、国の辺境ですらなく無法地帯の『獣道』の奥という立地が、魅力を相殺するほどのマイナスポイントだが。

「13個の惑星がほぼ等間隔で同じ惑星軌道をしている上に、居住可能惑星というのは不自然です。人の手で調整されていると考えて間違いないでしょう。テラフォーミングも考えると、長い時間と莫大な経費をかけたのが推測されるであります」

召喚前の地球も火星をテラフォーミングするという話はあったが、経費と手間の莫大さとテラフォーミングが終わるまでの時間が長すぎて夢物語だったな。

SF世界の技術ならコストも低下して時間も短縮されていると思うが、それでも人の居住に適さない星を居住可能にするテラフォーミングは手間と費用のかかる仕事のようだ。

『星系内にステーションを複数確認、ビーコンは未登録。『側道の主』勢力のものだと思われます。ステーションの総数は24基。内訳はパワープラント2、食料生産プラント2、工業系ステーション

4、大型の商業・住居ステーション6、残り10基はアドラム帝国規格から形状が違いすぎて種別不明です』
「反応からしてデコイじゃないです。コランダム通商連合国に参加している小国並……アドラム帝国の辺境星系より施設が整っていそうなのです」

『星系内に敵影見当たりません。うーん……』

事前情報では『側道の主』勢力が持っている主力戦艦級戦闘艦は、全長が1km以上の超大型戦艦だ。

小惑星とかを使って隠れるにしても巨大すぎる。

「セリカ、『天使の輪』出力調整、質量と重力波探知も開始しろ」

『はーい、魔王様。『天使の輪』出力調整中。質量捜査、重力波探知開始。……あ、反応みつけた。主力戦艦級反応1、その他小型が沢山密着してます。データリンク！』

『情報受け取りましたわ、投影ウィンドウにオーバーレイ(重複表示)します』

ブゥン……と機械的な低周波音と共に、ワイバーンのメインモニターにセリカが探知したデータが重複して表示される。

この低周波音を入れる辺りワイバーンは色々分かっている。

「大型戦艦級は全長4kmクラス！　アドラム帝国の主力艦隊旗艦並です。推定シールド出力300万S、リアクター出力3億超え！　見ての通りの化け物であります！」

「なぁ、リゼル。前に辺境星系で年代ものの機動要塞を見た事があるが、あれよりサイズ控えめだったよな？　主力戦艦と機動要塞の違いって何だ」

「移動能力の差異とか用途とか形状とかあるけど、基本的には自己申告なのですよぅ。主力戦艦は戦艦級以上の艦艇で、要塞の中でも推進器がついていて、自力で移動ができれば機動要塞なんです」

かなり大雑把……いや、詳細に分類するほど数がないのか。

「ここまで巨大な艦を隠蔽させるとか大変なのに、こんな簡単に探知したら申し訳ない気持ちになりますよぅ」

隠蔽装置は小型艦に積むのが厳しいレベルでかさ張る上に高価。隠蔽しようとする対象が大きくなるほどにコストもサイズも大きくなるし、装置自体を小型化しようとするとやはりコストが跳ね上がるという。

「リゼルの気持ちはわかるが……まあ、敵だしな」

それに、この程度のずるできないとSF世界で魔王業はやっていられない。

「全長4kmクラスの大型戦艦の表面に小型艦を着艦させて、まとめて隠蔽するとは、海賊らしいアイデアなのです」

あの戦艦からすれば小型艦だが、その小型艦1隻1隻がワイバーンと同じかそれ以上のサイズなので笑いが出そうになる。

「奇策ばかりだが効果的だな。『側道』に入った連中を撃退していたのは伊達じゃないようだ。……なぁ、ライム。あの大型戦艦の維持費どのくらいだと思う？」

「考えたくないレベル。まともな給料形態してなさそうな海賊だからできる荒業」

ああ、俺も正直戦慄した。あの巨体の維持費に人件費とか考えると寒気がする。前に戦艦買うかどうか検討した時、生々しい数字を見ただけに尚更だ。

「射撃用アクティブセンサーを該当座標に向けろ、指向性レーザー通信をセンサーの密集部位を狙って撃て。挨拶するにも出てきてもらわないとな」

「いえすますたー。射撃用アクティブセンサー起動、通信用指向性レーザーを射出ですよぅ」

ワイバーンの装甲が動き、普段は格納されている通信用指向性レーザー発信器が稼働し、大型戦艦のセンサー部分へと正確に狙いを定め、通信用の低出力レーザーを断続的に発射した。

「敵大型戦艦の隠蔽解除を確認。駆逐艦級及びフリゲート級の空母改造型戦闘艦が約40、大型戦艦から離艦して展開開始しました」

「敵主力戦艦級より通信が入りました。社長、どうします？」

「上で受ける。少し待ってもらってくれ」

SF世界からすればクラシック趣味らしい、21世紀風のスーツとコートに変化させている魔王の衣を整えながら、ライムを伴ってワイバーンの上甲板を目指す。

最近はミーゼかライムを膝の上に乗せた所謂「悪の総帥スタイル」で通信対応する事が多かったが、相手が仁義を守る宇宙海賊なら、こちらも相応の対処をするのが礼儀というものだろう？

◇

なあ、人生で直感を大切にしているかい？

俺はかなり重視しているぞ、特に人に関する直感はさ。

勿論、直感がいつも的中するような事もなく、間違える事だって多い。

第一印象が悪かったヤツが長年の友人になる事もあれば、その逆も当然あった。

けどさ、第一印象でコイツとは親友になれるって感覚はかなりレアじゃないだろうか。

俺としても初めての経験で驚いているところだ。


「民間軍事企業『魔王軍』代表のイグサだ。お初にお目にかかる、なんて堅苦しい言葉はいらないか？」

ライムを連れて上がったワイバーンの上部甲板で『側道の主』と投影画像越しに対面していた。

ワイバーンの上部甲板は当然のように真空の宇宙なので、環境適応魔法を使っている。

仕立ての良いスーツとコート風に変化させた魔王の衣が、存在しないはずの風になびいているファンタジー（非常識）っぷりだ。

魔法に科学的な原理や理屈を追い求めても仕方ないから、マントや服をたなびかせている風がどこから来ているかとか、深く考えない事にしている。

『くはっ、ははは！　いや、いきなり失礼したな。民間軍事企業が来たっつーからどんなお堅い、ソロバン勘定が大好きな連中が来たかと思ったら、予想と正反対すぎて思わず笑っちまったンだ。悪ぃ悪ぃ。魔王軍ね、傾いた良い名前じゃねぇか。社名だけじゃなく、代表の方も相当傾いているみたいだけどよ』

『側道の主』のリーダー格らしい男は豪快な笑い声を上げるが、その瞳は何かを探り考察する知性の色が強く出ていた。

笑いは取れたが油断はしてくれないか。なかなか食えないヤツだな。

大型の投影画像はお互いの周囲の環境まで映し出している。

気密服もなしに開放型の甲板に立っている俺達の様子は相手にも見えているだろう。

真空の宇宙に気密服も無しに出ているというのは、魔法を使わずに科学技術だけで再現は出来るがコストが非常にかかる。

挨拶にその程度の手間をかける程度に酔狂な人種だと思ってもらえたらしい。

『で、その代表さンと………うん？』

俺の隣に寄り添うように立つライム。

実年齢より圧倒的に幼い外見な上に、外見相応な可愛らしい黒いドレス風の服装をしているライムと俺の顔の間を、やや困惑交じりの視線が何度も行き来している。

勇者様という肩書きが見えないライムと俺だと……うん、関係性に悩ませて正直すまん。

「私は副代表のライム、よろしく」

投影画像の向こうから明らかにほっとした様子が伝わってくる。

この見た目で副代表なので、ライムも若くして老化停止処理をした酔狂者か、この見た目で成人するタイプの種族だと納得してくれたらしい。

『自己紹介が遅れて悪ぃ、俺は海賊団『隠者の英知』首領のリョーカンってンだ。長い上に言い辛いからリョウとでも呼んでくれ。あ、一応この戦艦『アルビオン』の艦長もしているぜ』

投影ウィンドウの向こうに見えるのは、21世紀地球に生きていた俺から見ても、古い欧州趣味に見えるアンティークかつ豪奢な内装と、ＳＦ的なブリッジが融合したような部屋に立つ、地球人感覚で20歳前後の青年。

大体のパーツは人間と似ているのだが、全体的に細い印象を受ける体に尖った耳。

ファンタジーで言うところのエルフに似た種族だろうか。

隣でライムが「あ、エルフだ」って呟いているから、ライムも似た感想らしい。

痩せ型だが引き締まって精悍さを感じさせる体格、風格よりは冒険心や悪戯心を感じさせる笑みを浮かべ、口調はどこまでも乱暴なのに、どこか気品を感じさせる声音。

色々な要素が高い気品や格調を裏づけしそうなものなんだが。

第一印象を端的に言えば、チャラい。

アンティークな室内とか「鈴を転がすよう」と表現できる美声とか、中性的な風貌とか、色々な要素を中和してあまりあるチンピラ臭が漂う。

服装は軍服のように堅苦しい感じなのだが、あちこち着崩して堅さとは逆ベクトルの印象しか受けないし、どこか余裕のある口調はその声の綺麗さと相まって威厳ではなく軽薄さを感じさせる。

服のあちこちについている金属風のアクセサリーや小物類も、アンティークな船内と科学反応でも起こすんじゃないかってくらいに浮いている。

「……首領？」

言い辛い事をずばっと言えるのは、ライムがいくつも持っている美徳の1つだと思う。

『『……ええ、まぁ』』

視線を向けられた向こうのスタッフ達――多分ブリッジクルーだと思うが、ハモりつつ短く答えて一斉に目を背けた。

首領の印象について自覚があるようだ。

『おい、何か言う事あるならいつでも聞くぜ？』

『『いえ別に』』

なかなか愉快な海賊団じゃないか。

俺の直感はこいつと友人に、親友にすらなれるんじゃないかと声高く叫んでいる。

顔見知りや知人のハードルを越えて一足飛びにその先を直感させるこれは、俺は体験した事がないが、一目惚れにも似たようなものなんだろうか。

断言しよう。こいつはエロい。

しかもただ下心があるだけじゃない、強い拘り(こだわ)のある――俺と趣味の近いエロさを持っている。

向こうも同じ直感を得たんだろう。

「良い趣味をしているみたいだな」

『お前も同類だろうに』

ただ交わす言葉も無く、お互いの瞳を見て頷き、わかり合う。

馬鹿だって？　いつの時代も男とは馬鹿なもんだ。

「海賊団首領、リョウ。民間軍事企業と海賊が出会ったらやる事は1つ、なんてドンパチするのも無粋じゃないか。要求を聞くだけ聞いてくれないか？」

『構わないぜ。俺の秘蔵コレクションは船が沈ンでも死守するけどよ？』

リョウは「ははっ」と軽く笑っているが目がどこまでも本気だ。

秘蔵のコレクションを死守したい気持ちは痛いほどわかる。だが要求はそっちじゃない。

「そこまで大した事じゃないさ。ジャンプドライブを譲ってもらいたい。売ってくれ、いくらでも出すって言えるほど、懐事情がよくないんで悪いな」

ジャンプドライブという単語に、リョウが浮かべる軽薄な笑みが深まり、向こうのブリッジ要員の顔に緊張が走る。

ま、予想通りの反応だな。

『民間軍事企業なンだって？　どこかの国の委託かよ？』

「いいや、どこかの国の依頼だったらここまで辿りつけないだろう」

首を横に振って答える。必ず相手国から妨害が入るからな。

「――それに、国からこんなヤバいヤマ（仕事）が回ってきたら、受けるかどうかよりも社員引き連れてどう逃げるか考えるさ。ジャンプドライブが欲しいのはウチの会社の事情でね」

魔法で再現された仮想の風で乱れた前髪を乱暴に直しながら答える。

結果は見えているが、こういう悪の首領同士のやり取りに演出は大事だよな？

『なるほどなぁ。ま、色々納得できるところもできないところもあるンだが、ジャンプドライブの対価に何を払ってくれるんだ？』

流石に海賊団の首領だな、軽薄な笑みが深まって酷薄な印象になってきた。

「色々考えてみたんだけどな、この豊かな星系でジャンプドライブを手放すほど切実に何かに困っている事は無いだろう？」

暗にクローキングシステムも見破っていると仄めかす。

『まぁな。招かざる客をどう帰すかが目下の困りごとじゃねぇか？』

なかなか良い返しをしてくれる。悪くない、悪くないな！

「だから、海賊団の流儀を一つ真似てみようと思ってさ。『荷物を置いていけ、命だけは助けてやる』」

思い切り芝居がかった口調で言うと、海賊団の首領リョウは思い切り破顔した。

『ぷっ、ふはっ、あははははは、あっはははははははははは！　その台詞をよりによって俺達に言うか、お前らまっとうな企業じゃねぇだろう⁉』

口元を掴むように押さえて笑い続けるリョウ。笑いすぎて目じりに涙が浮いている。

「どうだ、検討してくれるか？」

『お前、海賊よりよっぽど悪党じゃねぇか、いや俺の直感もまだまだ腐ってないもンだ。どうせ俺が返す答えもわかっているンだろう？　なぁ――』

『――面白いヤツだから命だけは助けてやる。降伏するなら早めにしろよ』

俺とリョウの発言が一言一句違える事なく重なる。

「意外性がなさ過ぎるってのは、面白くないとは思わないか？」

『様式美っつーってのも悪くないもンだ。違わねぇ？』

「違わないな。様式美は良いものだ」

『じゃ、次は降伏勧告で会おうぜ』

「お互いにな」

ぷつりと投影ウィンドウが消える。

いや、海賊にもあんなヤツがいるならSF世界も悪くない。

これまでの海賊達とは違って、ちゃんと『悪党』をしている。

「イグサ、今のやり取りに何の意味があったの？」

「挨拶以外には余り意味はないな、まあ相手の性格が分かったたって収穫はあるさ」

「……なら、普通の挨拶でいいんじゃない？」

不可解そうな顔のままのライムの頭を一撫でする。

「お互い出会ってすぐ殺し合いなんてつまらないだろう？　味気ないし、野生の獣だって殺し合いする前にもう少しやり取りをするもんだ。それにな――」

「それに？」

「――様式美ってやつさ」

満面の笑みが自然とこぼれる。

悪党や悪役には様式とお約束が大切だ。

何故かって？　その方が楽しいからに決まっている。

「よくわからない」

「おいおい覚えていくか諦めてくれ、相棒」

ふて腐れたような顔をするライムの肩を叩いて、ワイバーンのブリッジへ戻る。

「相棒……相棒……えへ」

なあ、ライム。何故このくらいの呼称で嬉しそうな顔をするんだ。

しかも普段の無表情の奥から自然と漏れた、とても嬉しそうな笑みだ。

「ワイバーン、ワイバーン！　今のやり取りは録画してあるか、録画してあるよな!?」

携帯汎用端末を取り出してワイバーンを急いでコールする、間に合ってくれ……！

『……魔王様、ワイも見てましたが、記録モードになってませんでしたわ』

この世の終わりが来たとばかりに哀しげな声音のワイバーン。

「神は死んだな――」

思わず天井を仰いでしまう。

ライムがデレる貴重なシーンを１つ逃したのは痛い、非常に痛い。

『悔しいですわ――』

ワイバーンのブリッジへ歩く２人と携帯汎用端末ごしの１人。

戦闘前だというのに、全員とも緊張感の無さが甚だしかった。

魔王、無数の軍勢を率いる

ワイバーンのブリッジに戻ると、既にブリッジ内は喧騒に包まれていた。

「敵大型戦艦、固有名称『アルビオン』のリアクター出力急上昇を確認。離艦した改造空母を後方に配置しながら停止しています」

超大型戦艦の砲は威力もさることながら、射程が非常に長い。

向こうとしては遠距離から射撃して一方的に攻撃しようとするのは当然だろう。

「第一波を凌いだら、こっちもドローンゴーストを出すぞ。各艦ドローン射出準備」

緊張感に包まれた中のブリッジで艦長席に座るのは、これだけで浪漫を感じるものだ。

手馴れた感じでライムが膝の上に乗って来るので渋さは出ないけどな。

「各艦ドローンゴースト起動、射出態勢へ」

「セリカ、アルビオンの予想射程を。武装が見えたら種別解析を最優先で頼む」

『はい魔王様。アドラム帝国旗艦の公開データから推測される射程を算出します』

宙域図に海賊大型戦艦『アルビオン』を中心とした赤い射程図が広がる。

広がりすぎだろう、俺達の背後にあるジャンプゲートすら貫いているぞ。

「リゼル、この公開データは信頼できるのか?」

「あのサイズの大型戦艦なら、リアクター出力に任せて射程を延ばせるから、このくらいはあるのですよぅ。大型砲になるほど弾速遅いのが多いから、当たるかどうかは別問題だけど」

「公開データも性能を隠すのに控えめに記載する事はあっても、誇大表示する意味はないのです」

「敵艦のエネルギー反応が急激に増大、主砲発射準備態勢であります！」

「セリカ、電子戦開始、長距離センサーを優先して黙らせろ！」

『エンジェルリング出力65％、センサーカウンター開始します』

艦隊後方にいるセリカが広げたアダマンタイト・セルの翼に桜色の光をまとわせ、桜色に淡く発光する粒子を周囲に撒き散らしていく。

遠目に見ると桜の花が散っているようにも見えて、なかなか幻想的だ。

セリカ単体では広範囲センサーや通信補助としてしか使えなかったが、機鋼少女達が補助する事で、センサーへのジャミングや、電子防御が強くなりすぎて廃れた技術になっていたハッキングまで出来るようになっていた。

高速電子巡洋艦の名に恥じない性能になったセリカだが、このＳＦ世界の電子戦闘艦は基本的に索敵と通信制御程度しかしないという。

電子戦闘艦が出てくるほど大きな戦場だと、ジャミングすると味方まで巻き込みやすいし、貴重かつ高価な電子戦闘艦を使って１隻２隻無力化するくらいなら、通常の戦闘艦に沈めてもらった方が早いというのが一般常識だ。

実に合理的で夢が無い話だが、折角の電子戦闘艦なんだ。索敵以外にも、ジャミングやハッキングができないと浪漫がないよな?

◇

〉海賊旗艦・戦艦アルビオンブリッジ

「お頭、相手の旗艦はどう見ても旧式の強襲揚陸艦ですぜ。あんなの相手に主砲ブチかますのは勿体無くねぇですか?」

いかつい髭面をした中年の海賊が、海賊団首領のリョウに半ば呆れ交じりで声をかけた。

「副長、そうケチるンじゃねぇよ。あいつらは見た目より結構やるぜ? それにこの程度で消し炭になるなら、相手する必要もねえしな」

着崩した礼服のまま艦長席に座り、愉快そうな声を上げるリョウ。

「へぇ。お頭がそう言うなら」

副長と呼ばれた髭面の男性は、頷くもののまだ納得できないという顔をしていた。

「主砲発射まで後5……4……3……ターゲットロスト!? 射撃不能です」

「センサー系にジャミング食らいやした! 電子妨害の種別不明! 長、中、近距離ともセンサー類が酔っ払ってやがる。照準ができねぇですぜ!」

「光学の目視照準に切り替えろ! 狙いは適当で良いからぶっ放せ!」

ブリッジに立ち並ぶ投影ウィンドウの半分くらいがノイズまみれになっている中、リョウは嬉々として命令を放つ。

◇

「ジャミング成功。アルビオンと随伴艦の長距離センサーを中心に混乱中であります」

「ちちち、ちょっと冷や汗出ちゃいました。相手はトラブルが日常の海賊達です。すぐに光学照準とか原始的なのに切り替えて来ますよぅ！」

『魔王様、メンテナンス用回路に侵入してデータ取得成功、敵主砲は戦艦級レーザー砲です！』

「リゼル、戦艦級レーザー砲の特徴は？」

「構造は原始的だけど射程が長くて弾速も速いのが特徴です。ええと……良い事ばかりに見えるけど、エネルギー効率が悪くて他の砲に比べると威力が低くなるんですよぅ」

「あの戦艦サイズからすると、威力がどのくらいになる？」

「あそこまで巨大な戦艦の出力なら、普通の戦艦でもシールドごと装甲と中身を持っていかれるのですよぅ！」

それは致命傷だな。

「各艦、対光学兵器防御！」

連絡をしながらワイバーンにも魔法を張り巡らせる。

単に各艦が個別に属性防御張るだけだが、名称は大事だ。

『概念魔法発動：光属性耐性X』

『射線軸割り出しました、ポルトスに2門直撃コースです！』

砲門の向きからどこを狙っているかを探るのは、精密な測定データと高度な演算能力があれば可能だ。

普通は戦闘中に複数の砲の向きを常時観測・演算などは処理の負担が重過ぎてできないが、セリカの探査能力と演算補助をしている機鋼少女の処理能力が、膨大な処理能力任せの力業で攻撃予測を可能にしていた。

「アルテ、ポルトスとアルビオンの間に船体を割り込ませろ、盾になるぞ！」

「あいあいさー、であります！　右舷スラスター全力運転。軸線上に割り込みかけます！」

アルテが大きく舵を動かし、急激な負荷にワイバーンの竜骨がギギィ……と鈍い音を立てる。

◇

〉海賊旗艦・戦艦アルビオンブリッジ
「敵旗艦コース変更、射線の中に割り込んできます！」

投影ウィンドウに限界まで拡大されたワイバーンの姿が、高出力大口径レーザーの光芒と、集束しきれなかったエネルギーが撒き散らす光の渦の中に消えていく。

「ありゃぁ蒸発しやしたね。お頭、お楽しみがすぐに終わりそうですぜ……お頭？」

髭面に呆れ顔を浮かべ、やれやれと肩をすくめた副長だったが、険しい顔になったリョウを見て驚いていた。

お気楽とチャラさが人の形をしているようなリョウの、真剣な表情など久しく見た事がなかったからだ。

「あれは……やっぱりか。後方の連中に戦闘機を緊急発進させろ！　俺の想像が当たっていたら、あの程度は凌いでくるンだろうな。急げ！」

「若……ごほん、お頭。直撃判定が出ているのでスクラップか金属蒸気回収の間違いでは？」

「反射波通過、光学映像復帰します………目標健在、船体に被害見受けられません！」

「……は!?」

　ワイバーン程度の船なら、直撃どころか近くを掠めるだけでダース単位の数を蒸発させられるエネルギーの嵐の中で、形を保っているどころか若干シールドが削れた程度で平然としている光景を前に、副長は娘にプレゼントされてから愛用していた、有機素材のパイプを口から取り落とす。

「ほらな。あのくらい凌いでくるって事は当然、しかけて来やがるぜ！」

　何故か得意げに語るリョウ。

「ジャミング増大、光学測量まで影響が出ています。妨害方法は未だ不明！　ってかなんだこの変な色の粒子!?　こいつも測定不能とか、帝国の新型装備のオンパレードにしてもおかしいだろ!?」

「敵艦隊ドローン展開中、センサー類が役に立たないんで詳細わかりませんが、ヤバい数です！」

「改造空母艦隊にスクランブル（緊急発進）を指示しろ！　もたもたしてるとケツ蹴り飛ばすぞ！　通常通信は諦めて指向性のレーザー通信で送れ！　ヤツラは接近戦しかけてくるぞ、対空砲に人を割り当てやがれ！」

　声を張り上げるリョウ。楽しげながらも狼狽する様子も無い態度と声に、浮き足立ったブリッジに落ち着きが戻っていく。

◇

「シールド出力70％まで回復、1班から4班までのメンテナンス要員は破損部位の修復をお願いします」

属性耐性魔法でアルビオンの主砲を2発受け流したのは良かったが、流石に無傷とはいかなかったな。

シールドが半分くらい削れたし、エネルギー放射の余波で致命的ではないものの、機器の故障が多発していた。

まあ、ドンパチやればあちこち機器が故障していくのは、戦闘艦として仕方ない。

『法理魔法発動：屈折回廊Ⅲ／範囲拡大Ⅷ／対象拡大Ｘ×Ⅳ』

『概念魔法発動：幻惑の瞳Ⅱ／対象拡大Ｘ－Ｘ－Ⅱ』

セリカのジャミングに紛れて、周囲に光を緩やかに屈折する空間をあちこちに作り、さらに幻惑魔法をばら撒く。

高速電子巡洋艦セリカのアダマンタイト・セルが放つ妨害を、機鋼少女達の処理能力で増幅したものを受けたんだ。

アルビオンが砲撃に使ったのは光学観測か、下手すると肉眼での照準だろう。

主砲を10本以上乱射したとはいえ、ワイバーンのようにアルビオンからしたら非常に小さな船へ、悪環境下で2本を直撃させる腕は素直に賞賛したくなる。

「――――と、言う訳で光学系の妨害を使ってみたんだが、効果は出るか？」

光学や目視まで邪魔すれば何とかなるだろう。

「アルビオンの主砲エネルギー低下、アイドル（待機）状態になりました。遠距離射撃戦は諦めた模様であります」

よし、1番避けたかった遠距離砲撃を一方的にやられるのを防げたようだ。

先にドローンゴースト出しても、主砲で密集地帯を狙われると、4桁単位で蒸発しかねないからな。

「チャンスなのです」

「わかっている。アラミス、ボルトス、アトス、ダルタニアン、ドローンゴースト射出開始」

状況が落ち着いてきた途端、いそいそと膝の上に乗ってきたミーゼの頭を撫でながら射出命令を出す。

「ドローン母艦、各艦ドローンゴースト射出中。展開速度は毎分25％／総搭載数、約３８００機であります」

同型のアラミス、ポルトス、アトスにドローンゴーストは各４５００機。

重武装のダルタニアンにも２０００機積んできている。

対アルビオンの戦術は実に単純だ。ドローンゴーストの数で押し切る。

単純だけに奇策のような爽快感はないが、無数の軍勢を率いて圧倒するのもまた浪漫があるよな？

「アルビオン及び後方の改造空母より敵艦載機発艦中。クラス3を中心に現時点で約200機、なお増加中です」

　相手も艦載機を出して来たか。この数なら問題にはならなそうだ。

◇

〉海賊旗艦・戦艦アルビオンブリッジ
「スクランブル（緊急発進）急げ、追加武装をケチるんじゃねぇぞ！」

「21番艦のエース部隊を温存したい？　馬鹿言うな、全部出して空荷にするんだよ！」

　海賊達の荒っぽいオペレーター達の声が飛び交う一角以外、アルビオンのブリッジは静かになっていた。

「……おいおいおい。どれだけ出してくる気だ、馬鹿か、馬鹿じゃねぇのか」

　ノイズと歪み交じりの光学観測映像を映す投影ウィンドウの向こう側、敵艦隊後方にいた大型輸送船が吐き出し続けているドローンの物量を見て、流石にリョウも声が硬くなっていた。

「大ざっぱに見て既に3000は軽く超えて……ますな。このサイズからして小型ドローンのようですが」

　驚きを通り越して平淡な声音になった髭面の副長。

「今から主砲で削れるか？」

「既に味方艦載機が展開を始めてますんで、巻き込んじまいやす。このままシールド（防御）と対空砲にエネルギー回した方がマシですな」

「対ドローンに使えるミサイルを倉庫にあるだけ放出させろ！　数は少ないが、何も無ぇよりいいだろ」

「へぃ、お頭」

◇

「ドローンゴースト隊、逐次発進。アルビオンが第2射を撃って来る前に乱戦に持ち込め！」

『ドローンゴースト群の制御開始、指揮権を貰います。ドローンゴースト隊逐次発進お願いします。第7から第42グループは優先目標を敵戦闘機に設定、残りのグループは対艦攻撃シフト、目標は大型戦艦です』

大型輸送船4隻から射出されたドローンゴースト達が、セリカに制御されて編隊を組み『アルビオン』の方へ向けて加速していく。

「ワイバーン、ドローンゴーストのネットワークに通信を接続。ドローンゴースト隊の第1から第10グループへ魔王より通達。何かリクエストはあるか？」

ドローンゴースト達の中でも先駆けをする1から10グループ、予測では生還率が10％を切っている。大破状態からでも回復魔法で直るドローンゴーストが生還できない状態、つまり大半が金属蒸気になって消滅する過酷な戦場に飛び込む連中だ。

『『『ノリの良い音楽を！』』』

ドローンゴースト達が意思疎通に使っているネットワークから、声を揃えて返答が来る。

「セリカ、重力波スピーカーを起動。副砲1基分のエネルギーを回してリクエストの曲をかけてやってくれ」

『はーい！』

セリカの返事と共に、ワイバーンのブリッジにも軽快な音楽が聞こえてくる。

ドローンゴースト達は飛行中音楽をかけるのが好きなんだ。特に危険な場所を飛んで戦う時ほど音楽で気分を盛り上げて飛ぶのが楽しいらしい。

ちなみにドローンゴースト達に人気があるのは、アドラム帝国のネットワークで人気の歌姫(アイドル)などだが、1番人気はリゼルとライムとミーゼの3人が流行歌を歌った時の録音だ。

3人が休憩時間中、娯楽室でカラオケ的なものを歌った時の録音が流出――恐らくワイバーンの仕業――してから、ドローンゴースト達の間で爆発的にファンが広がった。

どうにもドローンゴースト達はゴーレム系の魔法をかけただけの機械にしては、妙に人間くさい。好感が持てる人間くささだがな。

歌が流れ始めてから、ドローンゴースト達の動きが若干良くなった気がする。

「乱戦に入りきる前にミサイルをばら撒くぞ。ワイバーン、アリア、ベルタ、対戦闘機用フライイーターミサイル全弾発射！　全部使い切ってくれ。どうせ持ち帰っても粗大ゴミになる」

消費期限切れのミサイルだからな、死蔵したら動作保証がさらに出来なくなって、処分する費用がかさむだけなんだ。

「ミサイルランチャー全力稼動、フライイーターミサイル連続発射ですよぉ！」

ワイバーンの舷側（艦体側面）に複数設置されたミサイルランチャーから、青い噴射炎を放つミサイルが次々と飛び出して行き、花火が空中で咲くように、1つの光が途中で何十もの小さな光に分裂する。

フライイーターミサイルは対戦闘機用の多弾頭ミサイルだ。1から2割ほど動作不良を起こしているようだが、暴発もせずにスペック通りの稼働をしてくれた。

対ミサイル／対ドローン用の小型砲でいくらか撃墜されるが、圧倒的な数に分裂したミサイルが海賊戦闘機隊へと突っ込み、小さな閃光を大量に発生させる。

「ミサイル第1波着弾。被迎撃率43％、命中率29％、敵損耗率2％前後です。第2射、第3射も続けて撃ちますよぉ！」

楽しそうにミサイルを乱射しているリゼルが実に良い笑顔になっている。

フライイーターミサイルは命中率こそ悪くないんだが、火力が低いので撃墜するのは難しい。

蝿落とし（フライイーター）の名前通り、まともなシールドや装甲を持たない小型機や偵察機、小型ドローン用のミサイルなので、普通のシールドや装甲のある戦闘機には今ひとつ効果が薄い。

しかし、戦闘機のミサイル迎撃装置程度では撃墜しきれない数への分裂と、逃げて引き離せない程度の高速性、そして1度回避してもすぐに食いつき直してくる、偏執的なまでの誘導性が売りの名作だ。

装甲やシールドがある戦闘機も、油断して連続被弾すればあちこち故障してくる。

頑丈な軍用規格の機体でも、サイズ上どうしても余裕の少ない設計になる戦闘機にとっては、故障1つが致命傷になりかねない。

戦闘機を無力化、弱体化させるには実に有用だ。そして機動性が低下したり武装に不具合が出た隙をドローンゴースト達は見逃さない。

「ドローンゴースト隊、敵戦闘機群と接触、交戦開始！」

ワイバーンとアルビオンの間でいくつもの爆発が花火のように広がる。いや、こういう光景だと勇ましいクラシックのＢＧＭでも欲しくなるな。

ドローンゴースト達が好むＰＯＰ風の歌も悪くないんだが、ノリの良い曲を聞くと自分で戦いたくなるから困るんだ。

散々やった戦闘シミュレーションでは有線で神経接続する思考制御端末まで使って1人で指示・操作していたからな。手持ちぶさた感がどうしても強くなる。

「指揮も指示も出来ないというのは、楽で良いんだがフラストレーションが溜まるな」

「見ているだけじゃ不満なんて贅沢ですよぅ。楽でいいじゃないですか」

ミサイルを撃ちつくした後は火器管制の出番が無く、同じ様にドローンゴースト達の戦闘を見ているリゼルがのん気な事を言ってくれる。

数機から数十機くらいなら、まだ戦術の立て方や指揮も出来るんだが、今戦闘が開始した所は味方のドローンゴーストが約1200機に、敵戦闘機が約400機。

ここまで数が多いと、個別に指揮する訳にもいかないので、ドローンゴースト達の指揮運用はセリカと機鋼少女達が処理している。

数百機単位での演習時にテキストデータを流してもらった事もあるんだが、詳細な文字データを貰うと、投影ウィンドウの中に文字が高速で流れていて、単語を読み取るのすら困難だった。

今は艦長席の周りに、ドローンゴーストから送られてくる戦闘画像をいくつか表示して無聊を慰めている。

「セリカ、ドローンゴースト達に推進器を中心に狙わせろ。中破から大破で漂流状態にするのが1番良い」

『はい魔王様、ドローンゴースト達に通達します』

「何で推進器なんてわざわざ狙うんですか？　当てられる所に当てていった方が良い気がしますよぅ」

「完全に駆逐してしまえば、アルビオンが照準適当でも主砲を乱射してくるだろう。乱射されるとこちらも被害が大きいからな、やってもらいたくない。機体は大破していても、生存している部下が多く漂流していれば撃ち辛いだろう？」

「……うわー」

「待てリゼル、素で引くな。このくらいは常套手段だろう？」

「合理的なのです」

ふむふむと頷きながら、納得しているミーゼを見習ってほしいものだ。

そもそも、大規模戦闘になると、艦隊指揮官に送られてくる報告は戦闘開始時刻、戦闘開始からどのくらい時間が経ったか、損耗率はどのくらいか、敵の損害はどのくらいか程度しか情報が上がってこない。

意図的に止めているのではなく、詳細な報告をすると凄まじい情報量になるし、指揮官が内容を理解する頃には戦況が変化してしまうので、情報量を絞らないとまともな指揮をするどころか、指揮官が混乱してしまうだからだ。

……わかってはいる、わかってはいるんだが、無味乾燥な数字が推移していくのを眺めるばかりなのは風情がない。

『戦闘開始より14分35秒経過。味方損耗率1・5%。敵撃破率26%、うち完全撃墜8%』

俺の所に表示されているドローンゴースト達の戦闘報告はこの1行だけ。家庭用ゲームの戦争シミュレーションでも、もう少しましな演出が入るよな？

◇

〉海賊団『隠者の英知』艦隊32番艦、強襲揚陸艦改装空母アガルタ26所属艦載機、クラス3戦闘機ペルオーペ8コックピット
「クソっ、クソっ、後ろから剥がれねぇ！」
ペルオーペ8パイロットのベンは悪態をつきながら、小刻みに操縦桿を動かして高速移動中の機体の向きを頻繁に変更していた。
センサー類の9割が動作停止して、この時代にモニター越しですらない有視界戦闘をさせられて

いる事への不満が3割、残り7割は後方にぴったりと張り付いてくる、民間軍事企業のドローンへの悪態だ。

ベンはふざけた事に純白の塗装をされているドローンが、改造されているが一昔前のアドラム帝国製ドローン『ウォッチャーズ・アイ』だと知っていたし、以前にも何度も戦闘した事があるが、その動きはまるで別物だった。

「お前らドローンならドローンらしく、もっと適当に動けよ！　……っぐぁ！」

ドローンが射撃したレーザーを回避するのに下方向へスラスターを全力で吹かし、イナーシャルキャンセラーで中和しきれない重圧が体にかかって口から呻き声が漏れる。

無理な機動の連続で目や鼻から血が流れ始めていたが、構わず操縦を続ける。

ベンの知っているドローンとは、もっと愚直で単純なものだ。

遥か昔のＡＩ反乱戦争以来、高度な知能を持つＡＩの作製は宇宙規模で消極的になった。

今のドローンは機体性能こそ上がっているものの、頭の中身は数百年単位で進歩していない。

ドローンの動作を例えるなら砲や機銃を載せたミサイルだ。

敵艦のビーコンや熱量を探知し、まっすぐ近づいて搭載兵器をぶっ放すだけの代物。

間違ってもベンのような熟練パイロットと、ペルオーペ8のような高速機とドッグファイトできるようなものでは無いはず――――『だった』。

だが、このクソったれな現実は違った。

最初に正面から撃ち合った時、クラス3の戦闘機部隊なら一方的に駆逐できるはずの小型ドローンの群れは、攻撃を耐えた上で味方戦闘機のシールドをぶち抜いてきた。

さらにベンの操縦を遥かに上回る、無人機だから出来る無茶な機動性であっさりと後方を取られて延々と追い回されている。

「取っておきをくれてやる、こいつで……どうだ！」

コンソールを片手で忙しく叩いて、前方についているはずの小型粒子砲を後方へ向けて連続発射する。

ベンが機体を改造して作った、文字通りの奥の手だ。

「……よっし！」

4門の小型粒子砲がそれぞれ8連射したうち、数本の圧縮粒子がドローンのシールドを削り、翼端から煙を噴いたドローンが回避行動をするのにペルオーペ8の追跡コースから逸れた。

さあ、こいつが手始めだ、今度は俺が追い回してやる――。

恐怖から転化した暗い復讐心に満ちた笑いをベンが零した次の瞬間。

ペルオーペ8を追跡していたのとは別の、ゆっくりとレーザー砲の照準を定めていたドローンゴースト2機がペルオーペ8の2つある推進器とリアクターの端を撃ち抜いた。

「畜生！」

ベンはエラーとアラートで埋まったコンソールを叩くようにリアクターの緊急停止をしてから、下品な言葉満載の悪態を一通り吐き捨てる。

大きく溜息を吐いてから命が助かっただけましだと気を取り直して、救難信号の発信をするのだった。

通信機が沈黙したまま動かない為にベンは気が付いていなかったが、ペルオーペ8と同じ状況、行動不能に陥ったケースが戦場のあちこちで発生していた。

◇

〉海賊旗艦・戦艦アルビオンブリッジ
「アガルタ26より通信、艦載機がほぼ未帰還、戦闘継続不能！」

「アルビオン第8防空戦闘機隊壊滅、漂流中のパイロットからSOSが大量に届いてやす！」

「左舷13番デッキ、対空パルスイオン砲撃て撃て撃て、撃ち続けて近寄らせるな！」

「敵ドローン集団からの飽和攻撃第178波着弾、左舷第6ブロックのシールドジェネレーターがあらかたダウン。アルビオンのシールド4％ダウンしやした！　残り62％。くそ、レーザー減衰ガスをもっとばら撒け！」

巨大なアルビオンの維持と運用、艦隊の指揮もする為に巨大な音楽ホールのようになっている、アルビオンの戦闘指揮所には怒号が飛び交っていた。

「上方、敵ドローン集団から飽和攻撃179波来ますぜ！」

オペレーターの1人が叫ぶと、アルビオンの上方から青や緑のレーザー光が集中豪雨のような勢いで降り注ぐ。

「ちくしょう、いい加減にしやがれ！　あんな小型ドローンのレーザー砲じゃシールドに傷も入らないってのに、だからって数百機単位で飽和攻撃とか、どんな指揮統制能力してやがるんだよ！」

「上部第9ブロックに直撃、装甲3％融解！　くそっ、あそこはシールドジェネレーターがへたっているから抜けて装甲にダメージ入ってやす！」

本来ならドローンゴーストが装備している高出力レーザー砲では、アルビオンのシールドを削る事すらできない。

正確にいえば削れるのだが、全力で射撃をつづけても削れるよりも、シールドが回復する量の方が文字通り桁違いに大きい、圧倒的な能力差がある。

だが、数百機単位でタイミングを合わせた上に1箇所に集中攻撃をしてくると話は別だった。

「右舷対空砲群、斉射！　目標が小さすぎて目視射撃だと厳しいだって？　甘えるんじゃないよ、狙って撃てないならとにかくばら撒くんだ、あれだけ飛んでいるんだから偶然でも当たるだろうに！」

オペレータールームに隣接した艦長席周辺では重い空気が流れていた。

「このまま防御も難しそうじゃねぇか。艦載機の状況はどうだよ？」

アルビオンの戦闘状況を見て、軽薄な顔に凄みのある笑みを浮かべるリョウ。

内心はオペレーター要員達と同じく、怒鳴り散らしたかったが、海賊団首領としての矜持と経験が外見を取り繕ってくれていた。

「へい。出撃約1800機のうち、無事なのはせいぜい400。まだ動ける連中も被弾して不調を抱えた機体で大量のドローンに追いかけられている最中ですぜ。撃墜されたのは100前後、13

「00は推進器やらリアクターをやられて漂流してやす」

副長も態度こそ冷静だが、顔は青ざめて口調が平淡になっている。

「救難機を全部出して引っ張り戻せ。あいつらなら救難信号出しっぱなしの救難機を攻撃しねぇさ」

救難機を撃墜してはいけないなんてルールはない。海賊団という無法者相手なら尚更だ。

むしろ戦場ならば、機体やパイロットを救助されて再出撃されると困るので、優先して狙われる事すら多い。

しかし、リョウには妙な確信があった。

イグサと名乗った民間軍事企業の代表、あんな愉快すぎる馬鹿は救難機を狙って撃墜するなんて
『つまらない』事はしない。

少なくとも自分達が先に非道をしなければ——と。

「へい！　救難機ありったけ放出しやす」

「しかしジリ貧だな。仕方ねぇ……奥の手出すぞ。緊急用スラスター全力運転、艦首からの直線で良いから、遭難機を避けて射線確保しろ。艦首砲を全力斉射準備だ。狙いは甘くても良い、どれかに至近弾をだせ！」

「了解ですぜ。操舵長！」

「へい、左舷緊急用スラスターを全部ぶんまわせ、射線確保するぞ！」

「技官、艦長のとっておきが出るぞ！　ジェルもありったけ回せ！」

「あいよ！　有機情報ジェル循環開始、生体神経回路構築まで60秒」

「艦首砲、全力斉射準備、リミッターオールリリース、オーバーチャージ開始。艦首装甲板展開、艦首砲発射態勢へ移行しやす！」

「無茶な使い方するぞ！　輻射熱で丸焼きになったり暴発で死にたくなかったらメカニック含む船員は艦首ブロックから退避しろ！」

副長が怒鳴るように通信をするのを横に、リョウは年代ものの生体神経回路端末がついている艦長席の簡易操縦桿を握り締め、歌うように不思議な旋律の詩を口ずさむ。

「我、英知持つものの末裔。世界を司る、もう一つの法と摂理を制御せん。この手の先に生まれし光は、周囲の光を吸い寄せ一際強い光へと転化する。法理魔法発動――」

魔王、海賊の首領と一騎討ちをする

「敵艦載機はほぼ無力化しました。残存敵戦力の掃討中です」

「アルビオンへ対艦攻撃中のドローンゴースト隊、損耗率8％。敵艦表面での爆発を複数確認。このまま削りきれるであります」

「順調だな。負けない算段と準備をしてきたのだから、優勢でなくては困るが」

投影ウィンドウの向こうでは、アルビオンがイナゴの大群に襲われた農地のように、雲霞の如く押し寄せたドローンゴースト達にまとわりつかれて被害を出し始めていた。

アラミス、ポルトス、アトスの改装大型輸送船から各4500機、ダルタニアンからも2000機射出した、合計1万5500機に及ぶドローンゴーストの物量はまさに圧巻だった。

うち3000機くらいが敵の艦載機を追い回しているが、こちらも過剰な被害なく追い詰めている。

圧倒的ではあるし、この光景は浪漫の産物でもあるんだが、もう一波乱くる予感が――。

「敵艦に異常なレベルの高エネルギー反応、艦首にエネルギーが集中しているであります！」

『アルビオンのオペレーティングデータ取得中。対要塞級のレーザー砲がこっち狙ってます！』

セリカの悲鳴と共に投影ウィンドウに映し出されるのは、アルビオンの艦首が展開してそこから顔を出した、巡洋艦くらいなら砲身の中に入れそうな馬鹿みたいに巨大なレーザー砲の砲身。

そして、砲身の周囲に展開する巨大な多層魔法陣――魔法陣だと？

『法理魔法発動：魔法解析Ⅷ／解析結果――法理魔法系：光属性増幅』

間違いない、あれは魔法だ。

この世界で普通に俺やライムが魔法使えていたから、この世界で広まっているSF世界な科学法則とは別に、魔法的な技術の持ち主がいてもおかしくないと思っていた。

思っていたがタイミングが悪いな、いやボス戦らしくなってきてテンションが上がりもするんだが！

「各艦全力防御！　ポルトス、アトス、アラミスはワイバーンの後方にしっかり隠れろ。各艦の魔法技官は光属性の耐性魔法を力の限り重ねて張れ！」

防御魔法を急いで起動させる。

『祈祷魔法発動：光の城壁Ⅹ／重複展開Ⅸ』

『祈祷魔法発動：守護の盾Ⅷ』

『概念魔法発動：属性耐性付与Ⅸ／光属性』

『法理魔法発動：鏡の鎧Ⅸ』

ワイバーンの前方に、半透明な巨大な壁の幻影が幾つも重なって出現する。

投影ウィンドウ越しに見える世界から光が消え――――人の心臓が鼓動を1回か2回する程度の刹那、宇宙が闇に包まれた。

そして、闇が塗りつぶすように暴力的なほどの光が満ちる。

アルビオンの巨大艦首砲から極大な青白いレーザー光が撃ちだされた。

半径数百メートルにも及ぶ、レーザー砲と言うには太すぎる光の奔流が、宇宙を光で埋め尽くしながら接近。

余波でアルビオンの近くにいたドローンゴースト百機近くが、爆散する事も許されずに蒸発。

さらにその周囲の数百機が爆散して宇宙に炎の花を咲かせる。


「至近弾きます、左舷に接触！」

一直線に向かってきたレーザーは、シールドを掠めるように命中して、ワイバーンの防御魔法に威力の大半を削られながらも、シールドとエネルギーがせめぎ合う。

レーザーとはいえ、膨大すぎるエネルギーの余波でワイバーンのブリッジもイナーシャルキャンセラーで中和できる分を超えた激しい振動が襲っている。

「シールド低下中、削り取られそうです！　シールドジェネレーターに隠しコマンド入力、緊急出力220％までオーバーブースト！　後で分解整備してあげるから耐えてくださいよぅ！」

「左舷装甲融解中。左舷装甲の23％を喪失、現在さらに削られているであります！」

「アルビオン艦首レーザー砲、掃射の終了を確認。艦内の被害状況をチェックします」

「高速巡洋艦ベルタ、砲撃の至近弾を受けたとの報告！　艦首大破、その他損害不明！」

「アルビオン艦首で小規模な爆発を複数確認。あちらにとっても負担の大きい攻撃だった模様なのです」

膝の上でちまちまと投影ウィンドウを操作しているミーゼは冷静に振る舞っている。

その気丈さに免じて体が小刻みに震えているのは、気が付かないフリをしてやろう。

しかし、まずいな。今の攻撃はアルビオンでも連射できないようだが、2回目があったら厳しい。

「ライム『主砲』を頼む、配置についてくれ」

「ん。行ってくる」

ライムがワイバーンの通路へと走って行く。

「アルテ、ワイバーンを全速前進、予定より早いが艦隊を離れて前に出るぞ！」

「あいあいさー、リミッターリリース。全速加速開始であります！」

「ドローンゴースト第38対艦攻撃隊より連絡、アルビオン上部第8セクターのシールドを広域喪失させました！」

良いタイミングだ、この時を待っていた！

「アリア、セリカ。艦首イオン砲全力掃射。目標アルビオン上部、第8セクターだ！　周辺のシールドジェネレーターを吹き飛ばせ！」

『『はい、魔王様！』』

アリアとセリカの艦首装甲が展開して、戦艦級の出力とサイズの砲身が顔を出す。

「撃て！」

アリアとセリカの艦首砲から圧縮されたイオン粒子が、アルビオンの装甲へとビームのように掃射し続けられていく。

『アルビオン第8セクターに直撃、付近のシールドジェネレーターが爆散もしくは機能停止しました。修理を人力でやっているみたいで、復旧までの時間不明ですー！』

戦闘しながらもアルビオンの情報探知を続けているセリカが叫ぶ。

機械的な修復ならセリカのハッキングで調べられるが、人力でやられると調査不能なのは仕方ないな。

だが、一時停止で十分だ。

「アルテ、このままアルビオン上部に乗り付けろ！」

「あいあいさーであります！」

漂流している敵艦載機地帯を避けるようにして、散発的にビームやミサイルが飛び交う中、ワイバーンが推進器から大きな噴射炎を吐き出しながらアルビオンへ接近する。

散発的に飛んでくる迎撃のビームすら、ワイバーンの主砲より強力そうなあたり、アルビオンとの性能差を感じるな。

いやここまで性能差があると苦しいと思うよりも、既に楽しいけどな！

「シールドジェネレーター調整中、頑張ってなだめているけど、いつ動作停止してもおかしくないですよぅ⁉」

「リゼル、後少しで良いから持たせてくれ！」

「ライム『主砲』を任せる、アルビオンの上部甲板にある砲を薙ぎ払ってくれ！」

『ん、頑張る』

◇

〉ライム

ワイバーンの上部甲板から見えるアルビオン周辺は賑やかだ。

アルビオンの対空砲火で撃墜されて火球になるドローンゴースト、光のシャワーを降らせるドローンゴーストの対艦攻撃、迎撃されたミサイルがワイバーンの船体周囲のあちこちでも小さな爆発を起こして花火みたいに光っている。

宇宙空間にエネルギーの風を感じて、乱れた前髪を整えていると通信が入った。

『ライム『主砲』を任せる、アルビオンの上部甲板にある砲を薙ぎ払ってくれ！」

通信越しに聞こえるイグサの声。

特筆するほど美声ではないのに、どんな雑踏にいても「あ、これはイグサの声だ」って聞き分けられる不思議な印象を受ける声。

そして、どんな時でも憎たらしいくらいに余裕綽々なイグサが私に頼んでいる。

この場面を任せるのは私しかいないと、頼ってくれている。

たったそれだけの事で胸がどうしようもなく熱くなってくる。

まったく、1年前の私が今の私を見たら、きっとこう言うだろう。

私はこんなに単純な性格しているの？

これじゃまるで恋に恋するお手軽な少女じゃない、ってね。

今の私はこれが良いって本気で思っているから救いようがない。

熱くなった私の胸から出てくるのは嬉しい、嬉しい、嬉しいと洪水のような歓喜。

「ん、頑張る」

色々言いたすぎて、結局シンプルになってしまう返事をする。

聖剣を鞘から抜くと、黄金と蒼色の粒子が周囲に溢れ出していく。

私の勇者としての本質は「私が助けたいと思う人を助ける事」

普段から余裕ぶっている癖にいつもギリギリだったり、見えない所でこっそり頑張っている、見ていて色々心配になるイグサを助けたい、手伝ってあげたい。

――私がこの手で守ってあげたい。そんな想いが勇者の力になって溢れてくる。

今の私ならどんな事もできる！　そんな恋心が生み出す万能感が体に満ちていく。

「聖剣解放――――」

胸を焦がす想いが溢れそうになるほどに、蒼と黄金の粒子が宇宙を塗りつぶすほどに広がっていく。

◇

待機していたライムが、あちこちビーム焦げやレーザー焼けがついたワイバーンの上部装甲に立ち、聖剣を構える。

既に技……というかスキル発動状態になっているのだろう。

白い刀身をした聖剣を引き抜くと蒼と黄金の粒子が周囲へ溢れ出す。

『聖剣解放――――ソードブレイカー！』

ライムが放つ、蒼と黄金の入り混じった幾百もの光が五月雨のようにアルビオン上部へ降り注ぎ、主砲や副砲を『切り裂いて』吹き飛ばす。

魔法防御力がなければ聖剣の攻撃を止められないらしいが、そもそも戦艦の砲を剣で斬り飛ばす事自体、ファンタジー（非常識）な光景だ。

「よくやった。ライム、船内へ戻ってくれ」

『後でたっぷり褒めて』

「ああ、良い仕事をしてくれた。今は忙しいから後でな」

『今の言葉を忘れないで。約束』

……普通に褒めただけなんだが、何故か言質を取られた気がする。

気のせいだよな？

　まあいいか、今は目の前の事に集中しないとな。

「ワイヤーアンカーを出せる距離まで接近、アルビオンの装甲上に強行着陸する！　近接レーザー砲塔全力稼動、ライムが潰せなかった小型対空砲を片端から黙らせろ！」

　ワイバーンをアルビオンの上部甲板に接近させながら、ワイバーンの固定砲がレーザーを大量に降らせて、アルビオン上部甲板の小型対空砲群を焼き尽くしていく。

「アルビオン上部甲板との相対距離２ｋｍ以内に接近、対象装甲上のシールドダウンを確認。ワイヤーアンカー射出、船体接舷開始であります」

「着地脚展開、装甲板に直接張り付けろ！　船体下部主砲展開、射撃準備。準備だけで良い、どうせ脅しだ」

　ワイバーンの装備している巡洋艦レベルの主砲でも、シールドが消失した上装甲が削れに削れた状況だ。この距離で連射されれば、アルビオンのような大型戦艦でも致命傷になりかねない。

　喉元にナイフを突きつけた状態だ。

「ルーニア、アルビオンに通信を繋いでくれ。……ああ、流している音楽のサビ部分でもかけてＢＧＭにしてくれ」

「はい社長、任せておいて！」

　悪ノリ仲間の牛娘（妹）なルーニアなら、意味も無いが盛り上がりを付けてくれるだろう。

　戦闘というものは効率を求めていくと、行動から余裕というものが削れていくものだが、それじや浪漫がないよな？

「通信繋がりました。メインウィンドウを開きます」

通信に出たのは海賊団首領のリョウだった。

相変わらずチャラさが半端無い。

普通の艦長や首領なら戦闘中は顔色悪かったり、逆にギラギラとしていたりするんだが、どうにも肩の力が抜けている印象だ。

『よぉ、降伏勧告かい？　できりゃぁ逆の立場で言いたかったンだがよ。けどよ、最後の接舷はなんだよ？　武装解除に乗り込むにしては気が早くねぇか』

やれやれと肩をすくめてみせるリョウ。

普通ならここは降伏勧告する所なんだろうな。

あのまま戦闘を続けていれば、ドローンゴーストの物量でアルビオンは沈んでいただろう。

随伴艦との戦闘をしている高速巡洋艦アリアとセリカも投入していれば、アルビオン艦首砲の再発射も間に合わさせずに轟沈させる事も出来た。

だが、今回の目的は海賊討伐じゃない。

それにまだもう1つくらい、山場があってもいいだろう？

「いいや、用件は降伏勧告じゃないぞ？」

『なんだよ？　他の心当たりはねぇぜ』

「民間軍事企業『魔王軍』代表イグサが、海賊団『隠者の英知』首領リョーカンに一騎討ちを申し込む。場所はアルビオンの甲板上、乗り物も飛び道具もなし、敗者は勝者に従うって条件だ。どうだ、受けるか？」

『くふっ、はははっ、はははははは！　何だよそりゃ、イグサって言ったか、どこまで酔狂になれば気が済むんだよ！　ああ、だが上手い手だ。ちくしょう、その手があったかよ。海賊って連中は馬鹿が多いから普通に降伏させても使えねぇ、っつーかお荷物になるだけだ。けど、連中にも分かり易い馬鹿な手で降伏させりゃ言う事聞くよな。しかもこの負け戦の状況だ。勝てば起死回生の一手になるし、俺は受けるしか手が無ぇじゃねぇか！』

心底楽しそうな笑顔を浮かべて笑うリョウ。

そう、海賊を降伏させるには、反抗する気にもなれない圧倒的な力を見せるか、皆殺し一歩手前まで追い込む事が必要だ。

アドラム帝国を含むSF世界だと、降伏した海賊の処遇は大抵悲惨な事になるからな。今のように明らかに負け戦でも降伏はし辛い。

だが海賊団『隠者の英知』は義理人情や伊達が通じる少数派の宇宙海賊だ。艦隊戦で負けて、更に大時代的（時代遅れ）なボス同士の一騎討ちで負けたという「誇りある宇宙海賊として納得しやすい理由」があれば海賊達も心情的に降伏しやすい。

それに、魔王軍は民間軍事企業だ。

できるだけリスクが少ない方がいいし、ドンパチは控えめにして経費は軽い方が良い。文字通り戦力を体感した戦艦アルビオンも、可能なら撃破ではなく拿捕したい。

その上で浪漫を満たせる最高の手だと思うんだが、まだリョウは笑っているな。何かツボに入ったのか？

『よぉし、その勝負受けた！『隠者の英知』首領リョーカンが『魔王軍』代表イグサとの一騎討ちを受けて立つ！　オペレーター、全艦に戦闘停止命令と映像配信の準備だ！　ガタガタ言うヤツがいたらぶン殴ってでも静かにさせろ！』

「ユニア、こちらも全艦に戦闘停止命令を出してくれ。リョウ、お互い救護機は仕事させるようにしないか？」

『そいつぁウチに嬉しいけどよ、良いのか？』

「折角の舞台だ、観客（オーディエンス）が減ったらつまらないだろう？」

俺の言葉にリョウは再び破顔した。

『違ぇねぇ。勝負は30分後、俺も化粧とかあるから少し時間くれよ？　場所はアルビオンの甲板上、近くにいる見届け人はそれぞれ1人。獲物は白兵用なら何でも。飛び道具はご法度、異能や超能力とかはあれば使え。こんなところで良いかよ？』

「十分だ、また後でな」

「通信停止しました。社長、ライムさんに頑張ってもらうんですか？」

海賊にとって好条件な一騎討ちに心配顔の、オペレーター牛娘（姉）のユニア。

「俺が行く。向こうも首領が直々に出てくるから、ウチも代役はなしだ」

「イグサ様の能力を疑う訳ではないのですが、心配であります。向こうは指揮官とはいえ海賊の首領、軍隊ほどではありませんが戦闘のプロでありますよ」

同じく心配顔のアルテ
……あれ？　ここってお任せしますって送り出してくれるシーンじゃないのか？

もしかして俺信用されてない？　っていうか冗談とかじゃなく真面目に心配されてないか？

「おにーさん」

膝の上にいたミーゼは訳知り顔で上目遣いに見てくる。ミーゼは分かってくれるよな！

「ここで勝てれば後が楽だけど、危なくなったら逃げても何とかなるのです。セリカおねーさん。アルビオンのジャンプドライブを探して、最上位オペレーター権限による強制操作（オーバーライド）準備してください。イザとなったら、アルビオンをどっかの辺境にジャンプさせて逃げるのです」

既に逃走の算段をされていらっしゃいました。

「イグサ、普段から人に任せすぎ。日頃の行いが大事」

主砲役から戻ってきたライムがしたり顔で言っている。

澄まし顔をしているが、かみ殺した笑いで肩が小刻みに震えているぞ。

「仕方ないだろう？　魔王とはまず部下に任せて、それでも勝ち上がってきた勇士を相手するものなんだからな……」

今まで出会った宇宙海賊共に、魔王が直々に相手するような骨のあるのが居なかっただけで。

「ん。育って無い勇者を初手で潰しにくる魔王は浪漫がわかってない。けど、魔王の実力を部下が見た事無かったら、心配されるのも当然」

ライムが剣の訓練する時は俺が相手しているので、指揮や魔法以外、剣や素手戦闘における魔王の実力を知っているのが勇者だけというのは、少々切ない。

「……行ってくる」

せめてもの格好つけにマント風になっている魔王の衣をばさりと翻して、エアロックに向う。

背中に突き刺さる、初めて買い物をする小さな子を心配するような視線が心に痛い。

「よっ、と」

ワイヤーアンカーと地上着陸用の接地脚で、アルビオンの上部甲板に張り付いているワイバーンのエアロックから甲板までの高さは５ｍほど。

アルビオンの擬似重力発生装置が動いているので、この期に及んで着地失敗しないように慎重に飛び降りる。

既にワイバーン側からもアルビオン側からも、映像配信用のカメラが向けられているだろうから、油断して足を滑らせて顔から着地とかしないように気をつけないとな。

そんな無様な着地をした上で相手に心配されたら、心が折れてしまいそうだ。

『待ってたぜ。ってかその格好で大丈夫なのかよ』

吹きさらしのアルビオン上部甲板に待っていたのは、黒を基調に金で縁取りされたいかにも高級そうな装甲戦闘服を着たリョウ。片手にサーベルを持ち、背中に大きな両手斧を背負っている。

「見ての通りだ。この手のずるを出来るのはお互い様だろう?」

アドラム帝国の戦史ムービー(史実よりエンターテイメント性重視の作品)では宇宙線を防ぎ空気の流出を防ぐ遮断フィールドを展開して、呼吸可能大気の放出をしてまで甲板で決闘していたが、ここは普通に真空だ。適応魔法を使っているので苦しくもないが。

コートやスーツの端が風にたなびいているように動いているが、魔法に深くツッコミを入れたら負けだな、うん。

『ああ、うん。そっちもなんだが、装甲服とか無くていいのか? どう見ても戦闘用に向かない繊維服でしかなさそうなンだけどよ』

「これも特製なんだ。下手な装甲服よりは頑丈さ」

魔王の衣だしな、戦車の体当たりくらいは普通に防いでくれる。レーザーやら光属性への防御能力には若干不安が残るが。

『ならいいンだけどよ。うちの見届け人は副長のコイツだ』

数歩離れた位置に立っている、金属地の無個性な装甲戦闘服を着たガタイの良い中年男性が頭を下げる。

ヘルメット越しに見える顔は髭面のいかめしい、いかにも海賊! という見た目だな。

力自慢ではなく副長というところが残念だが、海賊としての見た目は満点をやれる。

「ウチのは……って。やば。ブリッジに置いてきたな」

『空間魔法発動:影の回廊Ⅵ』

足元に出来た影に手を突っ込んで、首根っこを掴みライムを引っ張り上げる。

影が必要だし宇宙感覚でいうと近距離でしか使えないが、自分の持ち物を召喚する魔法だ。

ライムとか使い魔レベルでしっかりと所持契約してあれば、持ち物扱いで引き寄せられる。

どこかの未来な青狸の道具にも似たようなものがあったな。

「挨拶はさっきしたよな？　うちの見届け人をする副代表のライムだ」

「イグサ、人を忘れた上にこの扱いは酷い」

じっとりとした視線を送ってくるライムから顔を背けて話を進める。

『なンつーか、色々ツッコミどころが多いンだけど、多すぎてツッコミきれねー』

「悪いな、ファンタジー(非常識)で。そっちも魔法を多少使っていたし、このくらいは許してほしい」

『ううん。これから殺(や)りあおうってンだ、細かい事はイイか――』

小さく咳払いをして気を取り直したリョウが気合を入れるが、いいタイミングで投影ウィンドウが俺の周りに連続で開く。

『社長、本当に無理しないでくださいね？　少しの怪我は仕方ないけど、本当に命は大切にしてください』

心配で仕方ない顔のユニア。

ただでさえ自分に自信のない新任女教師という雰囲気に見た目（ただしスタイルが目の毒過ぎて生徒の性癖がねじ曲がる）なのに、心配そうな顔をされるとそのものにしか見えない。

「わかっている。簡単にやられる気は無いからな」

『イグサ様、命あっての物種です。危なくなったら逃げてくださいよぅ』

「待てリゼル、ライムと同じ古い付き合いなのに、何故そこまで信用がないんだ」

『魔王様、どうかご武運を。でも武功より怪我しない事が1番です』

「セリカもか……うん。わかっている。わかっているかな」

『どうかご無事で、帰ってきてくれたらご褒美に夜這いさせてもらいます！』

「誰だ変なフラグ立てたの！　ってか誰だ、夜這いするとか言ってるの⁉　サウンドオンリー……待て、逆探知させろ！　ワイバーン、ワイバーン！　今の通信元を割り出しておいてくれ」

『社長が帰ったら、私社長と結婚するんです』

「だからフラグ立てに便乗するな！　ってか結婚の予定はないし心当たりは……色々あるが、する予定はないからな！　これも音声のみか、誰なのか気になるだろう⁉　……ええい、着信拒否、5分間限定！」

携帯端末を弄って、色々カオスな言葉が飛び交う投影ウィンドウをまとめて閉じる。

最後の方に戦闘以外の不安要素が出ていた気がするが、この際忘れる事にする。

『なぁ、すっげーやり辛いンだけどさ、そういうのは先に済ませておいてくれねぇ？』

やたら苦い顔をしているリョウ。人情話とかそっちに弱いのだろうか。

「悪い。普段デスクワークばっかりで信用が無かったらしくてさ」

本当にすまない。盛り上がりに水を差してしまったな。

『ああ、わかるわかる。オレも年寄り連中に「若に任せるなんてとんでもない、ワシが出れば十分です」とか色々止められてよ。でもよ、こーいうのは責任者の仕事だし、1番美味しいところを人に譲れねぇだろ？』

「当たり前だ、効率優先とか無粋な事が多いこの世界で、こんなに賭けるものが大きい酔狂な勝負なんて探してもそうそうない。この舞台を人に譲れるほど、謙虚じゃないさ」

『だよなぁ。よっし、気合入りなおしたぜ。海賊団『隠者の英知』首領にてアルビオン艦長リョーカン。民間軍事企業『魔王軍』代表イグサの一騎討ちに応じる！』

儀式用だったのか、手に持っていたサーベルで礼をすると腰にある鞘へ戻し、背中に背負っていた巨大な斧を片手に構えるリョウ。

流線型の大斧は刃の部分を白熱させていく。ヒートアクス（白熱刃付き斧）だろうか？ 趣味の武器だな。

「なぁ、リョウ。もっとシンプルで馬鹿らしく、こんな舞台にもってこいの肩書き持っているだろう？ 『魔王軍』代表『魔王』イグサ一騎討ちの受諾に感謝する！」

『創生魔法発動：魔剣創生Ⅵ：炎／闇属性』

横に突き出した右手の先に魔法陣が生まれ、ずしりとした重みの闇色と紅色の光沢を持つ金属の長剣が手の中に納まる。

『おいおい、ただの酔狂か伊達かと思ったら直球かよ、しかも魔王様が気軽に来るとか気軽すぎねぇか？ ああ、馬鹿らしい肩書きがあるぜ！』

実に楽しそうに笑い巨大な斧を俺に向けてリョウが口を開く。

『魔王相手なら不足ねぇ、『隠者の英知』7代目『賢者』リョーカン、勇者もなく賢者単体ってのは御伽断(おとぎばなし)にしちゃ役者不足だが、魔王に挑ませてもらおうじゃねぇか！』

魔法使いかと思っていたが賢者の方だったか。本人の雰囲気的には……チンピラとか下っ端盗賊の方が絶対似合っていそうだが。

「いやいや、御伽噺にしたら上出来だ。何せ賢者が導き助言する勇者は、既に魔王に捕らえられているからな。解放するってシチュエーションはいいものだろう？」

まあ、その勇者様(ライム)は隣で見ている訳だが。俺の視線に気が付いたのか、ちょっとジト目になったな。

『上出来すぎて色々怖くなるじゃねぇか。ついでに、それも戦う理由に追加させてもらうぜ』

「むー」

あ、ついで扱いでライムがむっとしている。気持ちはわかるが静かにしていてくれ。今、宇宙浪漫的にもファンタジー浪漫的にも凄くいい所なんだ。


遠くで見ているドローンゴースト達から重力波スピーカーで音楽が流れてくる中、ライムとリョウの副長が、同時に手を挙げて、振り下ろして決闘の開始を合図する。

「いざ尋常に――――」

『――――勝負！』

お互いに走って距離を詰め。

『賢者らしく小手先の技も豊富だぜ！　賢者リョーカンが世界の法を操作する、我が肉体は万夫不当、法理魔法発動：総合身体強化Ⅲ』

「魔王として技の種類で負けるわけにいかないな！」

『法理魔法発動：魔法解析Ⅷ／法理魔法：身体総合強化Ⅲ』

「魔王イグサが世界の法を歪める、我が武威は天下無双、法理魔法発動：総合身体強化Ⅲ」

リョウが賢者――近接戦闘も出来そうなので、魔法戦士型だろうと予測していた。

使用魔法を解析し、同じように詠唱して同量の身体強化を発動させる。

『せぃ……やぁぁぁ！』

リョウが大型のヒートアクスを、まるで新聞紙を丸めた棒程度の気軽さで振り回す。

「なかなか重いが、この程度では、な！」

一撃一撃が致命傷になりそうな斧の攻撃を、長剣で弾き受け流して捌く。

受け流すたびにアルビオンの装甲板に深い傷が入り、構造物がバターみたいに切り裂かれていく。

一見したところ年代物のヒートアクスだが、愉快な威力をしているじゃないか。


俺とリョウがやっている事はまるで、綿密な打ち合わせと練習をした殺陣だ。

少々周囲への被害が大きいが、剣と斧を使った舞踏にも見えるかもしれない。

振り下ろしてくるリョウの斧に刀身を絡め当てて、横に力を入れて受け流し。

受け流した勢いで螺旋を描くように突いた長剣の剣先を、リョウが斧の柄で受け止める。

そのままお互いに距離を取り、リョウが大きく振り回した斧をしゃがんで避けて、さらに切り返しで足を狙ってきた2度目の大振りを、今度は軽く跳んで避ける。

体勢を崩したリョウへ、剣先を向け3連で突きを入れるが、斧とは逆の手で抜いた、大きなハンドガードが付いたレイピア(刺突剣)で受け流され、横にした斧の刃で受け止められ、3回目はレイピアの刀身で剣を巻き込むように武器落としを狙ってきたので、逆方向に捻って突き出した剣を引き戻す。

そんな剣戟の応酬をお互いに20手ずつ繰り出した所で、示し合わせたように同時に後方へ飛びのいて距離を取る。

「悪いな、俺は武闘派の魔王じゃないから、小技はこっちも得意なんだ」

リョウの剣と斧のスキルレベルは3から4くらいか。スキルレベルが1あれば1人前なこの世界において、剣も斧も達人級とか賢者にしては上等過ぎるな。

『相性悪ぃな。魔王らしくもっと慢心していて隙だらけで良いンだぜ?』

「それは見た物語が古典的過ぎるな。俺の知っている魔王はもうちょいクレバーなヤツが多かった。その分、数で力押しとかには弱かったみたいだけどな」

『なぁ、俺達のじゃれ合いの余波であちこち地面がざっくり斬れてるンだけどよ、この辺の地面って主力戦艦の装甲板だぜ?　張替えのコスト高ぇンだよな』

「白兵戦用の武器で戦艦の装甲板が斬れているところがツッコミのポイントか？　なら、次で決めるか。殺陣は盛り上がるが、冗長になってもギャラリーが冷めるからな」

『わかってンじゃねぇか。じゃ、行くぜ？』

「いつでも来い」

『ミンチになっても恨むなよ！　――賢者リョーカンが次元の理(ことわり)を操作する、我が刃は空間と次元すらも切り刻む。法理魔法発動：空間切断刃Ⅲ／対象数増加Ⅳ』

リョウが大斧を振り下ろすと、淡い緑色をした半透明の刃が幾本も地面——装甲板を切り刻みながら広がり迫ってくる。

「魔王として大技を受けるのは望むところだ。ついでに、それを力ずくで押さえ込むのも——な！」

『概念魔法発動：次元属性付与Ⅶ／剣』

属性付与した長剣を横に構えて一閃、リョウが放った空間を切断する魔力の刃を一撃で全て吹き飛ばす。

大量の窓ガラスが割れたような音がして、魔法の刃が崩壊。

その光景に目を開いて一瞬硬直したリョウの隙をつき、距離をつめてリョウの首筋に剣先を突きつける。

「勝負ありだな。認めるか？」

『認める。っつーか俺の負けだ。どっからどーみても言い訳できねぇし、言い訳しても格好悪い！』

リョウは大斧とレイピアを投げ捨てて、甲板の上に座り込んだ。

『おい、ケーンジ。中継を流してるカメラをこっちに近づけろ』

あの中年副長の名前か、訛るか変質しているようだが、元はケンジだろうか？　日本風だな。

副長が操作すると、金属のボールのような機械がリョウに近づいて行った。

あれがカメラか。レンズもないしゴツくもないカメラは少々味気ないな。

『お前ら今の殺りあいを見ていたな？　艦隊戦でも押されて一騎討ちでも綺麗に負けた。各艦、各自、素直に降伏を受け入れろ。もうすぐ無くなると思うが、海賊団『隠者の英知』の名にかけて、見苦しい真似するヤツは許さねぇ。やらかしたヤツは、俺が直接八つ裂きにして太陽葬にしてやるから覚悟しとけ！』


こうして民間軍事企業『魔王軍』と海賊団『隠者の英知』の戦闘は終結した。

結果は海賊団の降伏による戦闘の終結。

戦闘参加艦艇は『魔王軍』が巡洋艦３隻、強襲揚陸艦１隻、戦闘輸送船４隻、輸送船に搭載されたドローンが約１万５０００機。

『隠者の英知』は主力戦艦級大型戦艦１隻、強襲揚陸艦改装空母26隻、駆逐艦改装空母18隻、艦載機約１８００機。

参加した戦力的には小競り合いの規模を超えて、マイナーな宇宙史の片隅に記載される戦闘規模だったが、お互いに轟沈した艦もなく、死傷者も戦闘規模に比べると、非常に小規模に留まっていた。


リョウとの一騎討ちを終えて、降伏後の処理の打ち合わせをしてから、ワイバーンに戻った俺を黄色い歓声が出迎えとか、少なからず期待していたんだが――――。

実際に出迎えたのは心配のあまり大泣きしていたリゼル、アルテ、ユニア、ルーニアと、一見冷静だが飛びついて背中に張り付いて離れなくなったミーゼだった。

ずっと俺だけが戦ってきたならわかるんだが、皆も戦闘していたのに何故ここまで心配されるのだろうか。

いや、普段から皆頑張れと後ろにいたツケなのはわかっているんだが……。

ここまで心配されると、このリゼルとミーゼ、ユニアとルーニアの姉妹は愛情とか深すぎて男を駄目にする才能があるのでは？　と疑いたくなる。

……俺の服の裾を掴んで離さないライムも同類か。


楽しい戦闘（まつり）の後には事務仕事（あとかたづけ）が待っている。

アルビオンごと降伏させた事で、ジャンプドライブの入手のツテはついたが、海賊牧場への対処をするには、もう少し時間がかかりそうだ。

だけどさ、後片付けすらも次の祭りの準備みたいなものだろう？

第2章
海賊ギルド創立

MAOU TO YUSHA GA
JIDAI-OKURE NI NARIMASHITA

魔王、海賊ギルドを設立する

「でよ、俺達はどうなるンだ？　幹部連中も覚悟は出来てるけどよ、責任取るヤツは出来るだけ上役と年寄りに集めてほしいンだよな」

海賊団『隠者の英知』が降伏した後の処理を話し合う為に、高速電子巡洋艦セリカの会議室に集まっていた。

ワイバーンの会議室はコタツのせいでやたら和んでしまう為、真面目な会議にはあまり向かないんだ。

ワイバーンと比べても船体が大きい分、会議室もこっちの方が広いしな。

とは言えセリカの兵装やら電子戦能力とかは改装したが、内装を後回しにしていたので気取った飾り1つ無い、非常に殺風景な室内だ。

今度内装用にも予算を取らないとな……。

集まっているのは『魔王軍』側が俺、ライム、リゼル、ミーゼ、アルテ、ワイバーン、それに護衛のメイド隊が後ろに控えている。

『隠者の英知』側は首領のリョウと髭面をした中年の副長、その他には中年から老人の歴戦の戦士や海賊風の男女が合計で10人。

そのうち半分はリョウと同じエルフ風の外見。もう半分が地球人(テラン)風だ。

海賊団とはいえ『隠者の英知』は長く続いている組織だ。

各部門の責任者に年配や年寄りが多くなるのは組織として自然な事だろう。

リョウをはじめとして『隠者の英知』側は、誰も彼もが覚悟を決めた凛々しさと晴れやかさを持ち合わせた良い表情をしている。

誰も保身に走るような言動をしない辺り、非常に好感が持てる。

悪党が負けた後は潔い方がかっこいいよな？


とは言え困った。

正直なところ、ジャンプドライブの入手と主力戦艦対策ばかりで、海賊達の扱いを考えていなかった。

ファンタジー的な山賊や野盗と大差ないような海賊なら、何も考えずに賞金(クビ)にしてしまうんだが『隠者の英知』の連中は能力的にも人間性的にも非常に惜しい。

「そうだな――――」

帝国の威信だの企業としての風評だのが頭を過ぎるが、そんなどうでもいいものは頭の片隅に投げ捨てる。

こいつらは立派な悪党で、俺は魔王だ。そんなシンプルな構図で良いじゃないか。

なら、やる事は1つだよな？

「リョウ。まず海賊団『隠者の英知』には解散してもらう」

「ま、仕方ねぇ。負けた海賊が看板下ろすのは普通の事だ」

リョウの後ろの老海賊達もやれやれと溜息をついて寂しそうだ。長年の愛着もあるんだろう。

「配下の海賊達は民間軍事企業『魔王軍』に入ってもらう。真っ当な星系や企業の中でやっていけないヤツはリストアップしておいてくれ」

海賊だけに白兵戦闘力だけは高いが、人殺しが大好きな人材とかもいそうだしな。

俺の偏見だろうか？

「助かる。部下の連中の首が繋がるのなら土下座してもイイくらいだ」

「幹部達には元海賊の連中を、取りまとめをする管理職になってもらう。その方が元海賊連中もやりやすいだろう」

「……イイのか？　幹部連中は基本俺の親戚連中だからよ。こんな世界で言うのも恥ずかしいが、賢者の血脈ってヤツだぜ？」

戸惑い顔のリョウ。

そうか、普通の魔王なら賢者の血脈とか根絶やしにするものだったな。ファンタジー世界の感覚から縁遠い生活を送っているせいか、つい忘れがちだ。

「本当にこんな宇宙戦闘艦の中で言うには恥ずかしい会話だな。場違い感が凄い」

「うるせぇ！　つーか、魔王に言われたくねぇよ！　魔王とか今時の子供すら騙せねえっての！」

顔を赤くして怒鳴るリョウ。正論すぎて耳が痛いが、いいツッコミだな。

「ライム、自己紹介を。今度は肩書きまでしっかり頼む」

「うん」

「「「……？」」」

不思議そうな顔をする『隠者の英知』一同。

「普通に挨拶するのは初めて。民間軍事企業『魔王軍』副代表の『勇者』ライムです」

ぺこりと、行儀はいいのだが、見た目的に可愛らしさが目立つお辞儀をするライム。

「「「はぁ!?」」」

『隠者の英知』皆が愉快な表情になっているな。

ファンタジー（非常識）の世界でも、魔王軍の副代表に勇者が就いているのは、飛び切りの非常識だもんな。

ＳＦ世界の住人達はまず勇者や魔王とか考えもしないから、今まで誰も疑問に思っていなかったけどさ。

「待て、待て待て待て！　イグサてめぇ、勇者を捕らえているとか言ってたじゃねぇか！」

あまりの驚きにリョウから神妙さが消し飛んだ。

気安いが、リョウにはこのくらいの気安さが似合っているな。

「ああ、出会って初日に捕らえることになった。ここが中世ファンタジーの世界なら、捕らえた勇者を牢に閉じ込めてエロい事して過ごすけどさ。こんなＳＦ世界だ。まともにやっているのも馬鹿らしいから、普通に働いてもらっているぞ？　有能な働き手は多い方がありがたいからな」

多分世界１有名だろうゲームに出てきた竜族のあの魔王も、世界の半分を差し出してまで勇者を部下に欲しがったぐらいだしな。

それにライムを牢に閉じ込めてエロエロな日々を過ごしていたとしたら、大っぴらに出来ない事（腹上死）が原因で魔王が討伐されていた可能性が冗談でなく、かなり高い。

傾国の美女と表現するにはライムの容姿が幼すぎるが、素質は高そうだ。

「詳しく教えろ、いや教えてください！　つーか魔王の来襲と勇者の誕生に備えて８００年以上待ってた俺達の立場がやべぇ！」

８００年以上？　予想よりかなり長いな。

詳しく説明するのも酷な気がするが、俺とライムが召喚された頃から出会い、勝手に宇宙戦争が始まってさくっと勇者に敗北印がついた事を『隠者の英知』の幹部達へ説明し始めたのだった。

「「「…………」」」

『隠者の英知』側の落ち込みっぷりがやばい。下手な葬式より空気が重いぞ。

顔を覆っていたり、机に突っ伏していたり、リョウに至っては崩れ落ちて床に手をつけて沈んでいる。

色々気まずい。文句は勇者や魔王を召喚したり、勝敗判定をするシステム的な何かに言ってくれ。

あれもどういう仕組みで動いているかすら謎なんだよな……。

召喚とファンタジー的な力の付与もしているし、魔法的な何かなんだろうか？

「なぁ、リョウ。『賢者』について教えてくれないか？　魔王と勇者以外の召喚されたヤツに遭遇したのは初めてなんだ」

魔物や悪魔は何度も召喚しているが、あれはこの世界で自然発生したり、魔法や瘴気的なものから生まれた種族みたいだしな。

「ああ……うん。そうか、説明しねぇとな」

声音が平淡になっているリョウが説明してくれたところによると。

初代賢者も俺やライムが召喚された汚染惑星で、やはり異世界から召喚された人間だったらしい。

伝承によると21世紀初頭の地球人で、その当時はファンタジーな中世世界だった汚染惑星でも飛びぬけて強い魔力と、豊富な魔法の知識を持っていたという。

賢者の使命はシンプルに1つだけ。「いずれ召喚される勇者を助け、魔王に対抗する事」実にわかりやすくていいな。

初代賢者は魔法の訓練と実戦を繰り返しては実力を伸ばし、ファンタジー世界の知己を増やして、冒険者として高名になってと、異世界召喚された人間らしい成功譚を作り上げて行った。

18歳で召喚されて、24歳で大陸を代表する冒険者になった。

当事は魔物もいたし世界も荒れていたが、魔王も勇者もまだ居なかった。

28歳で小国の革命に関わり、ファンタジー世界の住人に大賢者と呼ばれるようになったものの、まだ勇者は生まれなかった。

32歳で長年パートナーとして一緒に冒険していたエルフと人間の女性の2人と結婚し、子供が生まれた時にようやく、自分の代で魔王と勇者が生まれないかもしれないと覚悟をしたそうだ。

召喚されてから覚悟するまで14年。話を聞く限り、なかなかファンタジー世界を満喫していたようにも思えるが、与えられた使命からの放置っぷりは涙を誘う。

それ以来、賢者の一族は「やがてこの世に生まれる勇者と魔王を待つ」為にファンタジー世界でひっそりと暮らし、アドラム帝国が接触してきて汚染惑星が終焉を迎えそうになると宇宙に飛び出し、紆余曲折の果てに海賊団『隠者の英知』として賢者の血脈を保持しながらも勇者を待ち続けていたという。

リョウは初代賢者から数えて7代目。

初代が生まれてから800年以上経過しているのに、まだ7代目というのは代々の賢者襲名は寿命の長い長命種なエルフがして来た影響だという。

何でも平時の賢者の襲名と魔法知識の伝承と後継者教育はエルフ種が行い、勇者が生まれた際には人間種族の賢者の末裔の中から新しい賢者を襲名させ、使命を全うするという取り決めがあったという。

そうして800年以上待ち続けてようやく遭遇した魔王と勇者だが、勇者は既に魔王に敗れていたし、魔王もSF世界に順応して普通に企業経営をしていた。

ああうん……沈みたくもなるよな。

ちなみに汚染惑星に召喚された俺とライムがノーマークだったが『勇者の召喚と魔王の降臨は汚染惑星または惑星出身の末裔がいる近く』と制約があるらしい。

勇者の誕生を監視するのは、600年前に召喚されてやっぱり勇者の誕生を待っていた僧侶の後継者がしていたという話だが、遭遇してないところを見るとチェックから漏れたようだ。

「……え、僧侶もいるの？」

驚くライムだが、ツッコミどころは賢者と僧侶の召喚に200年のブランクがあったところじゃないか？

「いるぜ。っつーかこの世界で会社経営してるなら知ってるだろ？　フィールヘイト宗教国、あれ建国したのが僧侶の一族だぜ。あそこの宗教、色々言い回し難しいけどよ、『いつか現れる勇者が世界を救うから、それをみんなで助けましょう』って内容の勇者教だしよ」

「……えー」

凄く微妙な声になるライム。

人口が兆単位の宗教国家に崇められているとか、嬉しいよりも気持ち悪いだろうな……。

「ま、国を造ったのは僧侶の一族なンだけどよ。権力闘争や内部革命で、殆ど血脈尽きてンんだよな、あそこ。180年くらい前だったか？　司祭が僧侶の末裔として連絡してきたのが最後だけどよ、そいつも後年になって毒殺されたっつー話だしな」

権力闘争って怖い。

「習慣つーか、伝統として勇者探しの仕事はしているみたいだけどよ。……正直期待してないンだよな」

理想像やら伝承は歪んで伝わるものだしな。

「リョウ、もしかしてあの汚染惑星がアドラム帝国とフィールヘイト宗教国の前線になっている理由って、そいつか？」

「ご明察、あの惑星は元々アドラム帝国のもンだが、勇者探しの伝統に拘るフィールヘイト宗教国が『聖地』扱いしてよ、長年奪ったり奪われたりしてンだよ」

「…………ええー」

段々肩が落ちていくライム。

ライムが「魔王に負けた勇者判定」を受ける事になった宇宙戦争はライム探しの為のものだったとか、本末転倒すぎて笑えない。

「なぁ、フィールヘイトには勇者を探す手段とかあるのか？」

幾ら数百年待っていたとしても、ライムを救世主（いけにえ）として差し出す気は欠片もない。

狙っているのなら対抗手段を考えないといけないが――。

「……ンな便利なものがあったら、俺らだってこんな辺境で暮らしてねぇよ。今じゃフィールヘイト宗教国にとって『国として都合が良い』ヤツを勇者認定してるンじゃねぇか？」

「……夢も希望も無い話だな」

現実の世知辛さが、ファンタジー的な要素を塗りつぶしているな。

いや、楽で良いんだけどな？　何かこう、釈然としないものがある。

「賢者の一族に関しても数こそ増えたが、昔からそう変わってねぇ。魔法技術は衰退させないのがギリギリでよ。生まれ持った才能の差が大きすぎるし、科学技術の方が大体お手軽に便利なンだよな」

本当にそうなんだ。

例えば惑星から惑星へ移動できる長距離移動魔法を使うには、才能に溢れた人間がその資質を全て『移動魔法系列』1点に集約した上で、長い研鑽の果てに習得できるかどうかと、ハードルが非常に高い。

俺達みたいなファンタジー系のヤツはスキルポイントの操作で多少優遇されるが、魔王や勇者のような例外でない限りは、ステータス的にもスキルポイント的にも相当な苦労を伴う。

なのに科学技術で代用するとIC(カネ)こそかかるものの、小型の戦闘機や輸送船でお手軽に同じ結果を得られる。

魔法技術を維持し続けられているだけでも十分凄い事だろう。

「俺らに関してはコンなもんだ。他になンかあるかい?」

「なぁリョウ。この星系にあるステーションや惑星は『隠者の英知』の所有物なのか?」

「惑星は基本ウチのもンだが、ステーションは『隠者の英知』を援助や応援こそしてるが、独立してるぜ。うちは無法もできる代わりに無法もされる海賊だ。いつ何処の国にやられるか分からねぇし、いつでも『無法な海賊の支配から解放されて、国家に所属する』準備をしてやがるぜ」

支配していた海賊団を倒したら丸ごと全部入手できるなんて、都合の良い話にはならないか。

ファンタジー的に例えるなら、街を支配している領主と騎士団を倒しても、すぐに街の店や住人を手に入れる事ができる訳じゃないというところだな。

「リスク管理がしっかりしているな。このご時勢に好き好んで海賊団と一緒に討ち死にする酔狂者も少ないか」

「あー……てかよ。ここの会議室に集まった人数見れば分かると思うけどな、ウチは歴史が長い分血族やら親戚やらがやたら多いンだ。しかもその半分は俺みたいな長命種でさ、１００年、２００年前の親戚が普通に生きていてよ。オヤジから俺に当主交代する時に、兄貴達や叔父叔母連中がステーションや事業の権利持って海賊から足洗っちまってさ……」

世知辛い上に生々しい話だ。

「……なぁ、賢者として戦わないといけないのは魔王じゃなくて、もっと別の何かじゃないのか？遺産相続の手続きとか権利とかの主張とか」

魔法や剣より弁護士と法律家とかが武器になりそうな戦いだが。

「言うなよ。てーか、そういう面倒なやり取りが好きじゃねぇから海賊やってたンだしよ。ってな訳で『隠者の英知』としての所有物は惑星と２つあるパワープラントの両方、後はアルビオンをはじめとする戦闘艦や戦闘機。後は補給艦に輸送船の類が少々ってところだ」

「人件費とか維持費はどうやって賄っていたの？」

そこに注目してくれるようになったライムの成長が嬉しい。

「国と大差ねぇよ。『隠者の英知（うち）』が星系の防衛とかの軍事力を一手に担う代わりに、税金みたいに各ステーションから星系維持費を払ってもらっていたンだ。それでもキツい時は『獣道』にちょいと出稼ぎしてたけどよ」

「……帳簿見るのが怖い」

同感だ。さぞや真っ赤な数字が躍っているんだろうな。

「ああ、後な。13個ある居住可能惑星のうち9個は『独自の未開文明』が育ってるから、手出し出来ねーぜ？」

かつての汚染惑星のような例外はあるが、惑星に独自の未開文明がある場合、自力で宇宙へ出てきて生活圏を広げられるレベルになるまで、積極的な干渉をしないのが宇宙では一般的な常識になっている。

未開文明を見守るとか高尚な理由ではない。もっと即物的な理由だ。

干渉して技術供与とかすると、それまで持っていた技術や文化が廃れてしまい、干渉した国の劣化コピー的な文明や技術体系になってしまうケースが多いという。

独自の文化や技術をそのまま発展させると、たまに遺失技術に近いものが発明されたり、宇宙でも通用する文化が生まれたりする。

ばっさりと一言で言ってしまえば「収穫するなら実のなる収穫の時期を待ちましょう」という事だ。

1つの星系の中に9つの独自の未開文明惑星があるというのは、非常に稀少で将来が楽しみではあるが――。

「現状では不良債権も良いところだな」

未開文明が宇宙で通用する文化や技術を開発するのがいつになるやら。古い技術だけ使ってテラフォーミングするより気の長い話になるな。

「否定はしねぇ。……つーかできねぇ」

「残り4つの惑星はどうなんだ？」

「環境も良いし緑も豊かで、ちょいと開発すりゃ居住から観光用にまで何でもイケそうなイイ所さ。俺も子供の頃は何度か遊びに行ったしな。ま、問題は立地じゃねぇ？」

この星系は無法な海賊多発地帯の『獣道』の奥にある。気軽に移住したり観光に訪れるには少々どころではなくハードルが高いな。

「……せめてパワープラントは普通か？」

「ここまで来ると怪しむなっつー方が無理だと思うけどよ、パワープラントは太陽光式の普通のもンだぜ。軍事力だけじゃ不安だから、インフラの1つ2つ押さえてないと海賊団としても色々ヤバくてよ」

「軍事力だけだと国に『解放』された方が儲かりそうな状況になった時、最悪後ろから刺されかねないか――――まあ、何とかなりそうだな。よし、まず『隠者の英知』の人員の25％を『魔王軍』に直接吸収する。残りの75％のうち、1／4を星系の自衛軍に切り替えろ。この星系ごと中立自治星系化させる。幹部連中には人材の割り当てや統率を頼むぞ」

「3、4割ありゃ自衛くらいはできそうだな。中立自治星系化って……できンのか？」

「ここくらい、立地条件が悪ければ何とかな。根回しはウチでやっておくさ」

ここ最近の交易で『魔王軍兵站部』が大きな利益を上げているが、その傍らであちこちのステーションや惑星と、その管理者や権力者と縁(コネ)が出来ている。

アドラム帝国だけに限らず、フィールヘイト宗教国やコランダム通商連合国など各国で、政治家やら権力者に甘い汁を吸わせているからな。

……清廉潔白を通すよりも甘い汁を吸わせた方が、色々スムーズに物事が進んで結果的に利益が拡大する辺り、夢が無い。

ＳＦ世界なのだから理想的とまでは言わないが、もう少し腐敗してない権力構造になっていてほしかったものだ。


魔王としても企業家としてもやりやすくて良いんだけどさ。

ＳＦ世界的な幻想(ゆめ)というか……な？

宇宙進出前の地球人が夢見た、貧困と飢餓と差別が撲滅された清廉な宇宙国家にはほど遠い。

◇

「で、残りの人材は、希望者を募って海賊稼業を続けてもらう。かなり特殊な海賊稼業になるけどな」

「海賊業続けられるって言えば、ウチの連中には大喜びしそうなのが沢山いるが、イイのか？」

「なぁリョウ。今いる大半の海賊がやっている、海賊業はあまりにも野蛮過ぎると思わないか」

これは俺が常々思っていた事だ。

「ああ、仁義のねぇ海賊は多いな。つーってても仁義守ってもメシは食えねぇし、懐も暖まらないけどよ」

リョウが何気なく言った言葉、まさにそれこそが核心だ。

「そうだな。なら、仁義守った方が懐も暖まるし物資も得やすいとしたら、海賊達は変わると思うか？」

「は？」

絶句するリョウ。

冗談か？　と俺の目を覗いて来るが、どこまでも本気なのが分かったんだろう。

「────3割、多く見積もって4割くらいなら変わると思うぜ。残りは今の海賊稼業が気に入ってるか、お利口な考えが出来ない程度の連中だ。イグサ、てめぇ何考えてやがンだ？」

「海賊達が襲った船員を皆殺しにしたり、凶行ばかり目立つ原因の1つは各国の海賊への姿勢だろう。アルテ、アドラム帝国と周辺国の対海賊姿勢はどんなものだ？」

「はっ。アドラム帝国、フィールヘイト宗教国、ユニオネス王国、コランダム通商連合国、全てにおいて海賊とテロリストとは交渉せず、取引に乗らず、ただ殲滅するのみ。見敵必殺であります」

背筋を伸ばしたアルテがきびきびと答える。

「正しいな。確かにその姿勢は正しい。正しいが────実際に海賊に人質になった被害者や、家族が人質になった被害者の関係者は少々意見が変わってくるだろう？」

「国の威信よりも自分や家族の命なのですよぅ」

リゼルの発言が大体このSF世界の住人の本音だろう。対価無しに国に忠義を尽くすような文化形態が廃れて久しいというしな。

「捕虜をＩＣ（カネ）に換えられる交渉窓口、海賊に対して闇ブローカーよりも『良心的な』値段で物資を提供し、奪った物資を比較的マシなレートで買い上げるバイヤー、それを一手に引き受ける組織の設立をする」

「法律的にグレー越えて真っ黒なのです。普通の国の中ではとてもできない業務形態ですよ」

法律的に抵触する意味でならブラック企業呼ばわりも上等だ、何せ魔王軍だしな。

「そして組織と取引する為の条件をつける。条件は『宇宙海賊の仁義を守る事』それだけだ。仁義と言っても最低限、素直に降伏したヤツに危害を加えない程度のものばかりだろうが、今の無法よりは余程マシだろう？」

「……」

『隠者の英知』側からは低い呻き声や考え込むような唸り声が聞こえる。

リゼルに「その笑い方は怖いから、ステーションでしないでくださいよぅ」と言われた笑みを浮かべつつ、足を組んでミーゼを手招きする。

「（こくこく）」

察したミーゼが膝の上に乗ってきてくれる。

やはり悪巧みをするならこの体勢は外せないな。

それに最近はこの体勢だと落ち着くんだよな……。

「そう、古典的な物語に出てくる癖に、この世界には無い『海賊ギルド』をつくろうじゃないか。これだけファンタジー（非常識）な連中が揃っているんだ。１つ２つ御伽噺を再現しても構わないだろう？」

足を組み幼子を膝の上に侍らせた『悪の総帥スタイル』で謳うように言い放つ。

ああ、俺。悪として輝いているぞ……！

かつて俺はこのSF世界の海賊のあり方に失望した。

なら、俺の心がときめくような海賊組織をつくったっていいだろう？

「この近くにつくるとしたら、アドラム帝国、フィールヘイト宗教国、コランダム通商連合国はどうするんだい？　そんな組織をつくったら黙ってる連中じゃないよ」

『隠者の英知』の幹部の1人、恰幅の良い初老の女性が小さく手を挙げて質問してくる。

「表向きは『獣道』内に本拠を置く企業にする。そうだな、登録上の名前は『ハーミット海難保証』とでもしようか。各国には帳簿上の海賊被害者数の低下で納得してもらう。海賊被害が飛躍的に拡大している今がチャンスだな。税金と賄賂をしっかり払っておけば『獣道』の奥までちょっかい出す酔狂な国もいないだろう」

「確かにねぇ。うちみたいな海賊1本だと交渉すらきついが、まっとうな民間軍事企業の関連会社ならいけそうだね」

納得する初老の女海賊。

維持管理費が収入を上回ってしまうからこそ、放置されている『獣道』だしな。

「海賊達にはどンな餌ぶら下げて言う事聞かせるンだ？」

「さっきリョウが言っていただろう？　仁義を守っていてもIC（カネ）にならないってさ。なら、海賊が仁義を守ればIC（カネ）になる仕組みを作るまでだ」

「ふにゃう」

格好をつけてミーゼの頭を撫でると不思議な声が出た。これは合わせてくれているのか天然か。

「皆殺ししないで非戦闘員を捕虜にした方がＩＣ（カネ）になる、捕虜に手出ししないで綺麗なまま返すと身代金が高くなる、奪った荷物も適当な闇ブローカーに流すよりギルドの買取額が美味しい――後はそうだな、ギルドで海賊の格付けをして格が高い海賊には艦船や戦闘機、補修部品類の販売とかで便宜を図る。これを国や政府機関、大企業がやったなら反発食らうだろうが、歴史のある『隠者の英知』が始めたってなら海賊連中も納得するんじゃないか？」

「海賊として利益的にも情的にも問題ねぇ。っつーか諸手あげて歓迎しそうだな。でもよ、捕虜の移送や物資の搬入はどうす……」

途中でリョウも気が付いたようだ。

「そうだ。ジャンプドライブつきの大型輸送船と、物資を動かす先。どこかの勢力圏内に交易用の本拠地があればいけるだろう？」

愛着を感じてきた『船の墓場星系』にある『ヴァルナ』ステーションを利用するつもりだ。『ヴァルナ』ステーションに限らず『船の墓場星系』周辺のステーションや、警備艦隊とかには人脈（コネ）が沢山あるからな。

「なるほどな……なぁ、ここまで見越してうちに侵攻してきたのかよ？」

「いや、ついさっき思いついた」

「「思いつきかよ!?」」

海賊達から総ツッコミを受けてしまった。

「いいじゃないか、丸く収まりそうなんだしさ」

ここで海賊達を全部吸収して軍拡するって手もあった。

だが、浪漫を優先する方が俺らしいだろう？

魔王、古き船の記憶と出会う

世界にとって異質な技術、あるいは既存技術とは隔絶した超技術というのは浪漫があると思わないか？

それは科学全盛の世界で発条(ゼンマイ)と歯車で動く、自我のある自動人形を作り上げる異質な技術だったり。

中世やファンタジー世界に持ち込んだ銃や戦車であったり。

世界の常識に正面から喧嘩を売るような技術を気の赴くままに流出させたり、大もうけしたり、栄誉を求めたり。

浪漫も夢もある事だが、実際に手に入れてみると使い辛いものだ。

21世紀の世界ですら宇宙人の超技術を手に入れた少年少女が、技術を欲する大企業や政府に狙われるような物語(ドラマ)に事欠かない。

もっと前の時代では革新的過ぎる技術や思想を「宗教的に禁忌っぽい」なんて益体もない理由付

けで、抹殺される事もさして珍しくなかった。

なら、リスクと浪漫を天秤にかけた時、どちらがどれだけ重いか、ただそれだけの話だよな。

……まあ、今回に限ってはリスクが重過ぎた。ちょっと比較する気にならないレベルで。


古典的なSF小説や映画でも、ワープやそれに準じるものは非常にメジャーなものだ。

このSF世界ではワープも存在するが、メジャーなのはジャンプゲートの方だ。

ジャンプゲートをより便利に使う為のジャンプドライブだが、生産はされているものの流通している数が少なすぎて、国家や大企業でなければ所持出来ないほどの稀少な立ち位置になっている。

この世界における高嶺の花と言っても良い。

そのジャンプドライブを高速電子巡洋艦セリカの機関部に搭載する為の作業をしている光景を見ると、実に感慨深いものがある。

『リアクター伝達経路・迂回路設置できました。リアクター側7番接続ケーブルの確認お願いしますよぅ』

『親方！　接続用コネクターの作製終わりました、確認お願いします！』

『おら新設の13番から25番メンテ通路のチェック済ませろ、不備があって被害受けるのはお前らなんだからよ！』

『側道』の奥にあるセクター202、『隠者の英知』が所持していた艦船補修用ドックでリゼルの弾んだ声と、忙しく働くメカニック達、そして実に楽しそうなおやっさんの怒声が響いていた。

ワイバーンではなくセリカにジャンプドライブの搭載作業をしているのは、ワイバーンと合体して一緒にジャンプ出来るのと、艦のサイズから来る余裕の大きさが原因だ。

色々ギリギリな改造をしているワイバーンにジャンプドライブを搭載しようとすると、リアクター周りの改造やジャンプドライブを搭載する為のスペース確保など、既存部品を移動させたり装甲の中に埋め込んだりと、手間も時間もかかる改造になってしまう。

その点『天使の翼』というアダマンタイトセル製の拡張パーツをつけているが、巡洋艦サイズのセリカの船体なら余裕があったんだ。

先の戦闘で大きなダメージを受けたアリアとベルタは、セリカと並んでドックの中で修理されている。『ヴァルナ』ステーションへ戻るのに、こちらの2隻にもジャンプドライブを搭載予定だが、ダメージが大きかったので修理が優先されている。

「ジャンプドライブの整備や運用もそうだけどな、設置にも色々ノウハウが必要なンだが、こうも簡単に取り付けられるのを見ると複雑な気分にしかならねぇ」

作業が一望できる展望室から、お手軽な改造風に取り付けられていく、一見すると機械に見えない、大く黒い石柱のような形状のジャンプドライブを見て複雑そうに呟くリョウ。

「ウチには艦船に対して無茶や無謀な改造をするのが生きがいなヤツが多いんだ。困るくらいにな」

帰り道にまた『獣道』でドンパチ（戦闘）するくらいなら、ここでジャンプドライブを取り付けて帰りましょう、その方が早いですよぅ。とリゼルは言い切ったが、この作業ペースからすると、本当に早くなりそうだ。

『隠者の英知』が持っていたジャンプドライブは、アルビオンをはじめ『隠者の英知』所属だった艦船に取り付けられて稼働中の数基除いても約80基。

ジャンプゲートと同じくジャンプドライブの「出口」を造り出す、ゲートリアクターに至っては死蔵されていたものが約１８０基存在した。

ジャンプドライブ自体が高価で稀少なこの世界で、地方の海賊団の所持量としては異常な量だ。

だからこそ狙われていたんだけどな。

ジャンプドライブのうち50基を『魔王軍』で引き取り、残りの30基は海賊ギルドでの運用をするか、ギルド設立やステーション群の中立自治化に向けた根回しに使う予定だ。

年間生産数が限られている上に絶対数が少なく、どこの企業や軍も喉から手が出るほど欲しがっているジャンプドライブは、交渉材料にも賄賂にも非常に有効なものなんだ。

「……で、そっちはどうなンだ？　俺も先々代から話だけ聞いちゃいたが、正直冗談であってほしかったンだけどよ」

「残念ながら本当だったようだな。ユニオネス王国にも魔法文明の影響があったらしい」

リョウが胡乱げな視線を、俺の手の中で融解し液状となり、メビウスの輪を描き流動しながら変化していく、金属塊だったものに目を向ける。

元は鉄やニッケルの混ざった何処にでもあるような金属塊だったが、錬金魔法で材質が透明感のある黒い金属へ変化し、錬成魔法で形を整えられた上に内部と表面に複雑な魔法陣が刻まれていく。

最後の仕上げに表面へ「体を丸めた飛竜」の魔王軍の社章を描いて完成。

従来のものより超小型で高効率の、作りたてのジャンプドライブだ。

「――なぁ、俺が言うのもなンだけどよ、すげぇまずくねぇ？」

「――まずいよな、戦争の火種になりそうだ」

結論から言うと、ジャンプドライブは魔法で作られた道具だった。

科学技術ばかり発達した世界で遺失技術になる訳だよな。


リアクターやエネルギーキューブなどの科学的なエネルギーを動力源として利用できるようにしていたり、外部から光や電気信号で操作できるようにと、SF世界に馴染むようアレンジされている。

だが、離れた場所へ移動する高度な「空間魔法」を再現する魔法の道具がベースだった。

科学的なエネルギーを利用するのも、ジャンプドライブを作製する魔法技術が拙いせいで効率が悪いのと、ファンタジー世界とは比べ物にならない宇宙スケールの長距離移動が前提のせいだ。

純粋に魔力だけで動かそうとすると、それこそ魔王レベルの人外じみた魔力量が必要になるみたいだな。

稀少ではあるが、魔法技術の発明や発展はあの汚染惑星以外でもあるらしい。

ユニオネス王国でジャンプドライブを開発できたのは、魔法技術を伝える種族がいたか、文明があったんだろうな。

ただ魔法技術は継承や維持が非常に難しいので「再現はできるが原理が不明」な遺失技術や伝統工芸的なものになっていったんじゃないだろうか。

これを工芸技術と工業技術だけで再現するには、希少金属を素材にして、更に魔法的な加工が必要になる。ジャンプドライブの作製技術や加工技術は人が会得するには、非常に困難なほどに複雑かつ高度なものだ。

ただ、幸いというか間が悪いというか、ここに魔法的なものなら構造や仕組みが何となく理解できてしまう魔法使い系の魔王がいた。

一目で大体の構造を理解して、適当な素材からお手軽に作製出来てしまった。

ジャンプドライブを1基作るのにかかった時間は大体5分、使った素材はスクラップの金属塊。

お手軽すぎてありがたみがないよな？

いや、俺も空間魔法の概要は知っていたし、空間魔法をアイテムに付与する魔法も知っていた。

知っていたがあれはファンタジー的な魔法だから、移動魔法も惑星上のせいぜい大陸間移動くらいにしか使えないだろうと放置していたんだが。

投入するエネルギー量次第で星系間の移動も出来るとか、正直予想外だったんだ。

「リョウ、この事は他言無用にしよう。余程の事が無い限り、この技術は封印するつもりだ」

調子に乗ってジャンプドライブを量産すれば手っ取り早くＩＣ（カネ）も名誉（コネ）も手に入る。

正直惜しいのだがＳＦ世界における国家間の軍事バランスを崩しかねない。

魔王的には国家間の軍事バランスなんてどうでも良いと、あえて崩してしまうのも悪くない。

本当に悪くないし浪漫もあるんだが、あちこちの諜報機関に身柄と命を狙われる続ける未来が透けて見えるのはいただけない。

俺だけが狙われるならまだ返り討ちにも出来るんだが、諜報機関という所はまず家族知人友人と周りから狙ってくるのでタチが悪い。

ライムやアルテは自衛できそうだが、リゼルやミーゼ、或いはユニア、ルーニア辺りが攫われて酷い目にでも遭わされたら、うっかりその国を国民や惑星ごと滅ぼしてしまいそうだ。

魔王業は浪漫と伊達と酔狂でやるものだ。

復讐の為に作業的に屠殺(とさつ)して回っても面白くないよな？

「ああ、うン、俺も命が惜しい。見なかった事にしとくぜ……」

リョウも頷く。自分がやった悪事の末路に命を狙われるならともかく、国同士のパワーゲームに巻き込まれるのは嫌だよな。

こうしてジャンプドライブの作製技術は俺の頭の中に封印され。

今後とも一般的にはジャンプドライブは、遺失技術を使った稀少なものであり続ける事になった。

今回は仕方なく封印という手を取ったが、意外な事に悔しさはない。

一般的には失われている技術を秘匿するのも、これはこれで浪漫がある。

変身ヒーローや魔法少女、悪の首領も技術や正体を世間から隠すものだろう？

ちなみに1つだけ完成した、魔法技術だけで作製された新型のジャンプドライブは、従来型が石柱じみたサイズに対して、ノートパソコン程度の大きさになった上に、燃費が段違いに良いとやはり表に出せない品になってしまった。

封印するのも勿体ないので、ワイバーンにこっそり搭載する事にした。

コンパクトサイズなので設置作業も簡単、セリカにジャンプドライブを設置した慣れもあるだろうが、リゼルが30分で設置してくれた。

……ジャンプドライブの有り難みが薄くなっていくな。

◇

『側道』の最奥、セクター202星系。今はただの数字だが、中立自治化が認可されれば『芳醇なる醸造所』星系と名前を変える予定になっている。ちなみに名付けたのはリョウの一族だ。

名前の由来は、特殊なコケ類から製造する酒が特産品だからだそうだ。

『タンブルウィード』と呼ばれるこの酒は海賊達が飲むだけではなく、何処に持って行っても高値で売れるほどに美味しい高級品なのだが、製造に使うコケ類を精製するとお手軽に多くの種族に有効な麻薬になるので、普通の国では栽培が禁止され、製造する事が出来ない幻の銘酒だそうだ。

法律やら規制やらを気にしない海賊の支配下だったからこそ、専用の栽培・醸造ステーションまで運用していたらしい。

今までは細々と『獣道』に来る商人とかに売ったりしていたが、今後は『魔王軍兵站部』のジャンプドライブ搭載輸送船で1度『ヴァルナ』ステーションに運んだ後、あちこちに販売する予定だ。

未加工の原材料は大抵の国で所持すら禁止されているが、幸いな事に酒に加工してしまえば合法の品になる。

「なぁイグサ。この製造ステーション、機器持ち込むだけでお手軽に麻薬製造プラントになるンだけど大丈夫か？　民間軍事企業っても、海賊ほど自由じゃねぇだろ」

「この星系くらい、辺境にあれば大丈夫だ。見逃してくれる程度に賄賂もばら撒くからな」

こういう時だけはＳＦ世界の権力構造も、賄賂が有効な程度に腐敗していてくれて助かる。

宇宙には道徳や法律を遵守する文明や種族もいるらしいが、賄賂を活用できない分、権力構造に食い込むのが難しいようだ。

理念と理想を体現した宇宙連合的なものが出来るのは、まだまだ未来の事になりそうだな。

……できるんだろうか？


『隠者の英知』から、この星系を守る防衛隊への転属希望者を募ったところ、採用予定の数を超える応募があったので、適性や人格など見て採用する事になった。

大体は家族がこの星系のステーションにいる海賊達だ。

『魔王軍』は『ヴァルナ』ステーションを停泊地にしているが、仕事柄ステーション内でのんびりしている時間よりも、出港してどこかで営業（哨戒・戦闘）をしている時間の方が長い。

新設する海賊ギルド直営の海賊になれば『隠者の英知』の頃のように、矜持を持った海賊稼業を続けられるが、それこそ労働時間や命の保証がない。

若者や独り身の中年、老人とかはそれでも良かった。だが家族、それも親兄妹ではなく妻子や夫子がいる海賊達にとって、出稼ぎしている時間も少なく、決まった時間に帰る事ができる星系防衛部隊は非常に魅力的な職場だったらしい。

……皆、誇り高い海賊だったんだけどな。SF世界は兎に角世知辛い。

防衛隊構成員の半分以上に一般職業に就いてもらい、緊急時だけ戦闘員として戦う「自衛団」的な勤務形態にするなど、移行作業は割とスムーズに進んでいたんだが、1つ問題が出た。

主力戦艦級、大型戦艦『アルビオン』の維持費だ。

『魔王軍』で戦艦の購入を検討して結局計画が流れた時のように。

主力戦艦級、しかもアルビオンくらいの巨大戦艦になると色々な問題を抱えている。

移動させるだけでも手間だったり、大抵の相手に対してオーバーキルにも程がある火力だったりと色々な問題があるが、やはり1番の問題は維持費だった。

戦闘艦は稼動状態にしておくだけで色々な部品が消耗していく。

幸いアルビオンはリアクターが、かさ張る代わりに出力が大きく燃費が非常に良い重力炉形式なのが救いだが、燃費の良さに反比例するように維持管理に、通常のリアクターよりも人手が多く必要で、更に専門知識・技能を持ったクルーを多数要求する。

そしてアルビオンの巨体を維持する消耗品の費用だけでも相当な金額になる。

さらに乗組員の人件費も「ひどい」を超えて「ヤバい」レベルだった。

アドラム帝国製の平均的な戦艦の乗組員が3000人以上1万人以下、主力戦艦級になると1万人以上だったが、主力戦艦級の中でもとりわけ巨大なアルビオンの乗組員は約10万人。

文字通り桁が違った。人数的な意味でも人件費的な意味でも。

勿論10万人が全員、血気盛んな海賊という訳ではない。

ここまで人数が多いと、料理や洗濯掃除を専門に行う船員も出てくるし、雑貨類や衣服、娯楽作品の販売をする店も船内にある。

酒やそれに準じるものを提供する店や、綺麗なお姉さんお兄さんと遊べる大人の社交場的な娯楽店と、その従業員まで船内に揃っているので、実際戦闘に参加するのは半分程度、5万人前後だ。

今までは海賊という事もあって、収入の分配はかなりファジーなシステムになっていた。

収入があれば親分連中で山分けして、それをそれぞれの子分達に配っていき、報酬を受け取った子分は自分の舎弟に配布していくという、実にシンプルかつ原始的な方法だ。

だが、防衛隊に切り替えるにあたって「経理」という概念が導入された。

収支報告書が出ない営利組織なんて論外であるし、中立自治を目指すとしても、ある程度はアドラム帝国とフィールヘイト宗教国に利益の一部を納める事になるだろう。

利益の一部を納めるのは「税金」という形を取るだろうし、その際には正しい収支計算された帳簿が必要になる。

アルビオン乗務員の給料は月給または日給式にして、きちんと人件費として計算しアルビオンの年間維持費見積りを立てたところ。

「ふみゃっ」

見積書を見たライムは、口から不思議な擬音を出した上で硬直していた。

「どうしたんですかライムさん、そんなキャラ立てしなくて大丈夫で……うにゃ⁉」

動かなくなったライムを見に行ったリゼルも、見積書に目を落とすと、不思議な擬音と共に猫耳や尻尾の毛を逆立てて動かなくなった。

どうしよう、魔王といえどもあの見積書を見るのが怖い。見積書の上にはさぞや素敵な数字が躍っている事だろう。

リョウが固まった2人から視線を逸らし、遠い目をして「海賊時代ですら、すげぇ大変だったンだよな……」とか呟いているし。

結局、俺は見積書を見なかった。時には逃げる事も大事だろ？

急遽アルビオンの経費削減対策を講じる事になった。

現状のままアルビオンを稼動・維持する場合、壮大な（既にこの表現を使うレベルの金額らしい）維持費の為に、時代劇に出てくる悪徳大名もかくやとばかりの重税を星系内のステーションにかける事になるという。

アルビオンを廃棄する意見も出たものの、『芳醇なる醸造所』星系の防御に当分は外せないし、巨大なサイズに見合った戦闘能力を捨てるのは実に惜しかった。

まだ『隠者の英知』が降伏してから1週間も経っていないというのに、遺産狙いの『自称・隠者の英知の正統後継者』を名乗る海賊団の侵攻が日に2、3回はある。

7割ぐらいは『隠者の英知』の旗艦だった上に、主力戦艦級と海賊業界では破格の戦力を持つアルビオンを見るや、そのままUターンして帰っていくのだが。

残り3割は『隠者の英知』が敗れた以上、旗艦のアルビオンが残っている訳がない。あれはきっとデコイだなどと、どこぞの将軍様に悪事を暴かれた悪代官みたいな事を言って襲い掛かってくる。

まあ、ジャンプゲートから少し離れた段階でアルビオンの砲撃で金属蒸気になるか、それを見て尻尾を巻いて逃げていくんだが。

「なぁ、ああいう勇気溢れるというか、欲に目が眩んだ挑戦者は前から多かったのか？」

「ンなわけねーだろ。分かりやすくＩＣ（カネ）になりそうなステーションや惑星はジャンプゲート周辺のクローキングシステムで隠してあるし、主力戦艦相手に正面からまともに喧嘩したがる馬鹿が大量にいたらたまンねぇよ」

確かに戦力比を比べるまでもない、強襲揚陸艦に巡洋艦と輸送船の艦隊などで突っ込むのは馬鹿か勇者の所業だったか。

……その勇者の所業をした俺は魔王なんだけどな。

アルビオン抜きの防衛隊で相手するとなると、改造空母と戦闘機を主体とした部隊で相手する事になるんだが、どうしても機体やパイロットの消耗が大きくなってしまう
どうして『隠者の英知』が主力戦艦なんて海賊には身分不相応なものを持っていたか、よくわかる。

海賊が多発する無法地帯な『獣道』の中で、ステーションや惑星といった動かせない資産を守るなら使いやすいが消耗しやすい戦力よりも、相手を寄せ付けない圧倒的な戦力があった方が結果的に安くつくよな。

コストと損得のために、人命というか人材の保護をしっかり考えている『魔王軍』と方針が似て

いる。

「整備や交換部品は元からギリギリまで削ってありますよぅ。ニコイチ部品（複数の廃棄品から補修部品を作り出す、正規軍やまともな企業ならまず使わないもの）の使用や共食い整備状態で整備状況がグリーンランプとか、辺境にいる反乱軍でもしない整備状況ですもん！」

ばんばんと机を叩いて珍しく強弁するリゼル。既にメカニック的に色々と見過ごせないレベルまで経費が削減されているらしい。

ちなみにアドラム帝国の辺境部には、帝国の支配を嫌ってゲリラやレジスタンス、テロ活動を行っている反乱軍が存在するらしい。

テロリストや海賊とを見分けるのは至難の業、一般的なテロリストや海賊よりも装備がショボいなら反乱軍だろうと言われるレベルの組織ばかりらしいが。

「やはり付喪神化が最適か。リョウ、一族の中に回復魔法の使い手はいるか？」

神と名前は付いているが神仏の類ではなく、正確には付喪神という分類の魔物化だと思うが、SF世界の住人から見れば大差無い事だろう。

「数は多くねぇ。それでも大半は小さな怪我を治せる程度だ。重傷のヤツを回復させられるのは10人もいねぇぜ」

「攻撃や補助魔法系に偏っているのか？」

意外だな。賢者といえば器用貧乏だが魔法系なら何でも出来るイメージがあったんだが。

「普通に医療キットとか使って治療した方が簡単だからよ。あえて回復魔法の訓練するヤツは少ねぇっつーか……」

言い辛そうなリョウ。

ああ、うん。お手軽に治療できるSF的な医療器具や技術があるなら、回復魔法の訓練をする酔狂なやつは少数派になるよな。

「てーか、船の経費削減に回復魔法となンの関係があるんだよ？」

当然の疑問だろう。宇宙戦闘艦を回復魔法で直そうとか、普通しないだろうしな……。

「死霊魔法でアンデッドではなくゴーレムを作ってだな——」

死霊魔法を使って船の付喪神化と、回復魔法による船体部品の復元を説明したところ。

「なにそれヒデぇ。死霊魔法とか伝わってねぇよ、なンか禁忌っぽいしよ！」

死霊魔法、名前こそ禍々しいもののそこまで悪いような存在じゃないんだが、やっぱりファンタジー的にゾンビやスケルトンを操る悪役的なイメージが悪いんだろうか。

「死霊魔法は魂的なものだけではなく、残留思念とかも使うんだ。百聞は一見にしかずだな」

『概念魔法発動：指定魔法陣空中記述Ⅸ／対象数増加Ｘ－Ⅳ』

パチリと指を鳴らしてアルビオンの重要区画に魔法陣を展開する。

今までにない大規模な展開だが、アルビオン自体が大型なので念のためだ。

『死霊魔法発動：残留思念結合Ⅷ』

展開した魔法陣の半数が稼動して残留思念を集積する。

『死霊魔法発動：付喪神創生Ｘ』

パチリと一際大きく鳴らした指の音と共に、残りの魔法陣が複雑な文様を浮かび上がらせながら稼動を開始して、残留思念を核とした付喪神を創造していく。

流石に長いこと稼動していた艦だけはある。かなり無理矢理作った輸送船の付喪神に比べると構築が実にスムーズだ。高密度な残留思念からしっかりとした意識体が生まれるのを感じる。

——後から思えば、その時リョウが言った言葉がいけなかったと思うんだ。

「すげぇ圧力感じるな。なぁ、船の付喪神っつー事はさ。アルビオンみたいな古い船だと、やっぱ婆さんになンのか？　若い方が良いよなぁ……」

心底同意してしまった俺がいる。

老人は老人で威厳があるかもしれないが、見目麗しく若くて綺麗な子の方が良いよな！

『——残留思念核変成、魂魄生成、仮想霊体設計、見た目若くて綺麗な、霊体定着、魂魄接続』

「……あっ」

邪念が混ざったせいか、稼働中の魔法陣が一部変質した。……どうしよう、失敗とかしないよな？

魔法発動の光が収まるとアルビオンの投影画像が人の姿を作り出す。

『こんな老骨を今更持ち出すとはねぇ。アタシがアルビオンだ。坊主達、よろしく頼むよ』

やはり艦齢が長い分、知識や経験が豊富な付喪神が生まれたらしい。口調は穏やかだが、しっかりとした強い意志と威厳が同居した声音。非常に頼もしそうだ。頼もしそうなんだが。

「「「…………」」」

ブリッジ内には沈黙が満ちていた。

『そこの若い魔王さんだろう、アタシを呼び出したのは。うちの一族にゃこんな技術持ちはいなかったはずだしね。……なぁ、皆だまりこくって本当にどうしたんだい？』

アルビオンもブリッジに満ちた沈黙に気が付いたらしい。

「なぁ、イグサ。なンか想像してたのと違ぇーってか、想像力の斜め上を行ってるンだが、これお前の趣味か？」

「アルビオン固有の特徴じゃないか？　個人差もあるみたいだしな」

魔法陣が最後に変質した事はとぼけておく。何せ――。

投影画像によって映し出されたアルビオンの姿は、だぶだぶな海賊服に身を包んだ、外見年齢はライムやミーゼと良い勝負をしている、幼い少女なエルフでしかなかった。

幼い子が大好きな紳士達が見たら、一撃で心奪われた挙句に犯罪に走りたくなってしまいそうなロリっぷりだな。

「多分イグサの趣味だと思う」

何故か満足げに頷いているライム。

「まて、俺はそっちだけじゃない、妖艶な魅力溢れた年上のお姉さんだって大好きだ！」

「それも知ってます。でもおにーさん、私とライムさんの目を見て同じ台詞が言えるのです？」

あ、うん。ミーゼに冷静に言われると、返す言葉がない。

だがここで黙るのは俺らしくないだろう？

「大丈夫だ、年下もかなり下まで守備範囲だから問題ない」

己の欲望を肯定するのが魔王というものだろう。具体的にどのくらい下まで守備範囲かは口に出さないのが華というものだ。

具体的に言うなら、精神がそれなりに成熟していれば、物理的に無理なのでプラトニックな恋愛しか出来ないくらいの年齢まで大丈夫だ。

「「……」」

じとりとした視線がライムとミーゼから来る。

いけないいな、自分に素直になる余りに説得力が消し飛んだようだ。

『……何揉めているんだい？』

怪訝そうなアルビオン。

「あー……そのな、自己視点以外のカメラ使って、自分の姿確認してみてくれないか？」

『姿ね。付喪神なアタシらの外見なんてそうそう騒ぐほどのものでもな……なんだいこれぇぇ!?』

騒ぐほどのレベルであったらしい。

『そりゃ女として若い方が嬉しいってのはあるけどさ、幾らなんでも若すぎやしないかい、誰だい色恋沙汰になったら犯罪臭がしそうな外見にしたのは!?』

「「「……」」」

黙って俺へと指先を向ける一同。

「待とうか、俺のせいだとは限らないだろう？　冤罪の可能性もある、決め付けは良くないぞ？」

『ならアタシが色気出して誘ってもノらないかい？』

「そこで断るのは男として間違っている。全力で誘惑されるとも」

隣でリョウも深く頷いている。やはり俺と趣味の傾向が似ているよな。

『……まぁ、悪い気はしないけどさ。でも情けないねぇ。主力戦艦アルビオンの付喪神とあろうものが、こんな威厳の無い姿になっちまって』

自分の姿を確認するように、割と薄手の服とかを摘んだりしているアルビオン。

実に仕草が可愛らしく、思わず胸が温かくなりそうだ。

俺とリョウは視線を合わせ、うなずき合いお互いに口を開いた。

「――大丈夫だ。どんな姿になろうとも、お前は魔王が手ずから作り出した、唯一無二の付喪神だ。魔王の名の下にそれを保証しよう」

「――ああ、ずっと世話になってきたアルビオンなんだ。『隠者の英知』連中が見たとしても笑わねぇ。もし笑うヤツがいたら俺がぶン殴ってやるよ」

透明感すら感じるような、爽やかな笑顔を浮かべてフォローする俺とリョウ。

「それで、本音はどう思っているのです？」

淡々とした口調で合いの手を入れてくれるミーゼの言葉に。

「「ロリババァなんて、俺達の業界ではご褒美でしかない！」」

思わずハモって本音をぶちまける男が2人。

『ふンっ！』

「「ごふぅっ！」」

慣性制御を使って再現したらしい、アルビオンのボディブローがごしゃぁ！　とかなり洒落にならない音を立てて俺とリョウの腹に突き刺さる。

ミーゼの合いの手が絶妙のタイミング過ぎて、思わず本音が漏れてしまった。

「私はライム。こっちがメカニックのリゼルと、組織運営に携わってるミーゼ。よろしく」

『ワイはワイバーンです。どうも若輩者ですが、どうぞよろしくお願いします』

何故だ？　小さな子には目がないというか、大好物のはずなワイバーンは神妙な紳士顔だ。

まさかあいつ、ロリは守備範囲だが、ロリババアは対象外なのか⁉

挨拶を始めるライム達を横目に悶絶している俺とリョウ。

まて、魔王にしっかりダメージが入る威力とか……いけない、リョウが白目むいて泡を吹き、やばげな痙攣(けいれん)をしだした。早く回復魔法をかけないとまずそうだ！

和やかに挨拶や自己紹介をしている横で、必死に威力調整しつつ回復魔法を使う俺だったが、客観的に見ればただの馬鹿か、愉快な馬鹿騒ぎなんだろう。

だが、こんな馬鹿騒ぎができる事が、楽しくて仕方ない俺が居た。

魔王、空間を越える

「新設エネルギーパスチェック中、1番から8番及び10番から12番まで正常稼動。9番に異常あり、迂回路形成します」

「リアクター出力上昇、エネルギー集積器（キャパシタ）へ出力接続」

「エネルギーキューブ還元チャンバー、各部チェック中。チャンバー作動試験開始。1番から20番の突入コネクター動作確認であります。」

「メンテナンス起動レベルでジャンプドライブへエネルギーを投入します」

「ジャンプドライブ起動確認、返ってきたメンテナンスデータチェック中ですよぅ」

ワイバーンのブリッジに心地よい緊張感を含んだ、キビキビとした声が飛び交っている。

うん、良いものだ。やはりエネルギーを充填した主砲を撃ったりワープをしたりというのは、SF的な浪漫の花形じゃないだろうか。

「高速電子巡洋艦セリカから通信、ジャンプドライブの起動に成功との事、運用データを受け取ります」

「ジャンプドライブ動作周波データを受信、同調チューニング開始であります」

今やっているのは高速電子巡洋艦セリカと、セリカにドッキングしているワイバーンのジャンプドライブの実動テストだ。

テストと言っても実際に『ヴァルナ』ステーションのある『船の墓場星系』の南ジャンプゲートまで飛ぶのでぶっつけ本番とも言う。

ジャンプドライブはいくつか個性的な特徴があった。

まずジャンプに必要なエネルギーは作動した瞬間に全て消費する。

一般的なワープとかのイメージだと、起動してから移動が終わるまで消費し続けるイメージがあるが、ジャンプドライブは作動時に大量のエネルギーを消費して、後はジャンプアウトするまでエネルギーが要らないんだ。

機械としては特殊な性質だが、ジャンプドライブが魔法で作られた道具だと分かった今なら、すんなり納得ができる。

俺やライムが使う魔法も、魔力（マジックポイント）を最初にまとめて消費して、魔法が発動するクラシックＲＰＧ的なシステムで動く魔法が大半だしな。

ジャンプドライブの１度に大量のエネルギー量を要求する性質の為に、リアクターを一時的に過剰運転するだけでは足りず、エネルギー集積器（キャパシタ）というバッテリー的なものにエネルギーを溜め込んで、ジャンプドライブを起動させる為のエネルギー源にしている。

ジャンプドライブ自体が稀少なので珍しい存在ではあるが、ジャンプドライブ搭載型の輸送船は大型で大容量のエネルギー集積器を搭載してあって、半日から数日かけてエネルギーをじっくりと溜めてジャンプするのが主流だという。

しかし、戦闘艦はそう悠長にしていられない。

どこかで味方が襲撃を受けたとか、攻撃されてジャンプドライブで逃げたい時、敵に「エネルギー溜まるまでちょっと待ってね」と言っても待ってくれない。なのでエネルギー集積器とは別にエネルギーキューブを消費して瞬間的に大きなエネルギーを発生させる機関も併用している。

こちらはエネルギーキューブ還元炉という名称で、エネルギーキューブをチャンバー（薬室）という頑丈な容器に入れて薬剤でエネルギーキューブを不安定化させ、チャンバーの外から突入コネクターと呼ばれる頑丈な金属の棒でチャンバー内を圧縮、エネルギーキューブが崩壊してエネルギーへ還元される……という、乱暴だがシンプルな構造だ。

シンプルなのでチャンバーと突入コネクターの数を増やせば、瞬間的に出せるエネルギー量も増えるんだが、チャンバーを増やすほどエネルギーキューブの消耗も激しくなるというデメリットもある。

ジャンプ用のエネルギーキューブを保存するのに、ただでさえ広くない戦闘艦の船倉を圧迫するし、エネルギーキューブは消耗品なので補充の費用と手間がかかるんだが、エネルギー集積機と違ってお手軽にエネルギーを確保できるから重宝されている。

ジャンプドライブ搭載の戦闘艦はリアクター、エネルギー集積器、エネルギーキューブ還元炉の3つを併用するのが主流になっているという。

ワイバーンとセリカもエネルギー集積器とエネルギーキューブ還元炉を搭載する事になった。

……ワイバーンの船倉がまた狭くなった。そろそろ船倉を含む船体拡張改造を考えた方がいいだろうか。

「ん。この構造、ちょっと複雑でわかり辛い」

リゼル先生の説明を聞いていたライムが難しい顔をしている。

「俺は一応理解できたが……そうだな。例えるならハイブリッド自動車か。リアクターをエンジン、エネルギー集積器をバッテリーとするなら、エネルギーキューブ還元炉は使い捨てだし……外付けのロケットブースターか？」

「古い映画で、車がタイムスリップするのに速く走らないといけない内容があった気がする。なら、ジャンプドライブはその映画ならタイムスリップ装置？」

「ああ、あの名作か。その認識でだいたい間違い無いだろう。時間移動をするのに速度が必要で、普通のエンジンだけでは足りないから、バッテリーにエネルギーを溜めてモーターで補助して、足りない分をロケットブースターで水増しってところだな」

「ん！　とってもよくわかった」

ライムが笑顔を向けてくれる。助けになってなによりだ。

ジャンプする船が大型になるか目的地が遠くなるほど、エネルギー消費も増大する。そこで、複数のジャンプドライブを同調（シンクロ）させて作動させる事で、エネルギー消費をかなり抑えるという裏技があるんだ。

実際、アルビオンも全長３ｋｍ以上という主力戦艦級の巨体をジャンプさせるのに、ジャンプドライブを8基搭載して、同調稼働させる事でジャンプドライブで遠距離移動できるようになっているという。

ジャンプドライブ自体が稀少なので贅沢な使い方だが、いつも船倉容量に頭を悩ませているワイバーンや、経費削減と縁が切れない民間企業には嬉しい話だった。

「ジャンプドライブの動作周波数を調整終了。同期作動テストもおーるおっけーですよぅ！」

SF的な宇宙戦闘艦に女性乗組員は不要などと、硬派を気取るつもりはない。

俺の知っている有名な宇宙船が出てくる作品にも女性クルーは外せないものだったしな。

知的な美人であったり、おっとりしたオペレーターであったり、乗組員の信頼に応える女性艦長であったり、女性乗組員とは良いものだ。

良いものなんだが、文化祭でテンション上がってしまった女子学生的なノリで騒ぐリゼルはどうにかならないだろうか。

◇

『魔王様！　魔王様！　セリカ頑張るから見ていてくださいね！』

ジャンプドライブ起動までのカウントダウンがワイバーンのブリッジに流れる中、飼い主にじゃれ付く子犬のようになっているセリカに適当に手を振ってスルーしていた。

きちんと相手すると照れたりにやけたりと、一通り満足するまで手間がかかるんだ。

元『隠者の英知』メンバーの処遇や星系の自治中立化の仕込みは色々やったものの、やはり『側道』の奥の星系に引きこもったまま色々やるのは無理がある。

おやっさんと部下のメカニックの大半は高速電子巡洋艦セリカやワイバーンに続いて、高速巡洋艦アリア、ベルタに戦闘輸送船ポルトス、アラミス、アトス、ダルタニアンに順次ジャンプドライブを設置していく仕事があり。

アリアとベルタへのジャンプドライブ搭載が完了次第、その2隻と共にライムとミーゼはフィールヘイト宗教国の中央星系にある『魔王軍』支社——という名の雑居マンションの1室を拠点にフィールヘイト側の工作をしてもらう予定だ。

俺はセリカとワイバーンと共に『ヴァルナ』ステーションを拠点にアドラム帝国側で色々奔走する事になる。

『こっちに来てから長期の別行動は初めて。まだイグサと出会って何年も経ってないのに、一緒にいないと違和感』

高速巡洋艦アリアのブリッジにいるライムと投影画像越しに会話していた。

ジャンプドライブとゲートリアクターを使えばすぐに移動できるとはいえ。

汚染惑星に召喚されてすぐ出会ってから、ずっと一緒だったライムと別行動をするというのは感慨深い。

ライムも会話できる嬉しさ6、暫くとはいえ離別する事の哀しさが4くらいの気持ちが混ざりあった、どこか儚げな笑みを浮かべている。

寂しいと分かりやすく心情が出ているその表情は実に——たまらないものがある。

とりあえずワイバーンに4種類の記録装置を動かしてもらってて全力で録画保存させた。

投影画面越しだからこそ涼しい顔で会話できているが、あれを至近距離でやられたら理性が持たないだろう。

自慢じゃないが俺の理性は忍耐力が強くない。むしろ脆い方だからな。

ミーゼの代わりに副長席に納まっているリョウも「イイもンだ」と訳知り顔で頷いている。

方向性の違いこそあれ、やはり趣味が似通っているな。

そんなライムの笑顔に癒されていた俺だったが、離別の寂しさとは別に心から安堵してもいた。

あれはカレンダーで言うと一昨日の夜の事だ。

ワイバーンの自室で眠ろうとしていた俺の所にライムが枕を持ってやってきた。

見た目が幼い仲の良い異性が夜に枕を持ってきたら、普通は添い寝イベントだと思うだろう？

思うよな……？　添い寝イベントだと油断していたら、そのまま押し倒された。

まあ、そこまではよくある事だ。

押し倒されるのがよくあっていいのか？　とか、それは魔王としてどうなんだ？　とか思わないでもないが、それはこの際置いておく。頼むから置いておいてくれ。

魔王心（おとこ）として非常にデリケートな部分なんだ、取り扱いには気をつけてもらいたい。

「この前の約束。たっぷり褒めて」と言われて比喩的な意味で食われた。

解放されたのが丸1日以上経過した今朝だった――という辺りで色々察してほしい。

以前ライムが情緒不安定だった時のように、夜間の記憶を失った方が幸せだったかもしれない。

1日以上続いた、あの幸福な地獄の記憶は当分脳裏に焼き付いて消えてくれそうにない。

暫く別行動になるからライムも寂しいし不安だったのだろうと、大らかな心で受け入れたいが、大らかな気持ちで受け入れられるには何というか特殊な生命力的なものが足りなかった。

更に2、3日ほど時間に余裕があったら、魔王が勇者に討伐されていただろう。

……あれは魔王を討伐しようとする勇者の本能なのだろうか。

「魔王様、ジャンプドライブ起動シーケンス入ります。通信はそろそろ」

ライムと他愛もない雑談をしていたらオペレーターに止められてしまった。

「わかった。ライム、向こうは頼んだぞ」

『ん。頑張る』

ライムの言葉は口調こそ軽いものの、覚悟に満ちていて信頼できる。

魔王や勇者云々の前に1人の人間として信じる事ができる人柄だからこそ、ライムと一緒にいても心地良いんだろうな。

「任せた。寂しくなったらいつでも連絡していいぞ?」

『それはこっちの台詞。これが上手くいったら、またご褒美貰うから』

――――待って。

「まて、褒美の件はちゃんと条件を！　――――」

俺の返事を最後まで聞かずにブツリと通信が途切れ、投影画面が『第2種戦闘配置中につき外部通信をシャットダウン中』という表示に切り替わる。

相当に強引だが、これは約束した事になるんだろうか。

再会の時が本気で怖い。

『ジャンプ座標入力開始します、目標『船の墓場星系』南ジャンプゲート。魔王様、セリカは頑張ってお仕事してますよー！』

セリカの仕草や主張に犬っぽい行動が増えてきた気がする。

犬耳に尻尾をつけさせたら似合うんじゃないだろうか。……今度試してみるか。

「エネルギー集積器、充填率85％突破。正常稼動中であります」

「エネルギーキューブ還元チャンバー内圧力正常、還元反応励起用突入コネクター作動位置へ。作業要員は安全区画まで退避お願いします」

「イグサさま、準備かんりょーであります」

ライム達に同行するアルテの代わりに操舵担当になったのは、メイド隊でも個性の強い、平淡な口調に死んだ魚のような淀んだ瞳をしているツェーンというメイドだった．外見や口調が少々アレだが、能力は折り紙つきなんだよな。

ツェーンという呼び名はメイド隊としてのコードネームで、確か履歴書に書いてあった実名はミントだったか？

「勿体ぶる必要もないな、ジャンプ開始」

「ジャンプ開始であります」

「ジャンプ開始します、総員第1種警戒態勢。不慮の事態に備えてください」

うんうん、やっぱりこれだよな。

このSF世界はジャンプゲートがあるせいかワープ的なやり取りが少ないので、このやり取りは貴重だな。

「エネルギーキューブ還元開始、励起用突入コネクター1番から8番まで同調作動」

「エネルギー集積開放、放出エネルギーを全てジャンプドライブへ接続します」

「推進器出力をセリカと同調、巡航速度へ向けて加速開始であります」

まるで熟練しているように淀みなく操作をしてくブリッジクルー達。

……なぁ、こういう時に見ている以外に作業とか操作とか、やる事がない艦長って微妙に寂しいんだが、SF世界の艦長はどう思っているんだろうな？

「ジャンプドライブ起動成功、ジャンプフィールド生成確認ですよぅ」

移動しているセリカとワイバーンの前方に、虹色に揺らめき輝く円形のフィールドが生成される。

「艦首、ジャンプフィールドに接触。異常なし」

『艦体各部正常、シールド出力安定です』

「ジャンプフィールド通過、跳躍空間に突入しました」

ジャンプフィールドを通過してしまえば、後は普通のジャンプゲートでの移動と同じだ。

ブリッジ内にほっとした空気が流れる。

「ジャンプアウトまで予測では後43秒。第1種警戒態勢の維持をお願いします」

ジャンプ中の空間は謎に包まれているらしいが、基本的に物理距離が遠くなるほどジャンプアウトまでの時間が長くなるらしい。

ジャンプドライブ搭載艦なら移動中に無理矢理出口を造って『途中下車』も出来るらしいが、どこに出現するか不規則すぎて利用するのは難しいという。

「目標座標に到達、ジャンプアウトします」

投影画像の向こう側の景色が普通の宇宙空間へ戻る。

「ジャンプゲート確認、ビーコン解読中。『船の墓場星系』南ゲート、座標確認完了であります」

「社長、救難信号を受信しました。至近距離です！」

「複数のビーム輻射を確認、戦闘中の模様！」

ブリッジにアラートが大きな音量で鳴り響く。

警備艦隊の巡回が多いジャンプゲートの近くで撃ち合い(ドンパチ)とは剛毅だな！

「総員第1種戦闘配置、状況把握を優先！」

「アドラム帝国勢輸送船から救難信号。敵対勢力は識別不明、船舶ビーコン無し。推定海賊であります！　海賊側戦力はクラス5戦闘機が1機、小型フリゲート艦1隻」

「「「…………」」」

なんとも生ぬるい空気がブリッジに漂う。

「……1隻と1機だけか？」

「天使の翼を出してない状態のセリカと、ワイバーンの索敵能力で見える範囲にはこれしかいませんよぅ」

素の状態でも無闇に広い索敵範囲しているが、それで見えないか。

「帝国領域内では小型のフリゲートとはいえ戦闘艦持ちの海賊は滅多に遭遇しない脅威であります」

「慣れってのは怖いもンだな」

リョウの言葉に頷く。本当に怖いな。小型の軽フリゲート1隻に戦闘機1機だけなんて罠か？とか自然に思ってしまった。

『獣道』で獲物にたかる鳥か何かのように、断続的に波状攻撃をしてくる海賊の群れに慣れ過ぎたようだ。

「セリカ、副砲を適当にロック、射撃しておけ」

『はいはーい！　副砲展開、ターゲットロック、撃てー！』

セリカの副砲、衝撃砲の白い弾体が種子のような形をしているクラス5戦闘機を蒸発させ、長細い形状をした小型フリゲートの後ろ半分を消し飛ばした。

「……やりすぎたか？」

リアクターや弾薬を誘爆させて爆沈していく海賊フリゲート艦。

幾らでも湧いて出てくる『獣道』の海賊や、戦力差がありすぎたアルビオン相手では後方配置だったが、旧式とはいえセリカも550m級の巡洋艦だったたな。

対して小型のフリゲート艦は全長40m程度……うん。やりすぎだ。

「やりすぎですよぅ。あれじゃ部品回収も出来そうにないですもん」

なぁリゼル、残念がるポイントはそこじゃないと思うのは俺だけだろうか。

「社長、救難信号を出していた輸送船から通信が入りました」

無事だったか。海賊の方は無残になったが、片方だけでも生き延びていて何よりだ。

「降伏信号と共に『無条件降伏するので命だけは助けてほしい』との事です」

「「…………」」

ブリッジ内にまたも生ぬるい空気が漂う。

「まるっきり悪役ですよぅ」

「問答無用で武装勢力を消滅させりゃ、ンな風に腹見せて降伏したくもなるもんだぜ」

いけないいな、手加減まで下手になっている気がする。

「ユニア、うちの所属を言って『ヴァルナ』ステーションに向かうなら同行すると伝えてくれ。細かいところは任せる」

「社長、了解しました。こちらアドラム帝国公認・民間軍事企業『魔王軍』先の戦闘は――――」

オペレーターのユニアが誤解を解いてくれて、襲われていた輸送艦と共に『ヴァルナ』ステーションへ向かう事になったのだった。

◇

魔王というと世の中に魔物を放ってみたり、街を滅ぼしてみたりと粗暴な印象がどうしても拭えないが、ファンタジー世界でも魔王の仕事は種族間の調停やら交渉ごとが多いものだ。

考えてみてほしい。同じ人間でも国や地方によって文化が違い、人種や文化が違うと近くに住むのも、お互い理解しあうのも困難なんだ。

ファンタジー的な魔王みたいに魔族とか魔物とか大きな範囲の、色々な種族の部下を持っていれば、魔王軍内部で起きる軋轢(あつれき)の解消に奔走する事も多いだろう。

暴君タイプの魔王なら「そんな連中は魔王軍にはいらん」と切り捨てられるかもしれないが、そんな事ばかりしていれば部下なんて付いてくるはずもない。

それに交渉も大切だ。

何も考えずに世界を滅ぼしてくれるなどと、お気楽な事を言える魔王は気が楽だろうけどさ。

世界征服が目的だったり、征服した土地や国を統治する魔王にとって、内外問わず交渉の仕事なら幾らでもある。

生真面目な性格なら外交に奔走しすぎて過労死しそうなものだが、魔王の死因が過労死とか御伽噺にするには世知辛すぎるよな。

『ヴァルナ』ステーションに入港してリゼル母に連絡を入れると、前と同じように港湾区画の一角に威圧感のある大きな軍用規格のトランスポーターが準備され、リゼル母と帝国情報局の課長と会う事になった。

リゼルの実家でも良かったんだが、リゼル母曰く仕事は家に持ち込まない主義だそうだ。

トランスポーターの周囲を護衛している、どう頑張っても堅気に見えない重武装の連中を見ると納得したくもなる。

「お久しぶりイグサさん。もっと気軽に会いに来ても良いんですよ。あの人じゃないけど、何ならお義母さんと呼んでも――」「それはお断りする」

残念と、ぺろりと舌を出す仕草と共に、レコーダー反応が1つ停止する。

同じシチュエーションでもリゼル父は舌打ちしていたが、リゼル母にとってはこの程度のデストラップ（人生の墓場行き）は牽制でしかないようだ。

しかし実年齢に比べて見た目が若く美しいとはいえ、可愛いというよりは美しい分類の外見をしたリゼル母にこの仕草は色々と厳しいのではないだろうか。

全力でツッコミたいんだが、流石に俺も命が惜しい。

「それでお仕事の相談って何かしら？」

今日の晩御飯は何？　という気軽な雰囲気のリゼル母だが、一緒に連れてきたリゼルがびしっと背筋を伸ばして尻尾の毛が逆立っているところを見ると、かなりのシリアスモードらしい。

「口で説明するには量が多くてな、資料を見てほしい」

トランスポーターの中央に設置された、ガラスっぽい透明なテーブル風の端末に、俺の汎用端末からデータを送信して、車内の空間へ投影画像の資料を並べる。

資料は大きく分けて2つ、海賊ギルドの設立と『側道』の奥、セクター202星系の自治中立化

について だ。

既に海賊ギルドの傘下に入ってる海賊団のリストと戦力評価、海賊ギルド設立によってアドラム帝国にどの程度メリットがあるかなどをまとめた資料が1つ目。

2つ目はセクター202星系──『隠者の英知』の本拠地がある、近々『芳醇なる醸造所』星系に改名する予定──のステーション連盟の意思表明書だ。

丁寧な表現の文章かつ迂遠に、色々な条文が書かれているが、中身は単純なものだ。

『セクター202星系は星間国家文明圏と202星系間にある星間航路(『獣道』)の航路安定化と治安維持を行える勢力に対して恭順の意思があります』

『それが出来ないなら自治中立を認めてください』

『アドラム帝国、フィールヘイト宗教国双方にこの働きかけをしていますよ』

とても単純だな。

資料を読んでいくリゼル母はあらあらと上品に笑い、情報局の課長は青い顔になっている。

「イグサさん流石ねぇ。うーん、頷くしかないと思うわ。カインズ君、どう思う?」

「自分も同じ様に思います……付け入る隙がありませんね」

気弱げに肩を落としているカインズ課長。肩を落とすのも当然だろう。

海賊ギルドも202星系の自治中立化も、アドラム帝国とフィールヘイト宗教国どちらにも拒否権がない仕込みをしてある。

正確には拒否は出来るが、拒否しても利益がないどころか損しかしない。

海賊ギルドは設立を認めれば、「一般海賊と比べて交渉が出来る程度におりこうな」海賊との交渉チャンネルが出来て、身代金を支払っての人質の解放など海賊の被害者数を減らす事が出来る。

海賊ギルドの方針として、拿捕した船の乗員を虐殺するような外道は積極的に排除する予定なので、外道だろうと仁義を守っていようと、海賊同士が潰しあってくれるなら、国にとって悪くない。

セクター202星系の自治中立化も同じだ。

これが独立の旗でも盛大に掲げていれば、反乱鎮圧の名目で艦隊を派遣する事もあるだろうが、最初から恭順の意思を見せている。

また、制圧と維持にかかるコストやデメリットが、利益を大きく上回っているからこそ放置されている『獣道』の、更に奥まった位置にセクター202星系がある。

ジャンプゲートがある星系に13個の居住可能惑星というのは破格だが、そのうち9個は未開文明があるし、4つの居住可能惑星の為に『獣道』の入り口から202星系までの航路維持をするには利益よりも費用が大きく上回ってしまう。

また、下手に自治中立化に反対して敵対勢力側に付かれるのは美味しくない。

アドラム帝国・フィールヘイト宗教国どちらにしても自治中立化してくれるのが、1番楽な選択肢なんだ。

「納得してもらえたかな？　この場は納得してもらえたが、内容が内容だけに反対意見も多く出てくるだろう。と言う訳で、反対意見を黙らせる工作を手伝ってほしいんだが、お願いできるかな」

「ええ、任せて頂戴♪」

「……はい、国の為になりますし」

やたら嬉しそうなリゼル母と、肩をがっくりと落としているカインズ課長との対比が実に印象的だった。

……リゼルはどうしたかって？

やる事がなくて暇だったせいか、俺の肩を枕にしてすやすやと寝ていた。

さっきまでバリバリに緊張していたのに、空気が緩くなった途端にこれだ。

この神経の太さは正直羨ましいのだが、おかげで締まらない事この上ない。

◇

「イグサさん、厚生局の局長に送る実弾（賄賂）はもう少し削って大丈夫よ。その分をこっちの航路管理局の部長に回しましょう。この人立場は低いけど政治家一族の家長だから影響力が大きいわ」

「こっちの情報局の遺失技術管理課にはジャンプドライブを1基送ると色々スムーズになりますよぅ。ここの課長は顔も広いから懇意にしておいて間違いないのです」

元『隠者の英知』構成員やステーション住人の市民登録や、自治中立星系化の下準備に必要な裏工作について、リゼル母に協力を仰いだのは良いのだが、リゼルとリゼル母2人に計画の駄目出しを受けていた。

リゼルは色々油断できない上にたくましい性格だとは思っていたが、裏工作とか得意だったのは意外だったな。

さっきまで居眠りしていたとは思えない。裏工作の話になった途端に起きて参加してきたから、俺もびっくりした。

リゼルとリゼル母の血の繋がり的なものを実感する。

「なあリゼル、こういう仕事は得意なのか？」

メカニックの仕事一筋なイメージがあったんだよな。

「ほへ？　別に普通ですよぅ。子供の頃にお母さんのお手伝いとかするのは、古典時代からの伝統じゃないのですか？」

何を言っているんだろう？　と不思議そうな顔をするリゼル。

「……いや、伝統ではあるけどな」

確かに小さな女の子がお母さんのお手伝いをする的なのは伝統だと思う。思うんだが、これは違わないか？

普通は料理だったり掃除だったり家事の手伝いをするのであって、政治工作とか裏工作とか手伝うのは、家の手伝いとはジャンルが違いすぎやしないかな。

リゼルは家事系の能力が全滅しているしな……いや、これが原因なのか。

鼻歌交じりに投影画像のリストに専用のタブレット付属のようなペンで、赤丸をきゅっきゅと書き込んでいるリゼルだが、あの赤丸は裏工作の邪魔になる「要排除」のマーキングだ。

対象の性格によって手段は違うが、上役に手を回して閑職にいってもらったり、ハニートラップをしかけて社会的に死んでもらったり、不正の証拠を『作成』したりと、かなりエグい手で邪魔にならない地方や地位へ、どいてもらう事になる。

魔王が言うのもなんだが、楽しそうに書き込むものじゃないと思うんだが……。

「次はフィールヘイト宗教国側ですね。向こうはイグサさん達もいないから、指示を丁寧にしないといけませんわ」

２０２星系の自治中立化にはアドラム帝国だけではなく、フィールヘイト宗教国の承認も必要になってくる。

フィールヘイト宗教国側には高速巡洋艦アリアとベルタ、見た目はともかく中身と肩書きは副代表のライムと、裏工作が得意なミーゼ、護衛役にアルテが部下のメイド隊を半数連れて行っている。

戦闘力や頭脳労働の得意さのバランスを考えた配置だが、外見や実年齢が若い組が固まってしまったな。

資金に余裕が出来たら、フィールヘイト側の支社にもスタッフを揃えておきたいところだ。

ファンタジー世界ならある程度勢力が大きくなれば魔王の仕事は少なくなりそうなものだが、ＳＦ世界は事業が大きくなっても悩みの種と仕事が減る様子がない。

……いや、暇じゃなくて良いんだけどな。

◇

お約束（王道）な展開って大事だよな？

人によってはテンプレートだの繰り返しだのと言うかもしれない。

だが、何度似たような事を繰り返しても、廃れない人気があるからこそのお約束だと、俺は声高く主張したい。

「イグサ様、次はここの焼き物がお薦めです。原材料は相変わらずのアレ（汎用オーガニックマテリアル）だけど、秘伝の技術で作ってあるから、美味しいんですよぅ！」

『ヴァルナ』ステーションの商店街、人通りの多い中を俺の手を取ってリゼルが引っ張るように道を進んでいく。

溌剌（はつらつ）とした健康的な笑顔を振りまくその姿は、美少女というよりは飼い主に構ってもらって大喜びしている大型犬を彷彿とさせる。

……頭の上についている耳や、機嫌良く左右に揺れている尻尾は猫なんだけどな。

「お嬢、相変わらずのアレで悪かったね。そんな悪態つくなら売らないよ！」

露店のおばちゃん……口調からして肝っ玉母さん風だが、獣系のアドラム人なので見た目が若く判断に悩むところだ。

推定露店のおばちゃんは笑いながらリゼルに声をかけていた。

「ごめんなさい、ごめんなさい！　おばさん所の焼き物が食べられなくなると街をぶらつく楽しみが減っちゃいますよぅ！」

即座に本気で謝るリゼルに周囲の露店商や客の間から小さな笑いが漏れる。

この気安さはまるで昭和時代を舞台にしたホームドラマだな。

『隠者の英知』や海賊ギルド、セクター202星系に関する工作の準備や指示が終わり、このところ働きすぎていたので、休暇を取ってリゼルと一緒に街に出ていた。

『ヴァルナ』ステーションには長くいるものの、この手の地元民しか知らないようなスポットに詳しくないのでリゼルに案内してもらっている。

流石リゼルは地元民だけあって、買い食いが出来る美味しい露店やら、疲れてきた頃に休憩できるスポットに詳しかった。

リゼルは両親の立場的にかなりお嬢様のはずだが、やたら庶民的なのは気にしない方が良いんだろう。リゼルだしな……。

リゼルとは汚染惑星で出会ってから長い付き合いだが、この手のデート的なイベントをした事がなかったんだよな。

休暇取ったからデートに行くか？　とリゼルを誘った時は尻尾をばったばったと横に振って喜んでいた。

元々リゼルとの距離感の微妙さが気になっていたんだ。

ライムなら相棒だと言えるんだが、リゼルとの関係は微妙に表現し辛いところだからな。

強引に当てはめて考えるなら「愛人」が近いが、そう言い切りたくは無い微妙な魔王心(おとこごころ)なんだ。

男心の方は「愛人だろうと恋人だろうと獲物(エサ)には違いないだろう？」と安定の下衆(げす)さを発揮していたので割愛する。

休日にデートイベントという、数あるお約束の中でも基本中の基本を試してみたんだが、存外に悪くない。いや、楽しいな。

「イグサ様っ、イグサ様！　冷たくて気持ちがいいのですよぅ！」

「気持ちがいいのは顔を見れば分かるさ、転ぶなよ」

テンションが高いまま、上水が流れ込んでいる、朽ちた宇宙船用推進器の輪切り――――『ヴァルナ』ステーション特有の公共広場にある噴水的なオブジェ――――ではしゃいでいるリゼルに手を振って応える。

最初は水に足をつけて涼もうと立ち寄ったのに、すぐに水が溜まった池の中ではしゃぎ始めたリゼルを見ているだけでも何故か飽きがこない。

水溜りの縁に腰掛けている俺の近くで、リゼルが遊んでいるのを見て誘われるように入ってきた、布面積が少ない水着のような際どい服装をした、発育の大変よろしいお姉さん達がお互いに水を掛け合っているのも飽きない要因の1つだろうと思う。

色々とツッコミが聞こえた気がするが、男はそういう生き物なんだ。

最低だと言いたければ言うがいい。

だが、魔王として己の欲望すら肯定出来ないようでは器が知れるというものだろう！

――――とても目の保養になりました。

「はふぅ。疲れたのですよぅ……楽しかったのです」

はしゃぎ回って疲れたリゼルと共に公園のベンチに並んで座っていた。

昼食も露店回りをして済ませて、ベンチに座ったところで一気に疲れがきたようだ。

機械弄りなら底なしの体力を見せるリゼルだが、遊びでは普通に疲れるみたいだな。

「2時間近くもはしゃいでいて、疲れない方がおかしいだろう？」

「いいんですもん、何かとても楽しかったんだから」

リゼルが寄りかかって体重を預けてくる。自分のものじゃない重みと体温が心地いい。

この様なささやかな幸福は嫌いじゃないが、こういう時こそ悪戯心を発揮するのが俺だよな？

「よしリゼル、膝枕をしてやろう」

「膝まく……は、恥ずかしいですよぉ!?」

慌てて体を離そうとするリゼルだが――――残念、魔王からは逃げられない。

肩にしっかり手を回して捕まえてある。

「何故そう恥ずかしがるんだ？」

寄りかかった体勢は良いけど膝枕が恥ずかしいというのも不思議な話じゃないか？

SF世界では膝枕に特別な意味でもあるんだろうか。

「え、えっと……何となくですよぉ！」

特に深い意味はなさそうだ。

「それにあっちでクリーム菓子の売店で売り子してるのは学校の時の同級生だし、通りかかる人にも知り合いが多いのに膝枕とか恥ずかしいのですよぉ！」

じたばたと抵抗をしているリゼル。うん、リゼルの羞恥心がよくわからない――よくはわからないが、そんな恥ずかしがられると俺が楽しくなってきてしまうじゃないか。

「リゼルリット、命令(オーダー)――羞恥心を除外した場合、リゼルが今1番したい行動を実行せよ」

魔力を編んで、耳元で小さく囁くように使い魔への命令権を行使。これを使うのも久々な気がするな。

「イグサ様の鬼、悪魔ー！」

小声で叫ぶという器用な事をするリゼル。いや鬼でも悪魔でもなく魔王だぞ？

羞恥心で顔を真っ赤にしたリゼルは必死に抵抗するが、命令に逆らえず俺の膝の上に頭を乗せていく。

ここで直接「膝枕するように」といった直接的な命令ではなく「リゼルがしたい行動をさせる」という、限定的でもリゼルの意向を汲み取った命令にするのがポイントだ。

この違いが分かるヤツとは美味い酒が飲めるだろう。

「うううぅぅぅ……ふにゃぁ」

恥ずかしさでうなり声まで出ていたリゼルだが、膝の上に乗った頭を撫でると変な声が出て体が弛緩した。羞恥心を心地よさが上回ったようだ。相変わらずチョロいな……。

――いや、召喚される前に公園で同じ事をしていたカップルの気持ちがよくわかった。これは実に楽しいな。

リゼルの頭を撫でていると、近くでクリーム菓子の売り子をしている熊耳の獣系アドラム人少女は、熱い熱いと手で顔を扇ぐようなジェスチャーをするし、通りかかる年配風の夫婦は微笑ましいものを見るような視線を投げてくるし、それに一々反応して恥ずかしがるものの、この体勢で撫でられる心地よさから逃げられないリゼルの反応が新鮮で楽しい。

何か楽しみ方が違うと言われた気がするが、気にしたら負けだろう。

このままでも十分楽しいのだが、あえてもう一手間加えたい。既にやりすぎている気がするが――まぁ、リゼルなら大丈夫だろう。

「なぁリゼル、俺が振動洗浄を好きじゃないのは知っているよな？」

ＳＦ世界では一般的なものらしいが、小さな密室の中でボタン押すだけで体から洋服まで綺麗になるのは便利だが、実に味気ないものだ。

「……ふぁ？　うん、知ってます。お金持ちや風流な人にも嫌う人がいるから、お風呂とかの文化は地方の星系でも残ってるのですよぅ」

膝枕された上に頭を撫でられているリゼルの口調は、眠たい時のように惚けている。

「そうか、なら振動洗浄では使わないこういうものを知っているか？」

「――ひぅ⁉」

俺が取り出した悪魔の玩具（ふわ毛の付いた耳掃除棒）を見て、戦慄の悲鳴を上げるリゼル。

膝枕といえば耳掃除がお約束だよな？

立場が逆な気もするが、獣系のアドラム人は地球系(テラ)より聴覚が良い分、耳周辺の感覚が敏感だとリサーチ済みだ。きっと面白い事になるだろう。

「ちょ、ちょっと待って、待ってくださいイグサ様！　何でもするからそれだけはやめ――――！」

ずぼっと、情け容赦無くふわ毛のついた方を無造作にリゼルの猫耳に突っ込む。

「――――!!⁉」

口元を手で押さえて悲鳴を押し殺しているリゼル。硬直したまま震えているな。いけない、反応が楽しすぎる。効果覿面（てきめん）というか効き過ぎな気がするが、リゼルだから大丈夫だろう、うん。

俺が膝枕をした上で耳掃除というお約束を堪能し終わる頃には、リゼルは瞳に意思の光がない死んだ魚のような目になって動かなくなっていた。ちょっと効きすぎたか。

声かけても反応が無かったので背負って帰ったんだが、これは幼馴染系のイベントでよくある「遊んだ帰り道に眠った子を背負う」に入るだろうか？


その後、夜になって正気を取り戻したリゼルに襲われ、思い切り報復を受けた。

だから猫の尻尾は男の尊厳に傷を付けるような用途で使うものじゃないと思うんだ……。

結局「休日のデートイベント」でめぼしい収穫はなかった。

まあ――ライムが「相棒」だとしたらリゼルは「腐れ縁」辺りで良いんじゃないか？

魔王、家を買う

昔の船乗りには船こそが我が屋、我が故郷、同じ船に乗る船員は皆家族と、乗り込む船に誇りと愛着を持っていた船乗り達が数多く居た。

貴重な積荷を載せて大海原を駆け、あるいは海賊旗を掲げて獲物を求める。

そんな大航海時代的な浪漫話はいいものだよな？

だがＳＦ世界では浪漫だけでは生きていけないらしい。


「イグサ・サナダ様。申請内容について1件間違いがございました。戦闘艦を含む船舶は住所と認可されていないので、こちらの項目は住所不定となります――」

『ヴァルナ』ステーションの中心部にある、アドラム帝国・地方行政府に申請と納税をしに行った時の事だ。

普段このような申請や納税の類は事務方の船員に任せているんだが、ワイバーンがドック入りしていて船員達の大半に休暇（有休）を出しているのと、たまたま事務処理の当直だったアドラム人女性社員が産気づいて急遽休みを取ったので、行政府まで書類を出す事になったんだ。

そこまでは良かった。

問題は――――うん。決して住所不定を馬鹿にする気はないんだ。

実際家が必要ない生活しているなら無理に持つ必要もない。

ただ、魔王が住所不定というのは、あまりにも格好が付かないよな？

書類は住所不定に訂正して出したが、対策は必要だ。

俺も虚栄だの見栄だのは好きじゃないが、魔王が住所不定というのは格好がつかないにも程がある。これでは勇者だって、魔王討伐するのにどこ行けばいいか悩むだろう？

勇者（ライム）は既にアレな事になっているが、まあそれはそれとして！

実際、民間軍事企業なんてやっていると、どこかのステーションや惑星にいる時間よりも、船で宇宙にいる時間が圧倒的に長い。

なのでステーションに家や部屋を借りても、使う機会が少ないので勿体無いから、特に部屋を借りるとか考えた事無かったんだ。

さして広くもないが、ワイバーンの船室（艦長用個室。他の士官用個室より広い。ちょっとお高めのビジネスホテルの部屋程度）でも不満や不便を感じた事なかったからな。

だが魔王が住所不定というのはいただけない。浪漫云々の以前の問題だろう。

どこか適当な所に住所設定しておく事も考えたんだが、1番話が通しやすいリゼルの実家に住所設定をすると、いつの間にか婚姻届を出した事にされかねないので遠慮したい。

……自分からデストラップに嵌（はま）りに行く事はないよな？

念のために主張しておくと、リゼルやミーゼを嫌いという訳じゃない。

既婚者になると、気持ち的にエロい事をやり辛くなるというか……うん、まだ独身で居たいんだ。今と何か大差あるか？　と問われても、特に関係が変わるとかは無いんだが、書類上でも婚姻状態を避けたい繊細な魔王心の機微を分かってもらいたい。

これが戦闘や陰謀の類ならいくらでも状況を変えてみせるし、お役所仕事なら賄賂で何とかなるんだが「戦闘艦とかの艦船は住所と認めない」という国の法律を住所不定が嫌だからという理由で変えるには、コストがかかりすぎる。

資金と人脈さえあれば法律の改変すらも、実現できる辺りが実にＳＦ世界だよな。

と言う訳で、最低限住所不定ではなくなる為に適当な部屋でも借りようと『ヴァルナ』ステーションの不動産屋に顔を出したんだが、意外な出会いがあった。

「「あ、社長」」

「ユニアとルーニアじゃないか。そんな大荷物を持ってどうしたんだ？」

小さな事務所を構える不動産屋の前で、大きなキャリーバッグを持ったオペレーターの牛娘姉妹と出会ったのだった。

「社長社長社長ー！」

涙目で飛びつくように抱きついて来るユニアを抱きとめる。

スタイルが良すぎるユニアを正面から抱き合うような形で抱きとめていると、顔がにやけないようにするのが結構大変だ。

我ながら男って単純だよな?

後ろで抱きつこうとして出遅れたルーニアが寂しい顔をしている。

……俺の周囲、姉が天然系で妹がしっかりしている関係の姉妹が多くないか?

「ルーニア、事情を説明してくれないか?」

えぐえぐと子供のように泣いているユニアの頭を撫でながら聞く。

実年齢も外見年齢もユニアが20歳程度と、ルーニアより年上のはずなんだが仕方ない。

「実は――」

◇

〉ルーニア・半日前
「これからどうしよう、お姉ちゃん」

衣服類をつめたキャリーバッグを2つ、レンタルのトランスポーターに載せて、私は深い溜息をついていた。

少し重いけれど、手で持てる程度のキャリーバッグが2つ、これが私とお姉ちゃんの全財産だ。

中身は服と下着が数セットと小物だけ。

普通の旅行者でも、もう少し荷物が多いんじゃないかな。

それでも数ヶ月前までの、借金で首を吊るか夜逃げするか、あのいけ好かない叔父の所に行くかという、ジョーカー(はずれ)しかないババ抜き状態よりはずっとよくなっている。

「どうしようか、ルーニアちゃん……えっと、お姉ちゃん何をすれば良いの？」

『のほほーん』という効果音が出そうな笑顔で、通行人のおじさんお兄さん達を和ませてるお姉ちゃん。

あ、うん。駄目だ、お姉ちゃんは頼れない。

オペレーターの仕事している時なら、クールビューティーとか言われて人気が出るくらいにきりっとしているのに、お仕事以外はからっきしすぎる。

お姉ちゃんをアイドル扱いしている同僚のお姉さんお兄さん達には、とてもじゃないけど見せられない。お姉ちゃん目当てにお弁当とか色々差し入れしてくれるから、記録とかに残さないようにしないとね――って。

「そうじゃないんだよ、今晩寝るところの心配をしないといけないの！」

そう、1年くらい住んでいたオンボロアパートを追い出されてしまったの。

確かに入居した時は借金を返そうと家計が大変すぎて、今時ＩＣ通貨での現物支払いにしてもらったのだけど、ちょっと滞納気味だったのがいけなかった。

この前の遠征(おしごと)で『ヴァルナ』ステーションを出港して帰ってくるのに半年くらいかかって、その間の家賃をまるっと滞納していたら帰る部屋がなくなってました……。

管理人のおじいさんが、部屋にあった荷物を処分せずに保管していてくれたのがせめてもの救いかな。

……私達の財産というか荷物はキャリーバッグ2個分ってお手軽サイズだけどね。

「でも――本当にどうしよう」

思わず見慣れた『ヴァルナ』ステーションの空――空の画像が投影されている天井――を仰いでしまう。

幸いな事にお金には困っていない。借金は社長に『借りて』返したし。ここ大事、借りただけだから。

民間軍事企業『魔王軍』は基本給こそ高くないけど、残業代もしっかり出るし何より危険手当が大きい上に出る数が多いから懐は暖かい。資金的にはホテル住まいだって出来る。

とは言え『ヴァルナ』ステーションの、しかも私達が利用するような所はホテルとは名ばかりで民宿や居候と変わらない所ばかりだけど。

ただ、私もお姉ちゃんも家が必要な切実な理由ができてしまったので、そうもいかない。

「うん、やっぱり家を探そう。不動産屋を回れば夜までに見つかるかもしれないよ！」

◇

〉ユニア・半日前

「不動産屋を回れば夜までに見つかるかもしれないよ！」

腕を構えてふんす！　と気合を入れるルーニアちゃん。

可愛くていいんだけど、気合を入れたついでに、たゆんと揺れた大きな胸に、通行人の人達の視線が集まる。

ルーニアちゃんは良い子なんだけど、どうしてこう無防備なのかしら。

やっぱり私がしっかりしないといけないわよね。

「なら近くの不動産屋さんを回りましょうか」

「うん、早く行こう！」

トランスポーターに乗り込んで行き先を入力し始めるルーニアちゃん。

頑張っているルーニアちゃんには悪いけど、難儀な子ねぇ……という溜息が心の中でつい出てしまうのよ。

きっかけは事故みたいな事だったけど、私ユニアとルーニアちゃんは『ヴァルナ』ステーションでも高名な、民間軍事企業『魔王軍』社長の愛人なのよね。

社長はちょっと……結構？　変人だけど、身内には凄い優しい――――あるいは甘い人なのよ。

「身内」と「他人」と「敵」の扱いがはっきりしていて「身内」以外には驚くくらいに冷たい。

「敵」には酷薄な事を平然とやる怖い面もあるけど、その分「身内」でいるなら、これほど心強い人もなかなか居ないのよね。

そして社長はかなりの資産家。大切な事だから2回言うけど資産家なの。

代々続く名家という訳じゃないし、ローカルネットで流れるお金持ち番組の取材が来るような大金持ちじゃないけれど、『ヴァルナ』ステーションの貧乏長屋にいる人達からすれば、想像し辛いくらいのお金持ち。

だから家が欲しいならオネダリすれば、小綺麗なマンションの1部屋くらいはすぐに買ってくれると思うんだけど、ルーニアちゃんが嫌がるのよね。

私とルーニアちゃんが背負っていた借金――パパが事業に失敗してつくった借金は大部分を返してはいたけど、それでも私とルーニアちゃんのささやかなお給料で返していくのは大変すぎる金額だった。

あの『魔王軍』の慰安宴会の次の日、酔っ払った社長とルーニアちゃんが『ああいう事（朝チュン）』になっちゃった後、私とルーニアちゃんが社長の愛人になるついでに、借金を返してもらう事になったの。

私は別に愛人のままでもいいかなって思っていたのよね。

だって社長は「身内」には甘い人だし、愛人なら身内だろうから生活とか食べるものには困らないだろうし。

会社でやっているお仕事は危ない事も多いし、社長の近くにいれば何度も危ない事に巻き込まれると思うけど、3食昼寝付き（メリット）についてくる責務（デメリット）だって割り切れるしね？

けど――ルーニアちゃんは愛人でいるのは嫌みたい。

そもそも普段は変な人なのに、たまに男気を見せる社長がいけないのよ。

借金の事を話したら、私とルーニアちゃんの頭を撫でて「今までよく頑張ったな」なんて優しいことを言うし。

借金を綺麗しようとした時のトラブル、貸元が私とルーニアちゃんの身柄を欲しがっていてチンピラを使って酷い事をしようとしたとか、あのやーらしい叔父がゴネて無理矢理連れて行こうとしたのを腕力と財力で止めてくれたりとか。

世の中の、あるいは大人の世界の汚いところばかり見せられた時に助けてくれた社長は、男の子とまともにお付き合いもした事がない、免疫のないルーニアちゃんには白馬の王子様みたいに見えただろうし。

お礼を言う私達に社長は「本当に困っている事があったら教えてくれて良いんだ。いや、積極的に言ってくれないか？　何も知らないまま、後で酷い結果になったと聞く方が辛いからな」なんて、こういう事をするのは当然だー。なんて素で言っちゃったのよね。

自慢じゃないけど、子供や学生の頃から色々な男の人に告白され、甘い言葉を囁かれ慣れてきた私だって、ちょっとクラっと来たんだもの。

純情なルーニアちゃんの乙女心が、対装甲車用大型ブラスター(熱線銃)くらいの火力でズキューン！　と撃ち抜かれても仕方ないわよね。

それ以来、ルーニアちゃんと私は前と同じ貧乏生活しながら貯金を続けているの。

ルーニアちゃんの夢は、社長に立て替えてもらった借金を返して、愛人って関係を一度綺麗にリセットして、その上で社長に好きですって告白する事みたいだわ。

きゃぁ恥ずかしい！　もうなんて花も恥らう淡くて綺麗な恋心！　純情乙女よね！

可愛いルーニアちゃんにそんな相談されたら、私だって全力で応援するしかないじゃない!?

――――え、私？　私は愛人のままでいいわ。

社長の周りは有能で可愛い女の子が多くて競争率高いし、愛人の方が楽でいいわよね？

私も競争に参加したいけど、ルーニアちゃんと争うのは嫌だし。

隙があったら、油揚げ(社長)を横からいただくくらいの気持ちかしらね。

「ねぇお姉ちゃん、ぼんやりしてないで物件探そうよ」

投影画像のファイルをめくって物件の間取りとか料金をチェックしているルーニアちゃん。

……あら？　いつの間に不動産屋さんに入ったのかしら？

◇

〉ルーニア・不動産屋オフィス
「交渉ならお姉ちゃんに任せておいて！　これでも伊達にオペレーターなんてしてないのよ」

小さくガッツポーズをしてふんす！　と意気込むお姉ちゃん。

お姉ちゃんがやる気の時って嫌な予感しかしないよ。

「こちらの物件ですね。オーナーに連絡するので少しお待ちください」

お姉ちゃんと間取りとか使えるエネルギー量とか相談して絞り込んだ物件の候補が10個ぐらい。

「申し訳ありません、こちらの物件は身元保証人を他につけてもらえないと厳しいと――」

携帯端末で連絡を取っていた不動産屋の人が申し訳なさそうに言う。

「そうなの、じゃあこっちはどうかしら？」

「――こちらの物件は先約が入ってしまったそうです」

「じゃ、じゃあこっちは？」

「身元保証人が2人以上いればと――」

(20回ほどやり取り中略)

「そ、それならこれは？　ちょっとオンボロすぎる気がするけど――！」

築120年（推定）って何だろう。それだけ長持ちするのは逆に凄そうだけど。

「――こちらの物件も先約が入ったとの事です」

疲れた顔をしてきた不動産屋の人は無情に告げる。

「どうしてよ、明らかにオンボロすぎて借り手なさそうな所でしょう⁉」

お姉ちゃんが机をばんばんと叩いて俯いて涙目になっている。

そっか、前のところで派手に家賃滞納しすぎちゃったせいで、ブラックリスト載っちゃったんだよね。

……お姉ちゃんはまだ気が付いてないみたいだけど。

「申し訳ありません、身元保証人がいれば随分違うのですが」

身元保証人なんて言葉の耳当たりはいいけど、家賃滞納とかした時に代わりに払ってくれる人だよね。

「るーにあちゃん、おねえちゃんパフェ食べるぅ……！」

涙目になって今にも泣きそうなお姉ちゃんが抱きついてきた。

これは駄目かな、住むところどうしよう。

不動産屋さんに出直してきますと頭を下げて、外に出た所で意外な人に出会った。あ、社長だ。

『ヴァルナ』ステーションに帰ってきてから疲れる事ばかりで、私も心が弱っていたみたい。

社長を見たらなんか安心してしまって、思わず抱きつい――――。

「社長社長社長ー！」

先にお姉ちゃんが社長に抱きついた。

ずるい。

「ルーニア、事情を説明してくれないか？」

社長は少し困ったような、どこか嬉しそうな顔をして、抱きついてえぐえぐと泣き声を上げているお姉ちゃんの頭を優しく撫でながら聞いてくる。

お姉ちゃん羨ましい。あそこ私の場所……ううん。

心の中にもやっとしたものが溜まりそうになったのを慌てて振り払う。

私は「そういう」のは好きじゃないし、特に社長の前では明るい子で居たい。

「実は――――」

事情を話すのに努めて明るく振舞うのは結構大変だった。

「――――家か。悪いな、給料は口座に振込みしておけば大丈夫だと思っていた」

「ううん、気にしないで。今時ＩＣ通貨で手渡しなんてしてた私達の方がおかしいんだし」

「社長はどうしたんですか？」

「俺も家を探しにな。納税だのなんだのと書類を出す時、住所不定だって事に気が付いてな」

ははは、と軽く笑う社長。

そういえば社長はお仕事の時は船長やっているし、ステーションに寄港してる時も船で寝泊りしているんだっけ。

「そっか、社長宛の荷物とか国関係の申請とか住所がないとやり辛いよね」

未だに社長に敬語使わないのはちょっと違和感があるけど、普段一緒に悪巧みや悪ノリしているのだから敬語がない方が良いって、社長のリクエストなんだよね。

「――――なぁ、ルーニア、ユニア。良かったら一緒に住むか？　俺は書類上の家があれば良いし、その為だけに誰もいない部屋に帰るのも味気ないしな」

「えっ？　あの、その……！」

ずるいずるいずるい、社長はたまに不意打ちしてくるから心の準備ができないんだよ！

社長にお帰りなさいとか、いってらっしゃいとか言いたいし、社長にご飯作ってあげて、イグサさんなんて名前呼んじゃったりしたい！

けど――――同棲なんて愛人が板についちゃいそうだから、断らないと！　断らないと……ああもう、何で口が上手く動かないんだろう！

「はい、はーい！　一緒に住みたいです。みんなで揃ってご飯食べたいです、もう断られるのは嫌ー！」

「お姉ちゃぁぁぁん!?　即答しすぎ、しすぎだよ!?」

「どうしたルーニア、嫌だったか？」

社長その台詞は反則ー！　そんな優しくされたら断れないよー!?

「……嫌な訳ないよぉ！」

結局白旗を掲げる私だった。

うぅ、私って流され易すぎる。

社長は不動産屋に入ると、高級住宅街にある個室や客室が多くて、そこら辺のアパートや長屋の部屋とは比べるのも馬鹿らしい広い家をぽんと買っていた。

中古の中型輸送船1隻より値段も維持費も安いだろう？　とか言っていたけど、絶対金銭感覚がずれてるよ！

◇

買い取った家のクリーニングを依頼して、最低限の家具や小物の手配をして回ったら夕方になってしまった。

そのまま外食しようかと思ったんだが、ルーニアが勿体無いから作る！　と主張したので、近くの商店街――――リゼルの実家にかなり近いのでもう顔見知りも多い所で買い物をして帰った。

「今日はお嬢じゃなくて違う子連れているのかい？　羨ましいね、この色男ー！」

などと野菜（の有機物のようなものに加工した例のアレ）売りのオヤジにからかわれた。

これが青春ものだったら顔赤くしたり、過剰反応して周囲を喜ばせるところなのだが、俺は魔王であるのでユニアとルーニアを抱き寄せて悪人笑いを浮かべ。

「羨ましいだろう？」

と返したら砂を噛んだような顔で思い切り舌打ちされた。言ってきたのはそっちだろうに。

そんな地域住民との心温まらない交流の後、買ったばかりの家に初めての帰宅をした。

玄関を携帯端末で開けて一足先に入り、ユニアとルーニアの2人に「お帰り」と言ってみたら泣かれてしまった。

今度はルーニアが大泣きして、なだめるのに苦労した。

どうにもファミリーものっぽい演出は地雷が多いようだ。

夕食を食べている時もユニアとルーニアは上機嫌に笑顔で泣くという器用な事をしていた。

「なぁ、何故2人とも泣いているんだ？　料理はとても美味しいと思うぞ」

ルーニアが調理した食事は美味しかった。このSF世界じゃ調理器から完成品が出てくる事が多いので、素材を調理して料理を作れる技能は稀少なんだ。

「ううん、何でもないんですよ社長。こうしてルーニアちゃん以外と家族揃って2人以上で食事するのが嬉しいんです」

両親はもう居ないし、親戚関係も冷え切っていたのだったな。

「そうか。フィールヘイト宗教国に行ってるが、ライムも戻ってきたらこの家に住むだろうし、賑やかになるんじゃないか？」

「賑やかになって嬉しい。でも、その前に家族が増えると思うの。こっちに戻って来て調べて分かったんだけど、私もルーニアちゃんも妊娠初期なのよ」

「――――――けほっ」

口の中のものを噴き出さなかった俺の努力を誰か褒めてくれないか。

やればできる。深い――――実に含蓄深い言葉だよな。

「ちょっとお姉ちゃん、もう少ししてから時期見て話そうって言っていたじゃない⁉」

否定はしないらしい。そうか、それで家が必要だったか。

「あれ、そうだったっけ？　お姉ちゃん幸せすぎて思わず喋っちゃった」

ユニアが頭にこつんと拳を当て「てへ」という仕草が実に似合っている……普段から使用頻度が高いんだろうな。

「もうお姉ちゃん！　……その、社長。いい、かな？」

恐る恐ると言った様子で尋ねてくるルーニア。

不安3割期待7割くらいの配分の上目遣いが実にご馳走だ。非道な事が大好きな男心(邪心)が大騒ぎし始めたのを無理矢理抑えつける。

流石の俺も何に対して良いか？　と尋ねているかを察せ無いほど、朴念仁ではない。

「ユニア、ルーニア。お前達がしたいようにしていいぞ。色々入り用になると思うが、今度は困ったら迷わず言ってくれよ」

「社長っ！」

「イグサさん！」

不安の色が交じる瞳をしたルーニアの頭を撫でる。

「ちょっとお姉ちゃん、呼び方がまたフライングしてるからー!?」

抱きついて来る2人をしっかりと抱きとめながらも心中冷や汗をかいていた。

何とか頑張って人生の墓場（結婚）は回避しているが、これで何人目だ？

アルテで3人目だったから……一気に（認知している範囲で）5児の父か？

魔王になる前は子供やら結婚なんて考えもしなかったというのに、乾いた笑いが出てしまいそうだ。

ああ、リゼル母の満面の笑みが浮かぶようだ――。

魔王、次代の後継者に会う

愛着を持って何度も繰り返し見ていれば、文学系に興味が薄い俺だって詩の1節をそらんじる事が出来るように、諦めず繰り返す事は大切だ。

俺は何でも小器用に出来てしまう器用貧乏だったから、同じことを繰り返し挑戦し続けられる才能（努力）を持ってるヤツが羨ましかったし、ひそかに尊敬した事だってあった。

しかし、繰り返せばいいものじゃないというものも存在する。

やって無駄な努力があると言いたくはないが、そもそもにして、努力する方向性を間違えている事は存在する。

例えば交渉において相手が折れるまで、ひたすら同じ要求を出し続けるのは努力ではないだろう。幾度となく断られようとも、心折れる事無く延々と出し続けるのはある種の才能であるが、やられる方にとっては災難みたいなものだ。

『ねぇ、イグサさん。たまには子供の顔を見にこない？』

この文章を最初に見たのは今朝だった。

民間軍事企業『魔王軍』の『ヴァルナ』ステーションオフィス――と言えばかっこいいが、裏通りにあるさして大きくもない雑居ビルの1室。

企業代表――社長としての仕事は普段、事務仕事も含めてワイバーンの中で終わらせてしまうのだが、ワイバーンがドック入りしている時や、来客の対応などでこのオフィスも割と使う機会が多い。

ワイバーンはジャンプドライブを搭載した際に追加で増設された、エネルギー集積器とエネルギーキューブ還元炉の搭載が無理矢理過ぎたので急遽ドック入りしている。

何でも元からあったリアクター用メンテナンス通路のスペースまで全て機器やケーブルで埋まって、整備すら困難な状況になっていたとか。

ワイバーンのリアクターは回復魔法で維持・修理する、ある意味メンテフリーな存在だが、戦闘艦である以上、戦闘中に破損したり、応急修理する事もあるから、メンテナンス用通路が埋まっているというのは色々とまずい。

今頃は船の装甲から外殻まで外して、リアクターやエネルギー集積器の再設置と、メンテナンス通路の拡張工事をしている最中だろう。

そんな訳で雑居ビルにあるオフィスに顔を出していた。

仕事と言っても戦闘艦(仕事道具)がドック入りしていて開店休業中の――――一緒に返ってきた高速電子巡洋艦セリカは訓練のために単独で営業(遠征)中、武装大型輸送船達は『隠者の英知』の本拠地でジャンプドライブの設置工事中なので遠い宇宙の果て――――企業にそう仕事は多くない。

事務員達は平常運転で色々な事務処理をしているが、普段居る事すら少ない社長なんて端末に決裁書類の類が来てないか確認する程度の楽なものだ。

何枚か溜まっていた決裁書類を始末していると、端末に短いメッセージが入っていた。

『発：『ヴァルナ』ステーション内カルミラス邸／ベアトリス・フォン・カルミラス　宛：民間軍事企業代表イグサ・サナダ様　ねぇ、イグサさん。たまには子供の顔を見にこない？』

確認するまでも無くリゼル母からのメッセージだろう。

もう間もなく5児の親になるらしい俺だが、子供と直接顔を合わせた事がない。

リゼルやミーゼが画像を持ち込んで、たまにニヤニヤしながら見ているのは知っているが、それも見ないようにしていた。

魔王としての事情が多分にあるんだが、それに――――子供の顔を覚えてしまったら、今までのように気軽に、道行く綺麗なお姉さんやお嬢さん達へ声をかけ辛いだろう？

もう色々詰んでいるというか、外堀を埋められすぎて逆に周囲が山みたいになっている気がしないでもないが、子供がいると俺自身がしっかり認識してしまうと、心の中のとても大切な何かが崩れてしまいそうなんだ。

最低とか色々声が聞こえた気がする。だが声を大にして言わせてほしい、こういう部分に関して魔王（男）の心（心）は思春期の乙女心のように非常にデリケートなんだ。

リゼル母のメッセージは見なかった事にして端末の電源を落とし、仕事が無くなってしまったので、事務所宛に届いた広告メール類をチェックし始めた。

『ヴァルナ』ステーションはそこそこ商業活動が活発だが、こんな裏通りの雑居ビルに届く広告メールの大半はピンク色の代物だ。

ピンクチラシの7割がたは21世紀初頭の時代感覚が残っている俺には理解し難い代物だ。

人通りの多い雑踏に放置されるだけの動画とか、大人の玩具的な人形で青春ドラマをしているものとか、未来人や宇宙人の業の深さを感じさせるだけのものだが、残り3割はまあ俺でも理解できる範囲のものだ。

この手のピンクチラシは嫌いじゃない。

SF世界でもこの手のチラシは実物よりもずっと素敵なものに見せてくれるので、チラシを見た時のドキドキ感と実物に対面した時のがっかり感は健在だ。

ワイバーンやリョウもこの手のモノが好きなので、割と取り合い状態なんだが今日は運が良い。

おっと、これはなかなか良さそ――。

『ねぇ、イグサさん。たまには子供の顔を見にこない？』

「…………は？」

一瞬理解できなかった。良さげなピンク色のチラシの間からメッセージカードが出てきた。

流石に宛先も何も書いてないが、明らかにこれリゼル母のメッセージだよな？

行動が読まれていた？　……まさかな。

今日は早めにオフィスを出て飲み屋にでも行くのも良いかもしれない。

メッセージカードを回収し、ピンクチラシをリョウの机に置いておく。勝手に捨てると文句を言われるからな。

アンティークなコート掛けから愛用のコート（魔王の衣の一部）を手に取って、羽織ろうとして――。

『ねぇ、イグサさん。たまには子供の顔を見にこない？』

コート掛けにメッセージカードがついていた。

心の中に冷や汗が流れる。

ちらり――とオフィス内に視線を流しても、事務員達がいつも通りの仕事をしている風景だ。

リゼル母もメッセージカードをあちこちにばら撒いている訳じゃなさそうだが。

「考えすぎ……だよな？」

気を取り直して今日は歓楽街に行こう、ちょっと遊んでしまうのも良いかなとか考え始めて――

電子音が鳴って携帯汎用端末にメッセージ着信を知らせる。

自動展開された投影画像が表示され。

『ねぇ、イグサさん。たまには子供の顔を見にこない？』

怖い⁉　下手なホラーよりずっと怖いというか、何だこのどこかで監視されているようなタイミングは⁉

思わずトイレに入って盗聴器探知機（対レコーダーセンサー）を立ち上げるが、反応は無い。

なら一体どうやっ――――。

『ねぇ、イグサさん。たまには子供の顔を見にこない？』

トイレに備え付けてある鏡にメッセージカードが張ってあった。

もうこれ怪談とか都市伝説のレベルだよな⁉

携帯汎用端末を取り出してリゼルの実家、リゼル母へのホットラインをコール。

『――――こんにちは、どうしたのかしらイグサさん？』

「急な話で悪いが、今日家を訪ねて良いか？　子供達の顔を見に行きたくなった」

『あらあら、それは丁度良かった。今日みんなでお茶会する予定なのよ。あんまり遅くならないうちに来てくれると嬉しいわ』

「わかった。今から行くから1時間以内に行けると思う」

『待ってるわね♪』

カチャン、と軽い音を立てて通信が途切れる。

うん、特に害がある訳じゃないが、これ以上続けられると色々と心臓に悪い。

連絡入れたから今頃撤去されていると思うが、下手をすると自宅や帰り道にもメッセージカードが沢山仕込んであったんじゃないだろうか。

　リゼル母、伊達に元帝国情報局局長じゃないな……敵にしたくない人物だ。

「初めましておとうさま。リリィナ・フォン・カルミラスです」

　リゼルの実家へ顔を出した俺を出迎えたのは見た目4歳前後の女の子だった。

　外見年齢が随分と育っているのはアドラム人の性質だな。

　生後1年で5から7歳くらいの大きさに育つというし、ＳＦ的な学習装置は言語や計算といった基礎知識を簡単に覚えさせる事ができるらしい。

　家庭の裕福さもあるが、生活に困ってない家の子は生後1年で学校に通い出すと聞く。

　名前に聞き覚えがある。確かリゼルの子だ。猫耳猫尻尾だしな。

　レモン色の可愛らしいドレスワンピースと左の猫耳の根元に青いリボンをつけた長く黒い髪、礼儀正しく振舞っているものの、瞳には好奇心と喜びが満ちている。

　頭の上についている猫耳がピッコピコと動きまくっているし、お尻についた猫尻尾がぱったぱったと忙しく横に揺れているから間違い無いだろう。母親との血のつながりを感じるな。

　お父様か……お父様かー……心の奥にある大切なもの（なにか）が悲鳴を上げている。

　これは想像以上にキツい。状況に流されてしまえば楽になりそうだが、大切な何かを失いそうなんだ……！

「おとうさま……？」

こめかみに指を押し当てて動かなくなった俺に不安そうな声をかけるリリィナ。

「いや何でもない。初めて会ったお姫様が可愛すぎて驚いただけだ。普段顔を出してやれずにすまないな」

反射的に慰めて膝をついてリリィナを抱き寄せてしまう。

「はふぅ……おとうさま、お会いしたかったです」

そのまま抱きついて来るリリィナ。

ああ、だから会うのを避けていたのに！　口と体が勝手に動く！

俺は行動原理として「身内には甘い」のを心がけている。

身内は血縁という訳ではなく、俺に味方するもの全般に適用されるので、身内の範囲は魔王軍の従業員から、いきつけの商店街のおっちゃんまでと範囲は広い。

しかし、自分の子供という、ある意味究極的な身内が出来た場合、無条件で甘く対処してしまうのは避けられない。

初対面で「お前なんて父親じゃない」とか言われれば身内範囲から外れるんだが、そんな不手際をリゼル母がする訳もない。

可能な限り俺が印象良く感じるように、より一層身内として認識するような仕草や言動を仕込んでいるに違いない。くっ、この窮地から逃げる手段は何か無いのか……！

「ねーさまばかりずるい、パパー！」

背中に軽い衝撃、背中に飛びついて来たのは、外見年齢で言うと3歳くらいの女の子、リリィナと同じデザインで色違いの青いドレスワンピースを着て、サイドテールにした茶色の髪の間から狐耳が飛び出している。

狐耳からしてミーゼの子供だろう……パパ、パパか。ギシギシと心の軋む音が聞こえる……！

「パパ、あたしはミリー、ミリュアラだよー！」

リリィナとはまた方向性が違ったスキンシップをしてくる子だな。

こういう元気な子も嫌いじゃない、というかリゼル母はどこで俺の嗜好を調べているんだ。

「悪いなリリィナ、次はミリーの番だ」

頭を撫でて抱き寄せていたリリィナを離し。

「わふはー！　パパー！」

背中に張り付いていたミリーを正面から抱きしめてや――――はっ。俺は一体何をしている!?　待て、俺はこういうキャラじゃないだろう!?

「あらあら、イグサさん。すっかり人気者ねぇ♪」

見られていた!?　いや、狙って見ていたかリゼル母！

「直接会うのは久しぶりだな、何を言っているかよくわからないが」

「パパの匂いちょっと不思議、でも良い匂いー……」

リゼル母に対してポーズを取るが、ミリーを抱き上げているせいか格好が付かない事この上ない。

ミリーがとても嬉しそうな笑顔をしていて、手を離したら泣かれそうだから仕方ないだろう!?

「普段出来ない分、甘えさせてあげるのは良いけど、もう1人忘れないであげてね」

これは半分くらい俺の意思じゃないのだが、そんな反論したらリリィナとミリーが可哀相じゃない、思考が染まってきている。

──いけない、思考が染まってきている。

「……はじめまして、おとうさん。アイルです」

リゼル母のスカートの後ろから半分顔を出しているのはミリーと同じくらいの外見年齢、ミニサイズの執事服を着た男の子だ。

男の子にしては顔が可愛すぎる気もするが、小さな子供のうちはこんなものだろうか。

頭についている犬耳と外見年齢的にアルテの子供だろう。

……これはまた小さな男の子が大好きな趣味のお姉さま方が見たら、思わず誘拐したくなりそうな子だな。執事服なのに何故か半ズボンなあたり、誰の趣味か問い詰めたくなるが、きっと聞かないほうが幸せなんだろうな。

「アイル、お前には色々苦労をかける。辛くなったり、やりたい事ができたら頼って来い」

恐る恐るという様子のアイルの頭をそっと撫でる。

歳の近い姉が2人いる上に、これからも弟か妹が増える予定だ。今のところ唯一の男なので色々苦労をかける事になりそうだな。……うん、今回ばかりは反射じゃなくて心からの言葉だ。

「さあ、お茶菓子も焼きあがったしみんなでお茶にしましょう」

甘え癖があるのか、首元に張り付いて動こうとしないミリーを抱きあげたままお茶会に参加するのだった。

◇

〉数時間後・ステーション内夕方時間

「リョウ、リョウ、今いるか！」

汎用端末からリョウを必死にコールする。

『なンだよ、イグサかよ。気持ちよく昼寝してたってのになンの用事だ？』

「今暇か、暇だよな！　仕事があったら有休にしてやるから暇にしろ！　歓楽街に行くから一緒に行ってくれ！」

『どうしたンだよイグサ、随分強引じゃねぇか、オゴリってなら喜んで行くけどよ』

「奢る、奢ってやるから一緒に行ってくれ！　酒でも綺麗な子がいるイイ店でも良い。早く何かそういう事をしないと――――！」

『しないとどうなるンだ？』

「ただの子煩悩な親馬鹿になって元に戻らなくなりそうで怖い！　歓楽街の入り口にあるカフェで動けなくなっているから早く来てくれ。頼む！」

最初は1人で行こうと思っていたんだが、昼間の記憶がチラついて歓楽街に入れなくて動けなくなったんだ。

反射的に歓楽街から遠ざかろうとする心と、意地でも歓楽街に行こうとする心が拮抗している。

いや、若干前者が優勢だから時間制限つきだ！

『……面倒なヤツだな、支度していくから少し待ってろ』

深い溜息をついて通信を切るリョウ。

何だかんだ言って付き合いが良いリョウに、今回ばかりは心からの感謝を捧げたい。


魔王とは敵に対しては冷酷な殺戮者である。

しかし、味方にとっては心強い庇護者の面も持ち合わせている。

SF世界で子供をつくってしまった魔王にとって、子供への対応は困難を極めるという。

余談ではあるが、後日リゼル父に「イグサ君もやっと私の気持ちがわかったようだね」と良い笑顔で言われた事は、魔王の心に対して聖剣並のダメージを与えたのだった。

魔王、秩序をくじき悪を助ける

「いいかっ！　ひっ、人質の命が惜しかったら近寄るんじゃねぇ！　スナイパーとか見えたら人質をぶっ殺すからな！」

いかにも古ぼけた拳銃サイズのレーザーガンを人質に突きつけて、がなり立てる痩せ気味の犬耳系アドラム人の男。

いい年なのだろうが、外見が14歳程度なので少年が粋がっているようにしか見えないのは獣系アドラム人の難点だな。

顔を隠しているつもりなのだろう。鮫の牙のような模様のスカーフで口元を隠しているが、目元がしっかり見えているので変装にすらなっていない。

「兄貴、引き金から指が抜けてますぜ」

冷静な突っ込みを入れる、同じ犬耳系アドラム人の少女。

ミーゼやライムより年上に見えるが、ピンク色の短髪に犬耳の組み合わせはファンタジーというよりも、アニメの登場人物に近い印象を受ける。

コスプレでしたと耳とピンク髪のウィッグを外されたら納得してしまいそうだ。

「いけね。……いいか！　近寄るなよ、俺達は人質をぶっ殺すのに躊躇(ちゅうちょ)しないからな⁉」

一瞬素に戻った犬耳男は声を張り上げて、玩具のような小さなレーザーガンを人質たる俺に向けて突きつける。

「………どうしたものか」

その、なんだ。魔王だって生きているんだ、戸惑う事もある。

隣にいるのは機鋼少女のディータ。戦闘系に特化させようと、装甲戦闘服や地上制圧用の戦車などの残骸が山になっているスクラップヤードに連れて行った帰り道。

大衆定食屋的な店で食事をしていたら、いきなり魔王が人質にされるとか想像の範囲外だろう？

「ねぇねぇねぇ、ニーネどうしよう。スッゴいたくさん囲まれてるよぉ⁉」

しかもこの2人組、声を張り上げていた男は、周囲の目が少なくなると酷く気弱だ。

「落ち着いてくださいお兄貴、主犯なんですからもっとどっしりと構えてないと」

それをピンク髪の犬耳少女が支えているというか、犯罪教唆しているような状態だ。

いや、そんな落ち着いているならお前が主犯やれば良いじゃないか？

手っ取り早く捕まえて帰ろうかと思いもしたが、見ていて飽きない2人組だった。

「マスター、早く殲滅して帰りませんか？」

機鋼少女の中でもとりわけ幼い見た目をしている、外見年齢11歳くらいの赤銀色の髪をツインテールにした機鋼少女のディータは、手に持っていたクレープモドキをまだかじっていた。

機鋼少女の中でも戦闘系に適性が高い子なんだが、どうにもマイペースなんだよな。

「まあ待て、折角のイベントだ、もう少し見ていこう」

気になる事もあるしな。

兄貴と呼ばれている男の犬耳アドラム人、ニータという名前らしいが。籠城(ろうじょう)している店を取り囲んだ自警団との交渉は上手くいっていなかった。

まあ、そうだよな。人質が2人いるとしてもレーザーガン1本では脅威度が低すぎる。

「ディータ、歩兵用低反動ビームカノンを普通のデザインで出してくれないか？」

「はいマスター……はむ」

ディータはクレープの残りを口の中に入れてもぐもぐと咀嚼しつつ、近未来的なバズーカ砲のような形をしたビームカノンを手から再構築して出してくれた。

「ニータと言ったな、少し良いか？」

「なんだよぉ！」

散々要求を自警団にスルーされて涙目になっているニータに、ごつい見た目の割に軽いビームカノンを手渡す。

「そんな玩具を振り回してないでこいつを1発ぶちかませ。正面の建物は無人みたいだ、景気良く風穴開ければ要求も通りやすいだろう」

「え……うん？　なあ兄ちゃん、どこからこんな物騒なもの出してきたんだよ」

怪訝そうな顔のニーネ。見た目や名前からすると兄妹だろうか。

「細かい事は気にするな。ほら、急がないと強行突入されるぞ。」

「わかったよ！」

肩にビームカノンを担ぎ、店の入り口から砲身を出して引き金を絞るニータ。

ギィン！　と甲高い発射音と共に、橙色のビームが道路を挟んで反対側にあったビルに突き刺さり、ビルの表面を飴細工のように融解して、何かに誘爆したのかドム！　と腹に響く爆発と爆音と共にもうもうと黒煙が噴き上がる。

「「ちょ⁉」」

ニータとニーネの兄妹が引きつった顔になる。

民間用ならあのサイズの威嚇・制圧用の拡散スタンビーム銃とかあるから、その類だと思っていたんだろう。

だが渡したのはどこの戦場に出しても恥ずかしくない軍用の歩兵用ビームカノンだ。

ディータが再構築したものなので、新型兵器と比べても、威力も使い勝手も申し分無い性能に仕上がっているだろう。

「ああ、チャチな武器片手に籠城しているだけの犯人が凶悪なテロリストだったなんて、さぞや自警団も混乱しているんじゃないかな」

「何やってくれるんですか、俺ただの強盗だったのにこれじゃテロリストに格上げですよ！　……俺の人生終わった」

この世の終わりかという、わかりやすい絶望顔をしているニータ。

強盗というロクでもない手段を取っている時点で、割と終わっていたと思うぞ？

「格が上がったなら良いじゃないか、これで要求も随分すんなり通るだろう？」

「あ、なるほど……って駄目じゃん！　テロリストとか普通に極刑コースだよ⁉」

一瞬納得するニーネ。ミーゼに近い腹黒い雰囲気のある子だな。

「大差無いだろう？　ディータ、ターゲットキャンセラーの稼働率はどんなもんだ」

「はいマスター。ターゲットキャンセラー稼動回数24回、スナイパー配置3人です。自警団にしては行動が早いですね」

ディータが取り込んだ装甲服の中には特殊部隊仕様のものが含まれていて、遠距離からの狙撃に使われる計測器を阻害する機能が動いていた。

SF世界のスナイパーは1部の酔狂なヤツを除いて目視の光学照準なんて使わず、電磁波や重力波照準器を使うので妨害もしやすい。

「と言う訳だ。向こうは人質を取った段階で、お前達を逮捕するよりも始末した方が早いと踏んで行動しているみたいだぞ？」

『ヴァルナ』ステーションは特にリゼル母の膝元だしな。そこらのステーションとは自警団の質が違う事だろう。

「そ、そんなぁ……計算と違うよう」

へなりと足から崩れ落ちるニーネ。

「ニーネ、どうする？　どうする？　このままじゃ生きて帰れないよ、まだ死にたくないよ！」

座り込んだニーネに抱きついて涙ぐむニータ。

「なあ、お前達。どう見ても犯罪者や無法者には程遠いように見えるんだが、一体何をしたくてこんな籠城なんて始めたんだ？」

「ううう……もう、どうにでもなれだよ！　あのドーングってヤツが悪いんだ！」

ニーネが語った内容はこうだ。

ドーングというタチの悪い高利貸しがいて、元々生活が豊かじゃないニーネ達が住んでいる地域の住人は、本当にどうしようもなくなった時にＩＣ（カネ）を借りるような生活をしていた。

だが、最近になってアドラム帝国の中央星系に本店を持つ銀行が近くに支社を出して、随分安い金利で借金を受け付けてくれるようになったので皆飛びついたという。

しかし、銀行から借りたはずのＩＣの貸主は何故か高利貸しのドーングになっていて、非常識な暴利の利息を請求されて、生活が立ち行かなくなる困窮の日々が続いていたそうだ。

そして困窮が極まり、とうとうニーネを人身売買組織に売りでもしないと、どうにもならない状態に陥ったらしい。

妹を売るような事をするよりはと、兄妹で銀行を襲撃したものの、レーザーガン1本と素人2人で襲撃が上手くいくわけもない。

取れるものも取れず、とりあえず逃げ込んだ先の定食屋で籠城する事になった……という経緯との事だ。

高利貸しと銀行の支社長辺りが癒着、もしかしたら人身売買組織までべったりかもしれない。どこにでもありそうな粗雑な悪の典型だな。

「まったく、美しくもなんとも無い小悪だな。見逃すのも気分が悪い。なら、気晴らしをさせてもらおうじゃないか」

せめて結託してステーションの支配でも狙っていたら、直接手を貸さないまでも応援くらいはしていたが、それで弱者をいたぶるとか悪の風上にもおけない連中だ。

「お前達の状況を少し改善してやろう。少し借りるぞ」

ニータの携帯端末を手に取って、自警団との交渉に使っていた音声通信を入れる。

「聞こえるか？　こちらは人質だ。犯人に代わって喋らされている。うん、俺の身元？　民間軍事企業『魔王軍』代表イグサだ」

携帯端末越しに自警団の困惑と焦燥のざわめきが聞こえてくる。

「パーソナルデータ（個人証明）を送るから確認しておいてくれ。で、犯人たちの要求を代わりに伝えるぞ？

金銭的な要求は一切ないそうだ。代わりに汎用トランスポーターを1台、そして情報ネットのニュース系サイトに情報を流して中継を3系統以上呼ぶこと。狙撃や強行突入には火力を持って抵抗する。もし強攻策を取るようなら街を火の海にした上に、ステーションの外殻に大穴を開けれる程度の火力を行使すると言っている。要求のものを1時間以内に準備しろ。だそうだ」

通信をブツリと切断する。

「「うぇぇぇぇぇー!?」」

馬鹿な立て籠もり犯から、凶悪犯を飛び越えて、色々な意味でホットなテロリストまでクラスアップしたニータとニーネの兄妹が揃って悲鳴を上げている。

「えええ、馬鹿！　馬鹿なの!?　私らそんな事言ってないよ!?　ニーネ達の借金返せる程度の小銭で十分なのに!?」

……やっぱりニーネは腹黒いよな？

「あ、あのー……もしかして、ですね？　民間軍事企業『魔王軍』って……その、今このステーションに停泊してる巡洋艦を3隻持ってる所ですか？　……はは、まさか違いますよね？　違うと言ってくれますよね？」

乾いた笑いを零すニータ。

「よく知ってるじゃないか」

「いやだぁぁぁ!?」

「どうしたの兄貴、兄貴!?」

錯乱しかけているニータを揺するニーネ。

巡洋艦3隻という戦力は色々な意味で重い。

具体的に言えばステーションの1つ2つ破壊するのは余裕の戦力だ。

その組織のトップにレーザーガン突きつけるのは、まあ、控えめに言っても正気の沙汰じゃない。

「ワイバーン、状況は把握しているか」

錯乱している兄妹を放置して自分の汎用端末を取り出す。

『へぇ。面白い事になってますな』

「セリカとシーナを使って良い、関係者の裏は取れるか？」

『既にやってます。ドーングって高利貸しは丁度、西アドラム信用銀行支社長をピンク色な酒場でご接待中ですわ。店内の監視カメラの映像来てますが………イイ店ですなぁ』

「そうかそうか、俺が定食屋で慎ましく食事してる横で、小悪党は羨まし……けしからん店でご接待中か………ふふ、はははは」

口から自然と笑みが零れる。

「「ひぃ!?」」

どうしたんだ、ニータとニーネ。抱き合って何に怯えている？

「ディータ、暴れるぞ。準備運動を忘れるなよ」

当方に八つ当たりの準備アリ、だ。

◇

「自警団が持ってきたトランスポーター、動作ロックかかったまんまですよ！　これじゃ逃げるどころか１ｍｍだって動きやしませんって！」

『当トランスポーターは安全保障上の理由でロックされｄ９Ｅ９……ようこそマスター、あらゆる動作をサポート致します』

「解除完了だ。ほら、乗り込め」

フィアットみたいなレトロな外見をした黄色く丸い外見のトランスポーターに乗り込む。もう少しマシな車は無かったのか。

「ロック解除早!?　なに車泥棒の稼業でもしてたの!?」

◇

「無理、無理無理無理無理です！　装甲車とかありえないから、無理ですって！」

装甲車が複数台並んで道を塞いでいるが、戦車でもないなら排除はそう難しい事じゃない。

『法理魔法発動：運動停止Ⅷ』

『法理魔法発動：運動反転Ⅸ』

「ディータ、あのタイプは無人機だ。吹き飛ばせ！」

トランスポーターの前に展開した魔法陣が、装甲車の実体弾型機関砲の銃弾をまとめて反転させて砲塔を吹き飛ばし。

「了解、マスター」

ディータの背中から翼のように生えた大型装甲戦闘服の腕と、腕の先に融合した大型レーザー機銃からシャワーのように降り注ぐレーザーが何台も並んだ装甲車を穴開きチーズ風に穴を開けていく。

「兄貴、この人達訳分からないよ⁉」

◇

「兄貴、ここ崖だから！　トランスポーターは空飛ばないから、こんな傾斜走るとか無理だって！」

左に50度ほどバンクしている崖を走っているが、追跡がなかなか振り切れない。『ヴァルナ』ステーションの自警団はかなり練度が高いな。

「ならニーネ止めて！　ブレーキ踏んだら落ちるの！　ブレーキ踏みっぱなしなのに止まらないの！　止まらない止まらない落ちる落ちるううう！　ひいぃぃぃぃ⁉」

悲鳴を上げているが、ニータもなかなか運転上手いじゃないか。

止まらないのは俺の仕込みだ。こんな場所で捕まってもらっては困るからな。

「セリカ、情報ネットのニュース中継具合はどうだ？　……ああ、それなら問題ない。目標地点にしっかり誘導してくれ」

◇

「ニュースサイトの中継車はしっかり付いてきているな？　よし、目の前の建物に突っ込め。そこが目的地だ！」

「もう自棄だ、やってやる、やってやるぜ！　イヤッハァァァー！」

「兄貴、兄貴ー⁉　壊れないで、私を置いて一人で壊れないでよおおお⁉」

硬化魔法で強化されたトランスポーターが、ケバい装飾の店の壁を突き破り、後続のニュースサイトの中継車も次々と店内へ突っ込む。

轟音と共に壁をぶち破った奥には、肌面積が異常に広いお姉さん達が立ち並ぶ店内。

そして高利貸しのドーングと、西アドラム信用銀行支社長の猫系アドラム人の２人が鼻の下を長ーくしているところをニュースサイト中継車のカメラがばっちりと映す。

「ほら、ニーネ。準備していた台詞(カンペ)の出番だ。上手くいけばテロリストの汚名を返上できるぞ」

「私達はー！　犯罪者とテロリストのー！　汚名を着てもー！　癒着して罪のない人々を苦しめる汚職を見逃したくなかったんですー！　うぇぇぇぇえん！」

色々限界に来ていたニーネは台詞を読み終わると、そのまま泣き崩れてしまった。

「ヴァルナ２番倉庫街ニュースです。西アドラム信用銀行支店長のカッツエさん。こんなお店で昼間から接待されている理由を、視聴者の皆さんに釈明を！」

「よし、色々すっきりした」

ニュースサイトのレポーターに詰め寄られ、真っ青な顔をしている汚職親父2人を見て満足げに頷くのだった。

「マスターを人質にした2人も、敵に回した2人も運が悪かったの」

マイペースなディータは、近くのテーブルにあったピザ的なものをもぐもぐと食べながら、訳知り顔で頷くのだった。

◇

『次のニュースです。西アドラム信用銀行支社の汚職事件ですが、責任者のカッツェ容疑者は何かに怯えた様子で容疑を全面的に認め――』

『籠城からカーチェイス、市街戦をした容疑者2人の弁護士によると、私的な利益を追求した犯罪ではなく、義憤に駆られた行動であると――』

『市街戦でのドンパチは奇跡的に死傷者が無く、賠償金は人質になっていた民間軍事企業の代表が、若者達の行動に感動し、全額を肩代わりをするという美談に――』

ワイバーンのブリッジ内、俺は艦長席にいつものように座りながら、投影ウィンドウをいくつも開き、『ヴァルナ』ステーション内の色々なニュースサイトを眺めていた。

どれも昨日起きた籠城事件からの市街戦と収賄(しゅうわい)詐欺事件一色だった。

「ねえイグサ。1つ聞いても良い？」

ミーゼが実家に戻っているせいか、のびのびと膝の上を占拠しているライムが質問してきた。

「うん？　何の事だ？」

「半分くらいはイラっとしたから、ついやったのは分かるんだけど、どうして賠償金の肩代わりなんてしたの？」

ああ、それが引っかかっていたのか。

そしてイラっとしたからやったの、理解されてしまったか。

「美談風に賠償金を肩代わりすれば、広告を出すよりずっと安い費用で宣伝が出来る。というのが建前だな。あの兄妹の姉が魔王軍（うち）で働いていて、この前艦内事故に巻き込まれて入院していたからな。見舞金ついでの気まぐれだ」

治癒魔法で傷を癒すという、誰の目から見ても分かり易い奇跡は、命に関わらない範囲なら乱用しないようにしている。

理由は色々だがトラブルの因になりやすいからな。

「相変わらず身内に甘い」

「身内に甘いのと歪な秩序を嫌うのは魔王の嗜みだ」

「悪人」

「褒め言葉だな。悪人は嫌いか？」

「…………嫌いかどうかは、この体勢で察してほしい」

そう言うと、ライムは体を密着させるように寄り添ってきた。

「察せるが、色々と我慢するのが辛くなりそうだ」

「別に我慢しなくていい」

顔を上げて上目遣いに見てくるライムをどうするかの方が、籠城犯の対処よりも余程難しい問題だった。

魔王、正義のヒロインと対決する

なぁ、変身願望は心のどこかにあるかい？

傍から見ればどんなに充実した生活を送っているやつだって、人である以上現実に不満の1つ2つは持っているだろう。

もしも自分の人生に何1つ不満を持ってないヤツがいたら、羨ましいくらいに幸せな事だ。

ま、そんな幸せなヤツなんてどうでもいいんだが。

もしも自分に誰と戦っても負けない力があったらとか、科学全盛の世界で魔法の奥義を手に入れたらとか、使い続けても使い切れない財産を入手したりとか、空想した事の心当たりは誰にでもあるんじゃないか。

俺だって子供の頃から幾度となく、悪の秘密結社の総帥やダークヒーローになった自分を空想したもんだ。

流石に魔王になるってのは予想外だったけどさ。

いつもとは違う自分を、心に思い描くのはいつだって心弾むものだろう?


「それ」を目撃したのは偶然だった。

次の仕事に向けて港では船の改修が続いているが、交互に休憩を取っているので自由になる時間が割と多い。

特に俺は組み上がったドローン・ファイターを定期的にドローンゴーストに変化させるだけなので、中古のドローン・ファイターの修理や調整、ジャンク品からの組上げを待つ時間が空き時間になる。

たまにはステーションの中をぶらりと歩くのも良いだろうと、屋台的な店で買い食いしながら歩いていたら、不意に周囲が騒がしくなったんだ。

「おい、向こうの通りにあるカーデック証券に出たってよ!」

「出たのか⁉ あそこはインサイダー取引の噂があったよな」

「噂じゃなくて本当だったらしいわ!」

走っていく野次馬達の言葉は期待に満ちているが、内容が生ぐさすぎやしないか?

人々の反応が気になったので一緒に付いて行ったんだが。

『インサイダー取引の証拠はグローバル情報ネットに流したのです。不正取引をして私のお財布に被害を与えるなんて、魔法少女ロジカル☆ミーゼが許しません!』

証券会社のビルの前で魔法少女姿に変身して、マイク片手にポーズを決めているミーゼの姿を目撃する事になった。

スピーカーがあちこちに仕込まれているせいか、デパート屋上でやってるヒーローショウのようだ。

どこから突っ込めばいいだろうか。

魔法少女が私怨で制裁かましていいものかとか、魔法少女姿が似合う幼い少女だけど、あれでもう1児の母なんだよなとか、ミーゼが凄く溌剌(はつらつ)とした良い笑顔でノリノリでやっているところとか。

……これ、見なかった事にした方が良いんだろうか？

流石に身元バレは恥ずかしいのか、素顔を出しているが認識阻害の魔法をかけているようだ。

前にミーゼに認識阻害魔法について詳しく聞かれたんだが、そうか……これの為に研究と訓練をしていたのか。

『カーデック証券第2営業部、部長カルッセ！　この証拠を帝国税務局に出されたくなかったら、インサイダー取引で得た裏金を渡すのです！』

こら、魔法少女がストレートに裏金の上納を要求するんじゃありません。

「こんなものは身に覚えがない、捏造だ！」

カルッセと呼ばれたスーツ姿の中年地球(テラ)系アドラム人が、顔を真っ赤にして怒鳴り散らしている。

「警備員、この不審人物を捕らえろ！」

証券会社の警備員はスーツに身を包んではいるが、後ろ暗い事をしているからか、ガタイの良い兵隊みたいな男達がビルから8人もゾロゾロと出てくる。

『証拠では勝てないと思ったら実力行使ですか？　ますます許せないのです！』

びしぃ！　とポーズを決めるミーゼ。

……あの動きのキレ、アルテに似ているんだが、もしかして2人でポーズの研究や練習をしていたんだろうか。

見守っている野次馬達の中から歓声が上がっている。

『行くのです、グリード・バーストシュート！』

近代的を超えて近未来的なデザインの杖から、赤い色の誘導拡散ビーム的な発光体が連続で撃ち出され、警備員達を撃ち倒す。

法理魔法の衝撃弾に光魔法を合成したものだな。

あの魔法、本来は無色なんだが、わざわざ色をつけている辺りに情熱を感じる。

「くっ、この役立たず共が！」

衝撃弾を食らって吹き飛び、転がって倒れてうめき声を上げる警備員達に吐き捨てるカルッセ部長。いや、小物悪党の鑑だな。

「増援を寄越せ！　不審者がまだ暴れている」

汎用端末に向って喚くカルッセ部長。

警備員がワラワラと、今度は30人以上が建物の中から湧いて出てくる。

『力には力、数には数で対抗するのです、ロジカル・レギオン！』

いやまあ、確かに数には数で対抗するもんだが、魔法少女がそれを言い切ってしまうのはどうかと思うんだ。

あちこちの物陰に認識阻害で隠れていた装甲戦闘服の人影が、認識阻害を解除しながら出現する。

魔法を知らない人々にとっては、地面から染み出できたように見えるだろう。

ミーゼの魔法少女服と同じカラーリングをした装甲戦闘服が20体以上。胸部にアドラム語で『ロジカル☆ボーン』とペイントされている装甲戦闘服の集団は統率が取れた、実に訓練された動きで集まった。

『我等、魔法少女に忠義を誓うレギオン(軍団)、ロジカル☆ミーゼ様の為ならば修羅にもなろう！』

ミーゼの近くにいる装甲戦闘服が中性的な美声を上げる。

頭に『ロジカル☆ミーゼ様命』と達筆で書かれた鉢巻を巻いているのが色々台無しだった。

と言うかだ、気がつかない振りを頑張ってきたんだが、そろそろ辛い。……なぁ、あれ。魔王軍(うち)のファントムアーマー達じゃないか？

休日に何をするか自由だし、中身の無いファンタジー存在のファントムアーマーは、ステーションへ気楽に遊びに行く訳にもいかないのもわかる。

それはそれとして、休日に魔法少女の配下をやっているのは想像の埒外(らちがい)だったな……。

『総員、突撃！　ロジカル☆ミーゼ様の為にぃぃ！』

剣のような形をしたスタンバトン(電磁警棒)を構えて、人数で勝る警備員達に突撃するファントムアーマー達。

ミーゼは確かにそういうキャラなんだが、魔法少女が手下に任せてバトルをするのは……こう、何か違わないか？

兵隊じみた体格の警備員とはいえ、一般人が武装したファントムアーマー達に勝てる訳もなく、一方的に駆逐されていくのを、野次馬の人々が歓声を上げながら見守っている。

情報ネットのニュースサイトの社員だろうか？　プレスタグ（報道）のついた腕章をしているから、大きな撮影機材を手にもって撮影しているのはわかる。

そんな本業の専門家とは別に、明らかに一般人風の服装のヤツが、やたらゴツい撮影機材を持った上で、地面に張り付いてローアングルからミーゼを激写している姿がやたら多い。

……うん、こういう文化（カメラ小僧）も未来世界にしっかり残されているようだ。

しかしまぁ、楽しそうじゃないか。滑稽ではあるが浪漫があって悪くない。

ライムを正義の味方役で出したいが、ライムは実は人見知りをするタチだし、恥ずかしがり屋だったりする。何の仕込みもなく呼び出して、野次馬が満足できる動きは期待できない。

やはりここは一肌脱ぐしかないか。

近くの建物の間でスーツにコートと化している魔王の衣を、大正時代風の学ランと軍服を混ぜたようなデザインの上下と、古めかしいマントに似たハーフコートと帽子に変化させ、顔には目元を隠す銀色の装飾が少ない仮面をつける。

認識阻害の魔法を弱い威力で顔周辺にかけて……と。

おっと、ミーゼが白風の服装だから黒系に青を混ぜた色に服も変化させよう。

さて、祭りに混ぜてもらおうか。

『カルッセ部長、部下はほぼ制圧したのです！』

「くっ、まさかこんな小娘に追い詰められるとは！」

『逃がしはしません、グリード・スパイダーネット！』

ミーゼの杖から赤い光球が飛び出し、ネット状に拡散してカルッセ部長に飛び掛るが。

『法理魔法発動：気体圧縮Ⅱ』

『法理魔法発動：気体操作Ⅲ／形状：剣』

「――――一閃」

ビルの屋上からひらりと飛び降り、カルッセ部長の前に着地。ミーゼが撃った捕獲用の魔法弾を圧縮気体の剣で切り裂く。

その際技名を大きく、通る声を意識して発音するのがポイントだ。

『なっ、邪魔をするとは何者です！』

「なに。通りすがりの悪者の味方さ」

仮面で隠してない口元に笑みを浮かべたら、何故か野次馬から『キャァァァア！』と黄色い歓声が上がった。……ちょっと歓声が上がるタイミングが変じゃないか？

「そうだな。黒騎士とでも呼んでもらおうか。魔法少女、お前の敵さ」

俺もノリノリで芝居がかった、大仰な身振りを付けながら会話し、剣先でミーゼを示す。

この悪役感悪くない……ああ、悪くないな！

『黒騎士……私の敵なのです⁉』

ミーゼがとても嬉しそうだ。

まあ、こういうキャラが出てきて、敵かお助けキャラになるのはお約束だよな。

「きっ、君！　助けてくれるのか、金なら幾らでも出す、だから助けてくれ！」

落ち着いていれば美形中年と言えなくもない、カルッセ部長がすがり付いてくる。

先ほどの4倍くらいの大きさで黄色い悲鳴が上がった。だから何故だ？

「ほう、幾らでも出すと言ったな。なら先のインサイダー取引で確保した裏金を報酬に貰おうか」

こんな小悪党を無料で助ける趣味はしてないからな。見捨てないだけ感謝してほしい。

「貴様もあの小娘の仲間だというのか⁉」

「いいや、魔法少女の敵だと言っただろう？　俺が全て貰ってやる、俺はあっちの魔法少女と違って公開する気もないからな。なに、元々無いはずだった金が消える。多少痛いが悪い話ではないだろう？」

「くっ………………」

顔を歪めるカルッセ部長だが、奪われた上に暴かれるよりは、闇に葬れる方が良いと判断したのだろう。

「わかった……全て渡す。だからこの資金が表に出ないようにしてくれ」

カルッセ部長は携帯汎用端末を取り出して、俺の携帯汎用端末へ入金する。

「承知した。おっと！」

『グリード・マルチショット！』

「ダークネス・キャニスターブリット！」

『法理魔法発動：衝撃弾Ⅰ／対象拡大Ⅷ』

キキィン！　と金属質な音を立てて、ミーゼが杖から放った拡散光弾を衝撃弾で迎撃する。

『黒騎士、そこまでです。大人しく今受け取った裏金を渡しなさい！』

裏金を悪役に直に要求するのは、魔法少女としてギリギリアウトな行動だよな。

「今日は顔見せ程度だ。大人しくやられる気もまともに相手をする気もないな」

「さあ出て来い、手下共」

『概念魔法発動：土人形Ⅱ／対象拡大Ｘ×Ⅳ』

パチン、と指を鳴らす。

ボコリ、ボコリと音を立てて、知能も意思もない土や金属の人形が、道路や建物を材料にして次々に生まれ、ミーゼやファントムアーマー達に襲いかかって戦闘が始まる。

多少力は強いが、ごく初歩的なゴーレム生成魔法で作ったものなので、耐久性こそ高めだが、ミーゼ達もやられる事はないだろう。

「カルッセ部長、約束通りこの裏金は表に出ないように取り計ろう」

「そ、そうか、これで一安心だな！」

「だが、ロジカル☆ミーゼが持っている情報や、お前の身の安全は約束の外だ。まあ、頑張れ。俺はこれで失礼させてもらおう」

ここまでやって今更だが、ロジカル☆ミーゼと発言するのが少し恥ずかしい。

「な、何だって⁉　それでは私は身の破滅じゃないか！」

「俺は悪者の味方だと言っただろう？　カルッセ部長、お前は悪者として小物もいいところだ。もう少しマシな悪人だったら助けてやったけどな」

『概念魔法発動：認識阻害Ⅶ』

『待つのです黒騎士、せめて裏金だけでも置いていくのです！』

「くははははっ！　また会おうじゃないか。ロジカル☆ミーゼよ。次の逢瀬を楽しみにしているぞ？」

ミーゼの悔しげな声を背に、と高笑いを上げてその場を立ち去る。

その日の情報ネットのニュースサイト・トップには、カーデック証券の不祥事、カルッセ部長の逮捕が掲載された。

タブロイドニュースサイトにはロジカル☆ミーゼ出現と、魔法少女に敵対する謎の黒騎士の登場が一面を華々しく飾ったのだった。


後日────。

「おにーさん、獲物の横取りは酷いのです」

「何の事だ？」

まあ、ばれるよな。魔法とか使いまくっていたし。

「だから……その、魔法しょう……うう、何でもないのです」

何かを言いかけ、頬を赤く染め、頬を膨らませてぷいと視線を背けるミーゼ。

流石に魔法少女カミングアウトは、ミーゼと言えども恥ずかしかったらしい。

「なあミーゼ、ちょっとした収入があってな。なかなか評判の良い菓子とお茶を出す店に行くんだが、一緒に行くか？」

「……行きます。みえみえの懐柔策だけど、拒否しても私に得がないのです。高価なものを沢山注文するから覚悟しておくのです」

本当に高価な天然素材の菓子を沢山食べられて、財布に痛い事になった。

こんなＳＦ世界にだって、魔法少女も魔法もあるというのは愉快だよな？

『魔王様。ご意見を聞きたいのですが、いいですか？』

ワイバーンの艦内で休憩していたらワイバーンに呼び出された。

呼び出された先は高速巡洋艦ベルタの艦内にある船倉の1つだったが、ワイバーンとおやっさん、そして10名程度の男性社員が集まり、投影ウィンドウが並べられる中で激論が飛び交っていた。

「この新製品『1／12サイズ　ロジカル☆ミーゼ。魔法少女セット』の目玉は着せ替えが出来る、魔法少女服とは別の古典紺色水着姿に決まっているだろう！」

おやっさんが机をドンと叩いて強弁する。

「それは違う、王道すぎてコアなファン層を理解していない。ここは初回特典に『負けた魔法少女ミーゼに襲いかかる触手の魔の手』追加キットをつけた方がいいんです！」

負けじと机をドンと叩いて強弁する獣系アドラム人の男性社員。

どうしよう、帰りたくなってきた。

「なぁ、ワイバーン。大体見れば分かるんだが、何故俺が呼ばれたんだ？」

『へぇ。本人が正体を隠しているもんで、提携が取れずに商品化が出来ていない『ヴァルナ』ステーションでも人気の、ロジカル☆ミーゼの全身可動人形を売りに出そう……と兵站部で決まったのは良いんですが、どうにも何を付属品としてつけるか話がまとまりませんで』

机の上に置いてあった見本のミーゼ人形を手に取って見てみるが、実に可愛らしい。

造形も素晴らしく、クオリティも申し分無く高い。良い仕事をしているな。

パッケージにしっかりと「顔は当社のモデルのものを採用しています」と注訳が入っている。

ミーゼは魔法少女として活動している時に、顔を隠さないが全体に薄い認識阻害魔法をかけているので、その時は見る事ができるが後で思い出そうとすると詳細が曖昧になる。

認識阻害魔法は記憶装置にも効くらしく、画像を取っても顔の付近がぼやけてしまうので、記録にも残せないために、ロジカル☆ミーゼの想像図やイラストが『ヴァルナ』ステーションの中でブームになっているという。

しかし『総合商社・魔王軍兵站部』には、他の企業の追随を許さない圧倒的なアドバンテージがある。

まずミーゼと直接コンタクトを取れるので、権利的にも提携的にも問題がない。

次に人々は認識阻害魔法のせいでロジカル☆ミーゼの顔を思い出せないが、ミーゼ本人の姿形から離れたイラストや造形を見ると強い違和感を受けるんだ。

その点、このロジカル☆ミーゼ人形の造形は違和感を受ける事がない。なにせ本人だしな？

何故か先日登場したばかりの黒騎士人形まで、会議テーブルの上に置いてあった。仕事が早いのか、趣味が暴走した結果なのか……。

「まったく、厄介な事に呼んでくれるな。だが、浪漫を語り合うのは嫌いじゃないぞ」

結局俺も会議に参加して、会議は翌日の朝まで続いた。


激しい議論の嵐の中、どこがどう変化したのか俺も全体を覚えてないのだが。

『1／12　ロジカル☆ミーゼ全身可動人形』には腹部にギミックを仕込み、妊娠しているような体型に変化する事ができる事に決まったのだった。

未来人達の為の商品とはいえ、業が深すぎないかと心配したのだったが。

ローカル情報ネットで公開して10分で初期生産分の６０００体が完売した。

未来人達の業の深さを以ってすれば、この程度余裕で受け入れられる範囲だったようだ。

魔王、海賊の主と会合する

「ワイバーン、お前は間違っている、間違っているぞ！　生命の可能性を軽んじ過ぎている。時間と因果、そして生命が進化の果てに持つ可能性は無限ではないが、限りなく無限に等しいものだ！」

『魔王様、こればかりはゆずれまへん。可能性が幾らあろうと、それ相応の進歩へと収束するものですわ！　かつて人類が量子とそれが創る未来を確率の大小で導き出そうとしたように、未来も可能性も一定の方向性へと収束するものです！』

「生物の持つ多様性を忘れるな、例え無駄であり、その先に行き止まりしか見えないとわかっていても生物は進化を行うんだ！　魔法を見てみろ、この宇宙では科学に淘汰されていく技術かもしれないが、宇宙のどこかで今も存続され新しい可能性を模索し続けている！」

『確かに魔王様の持つ魔法技術は凄いものです、しかし科学技術がここまで興隆してなければ恒星系の外に出ることすら困難な技術ですわ。多様性の見本にはなりますが、その先へと続く大きな流れになるとは思えません！』

　俺と付喪神・ワイバーンが何時になく真剣に、そして熱く言葉を交わしているのは『ヴァルナ』ステーションの開放式ドックに入渠している強襲揚陸艦ワイバーンのブリッジだ。

　他にクルーの姿も無く、ブリッジのコンソールなど投影画像の大半が緑地に飾り気のない『メンテナンス中』の文字が浮かんでいる

　別に特別な事件とかがあった訳ではない。

　ワイバーンは艦体のメンテナンスで、外部ネットワーク接続系が数日に亘ってダウンしていた。

　ところが、その数日の間とワイバーンが半年以上首を長くして待っていたエロ系のデータがまとめて発売される日とが被ってしまった。

発売されているのに触れないのは殺生すぎるとワイバーンに泣きつかれたので、俺がデータの収納された物理ディスク——もう直球で言っていいよな？　エロゲーを届けに来たんだ。

VRのも混じっていたが、中には伝統ある古典的なテンプレートを使ったもの——21世紀風の紙芝居系エロゲーも混じっていた。

俺が育った21世紀でも17世紀に書かれたサド侯爵の本がエロ方面で評価されていたように、エロゲーにおいても時間が流れても素晴らしいものは色あせないようだ。

届けた作品の1つが未だに生き残ってたらしい触手ジャンルだったんだが、俺が「宇宙生物には居ないようだが、魔法生物としてエロ触手を作り、種族として成立させる事が出来るのではないか？」と言ったところ。

付喪神と相当にファジーな存在ではあるが機械（ワイバーンの自己認識）であるし、何より触手ジャンルは創作に限ると信念を持ったワイバーンと『エロ触手は生命を持つ種族として成り立つかどうか』という深い命題を巡って、議論になって冒頭のようなやり取りになった。

おっと、下らないとか言わないでもらいたい。

男という難儀な生き物は心に抱く浪漫とエロにはどこまでも真剣になれる生き物なんだ。

「ワイバーン、このままでは議論は平行線だ。ならば俺がエロ触手を種族として生み出して見せよう。実物がいればお前も否定はできないだろう！」

『見せてもらいましょう。ですが、魔法で仮初（かりそめ）の命を持ったものは認めません！　いかにエロ触手の要件を満たしていようとも、そんなモンは有機物で出来た大人の玩具と同じですわ』

「見ていろよワイバーン、お前がうなって降参する種族を生み出してみせよう！」

ばさりと魔王の衣を翻してワイバーンのブリッジを後にする。

流石に新生物の創生実験をステーション内で行う訳にはいかない。

ステーション外部の独立ブロック辺りに実験室借りて――休暇中だが忙しくなりそうだ。


〈魔王の研究日誌より抜粋〉

――実験1日目
創生魔法の扱いの難しさを実感する。

機鋼少女のようにある程度実体の下地があり、かつ生命体としてやや歪でも構わないなら色々ファジーに作製する事ができる。

剣や盾といった有機体でない物体なら、物質の構造をある程度把握していれば難はない。

だが、何もお手本もないイメージを基に生物を1から構築し、かつ適応・繁殖・進化可能な生命体を作り出そうとするのは、魔王といえども困難な題材のようだ。

サンプルとして生成した魔法生物としての触手達の処分に困っていたら、高速電子巡洋艦セリカ乗員の女性淫魔達が嬉々として引き取ってくれた。

何に使うのか非常に気になる。今晩は眠れない夜になりそうだ。

――実験2日目
昨日は夜に実家からの差し入れを持ったリゼルが泊り込みでやってきたせいで、本当に眠れない夜になった。

起きたらもう夕方か……果てしなく体がだるいが、午前中の遅れを取り戻さなければいけない。

実験室に向かう道の途中にある、ドラッグストアの店頭に並んでいる栄養ドリンクが非常に魅力的に見えるが購入を我慢する。

栄養ドリンクの類に手を出したら、誰にという訳ではないが負けな気がする。……頑張ろう。

――実験3日目
魔法生物としての触手なら幾らでも召喚できるのだが、生命体としての触手は調整が難しい。

繁殖力を持たせないといけないが、異常繁殖をして人を脅かすほどになってはいけないし、何よりエロ触手なので人に危害を加えるのは、具体的にナニとは言わないが極一部の例外処理を除いて行わないようにしないといけない。

中で繁殖するのは良いんだが、腹を食い破って出てくるのはエロ触手じゃなくて、古典ホラーのエイリアンとかそっちだよな。

――実験5日目
触手が生命体として生きていく為のエネルギー源の構成に悩んでいる。

触手としての性質上、タンパク質が含まれた液体をエネルギー源にしたいのだが、どうやってその程度のもので、生命を維持するエネルギーを賄えるようにするかが悩ましい。

――実験7日目
普通の生物が持っている消化器官でのエネルギー吸収方式を諦める。

液体の吸収だけではエネルギーを賄いきれない。

結果、餓えた触手は貪欲に獲物を貪るようになったが、獲物を貪り続けた挙句餓死してしまった。

便利ではあるが、これでは生命体として未来がない。

――実験9日目
タンパク質を含む液体を体内で、小規模核融合させてエネルギー源にする方式を諦める。

1度核融合反応を起こしてしまうと、タンパク質を含む液体以外でもエネルギー源にしてしまうように進化してしまうケースが多発してしまった。

幸い被験者の服が食われる程度で済んだが、下手をすると何でも食らってエネルギーへ変換する怪物になりかねない。

残念だがこの方式の実験体は破棄するしかないだろう。

――実験14日目
エネルギー問題が解決した。

『体内で特定のたんぱく質を含む液体のみ微量の反物質に変換できる』方式に切り替えたのが成功の秘訣だった。

同時並行で実験していた魔法的エネルギーへの変換をして栄養にするものが行き詰っていただけに感慨もひとしおだ。

追記：助手から触手のエネルギー源が物質／反物質反応だと宇宙船のリアクターとして使えるのでは？　と提案された。

だが、エロ触手で動く宇宙船に乗りたいか？　と聞いたら愉快すぎるほど嫌な顔になった。

流石に宇宙人でも避けたいものだったようだ。

――実験15日目
エネルギーについて新しい問題が発生した。

エネルギー変換効率が良すぎて触手達がすぐに満腹になってしまい、獲物に興味を示さなくなった。調べたところ、1回の捕食で100年は生命活動を維持できるという試算が出た。

これではエロ触手というより、置物か植物じゃないか。

今度はエネルギーを消費する先を考えなくてはいけない。

一定量しか体内に溜め込めず、余剰分をエネルギーキューブとして排出するタイプが有望だ。

――実験17日目
余剰エネルギーをエネルギーキューブとして生成させるのに成功した。

個体としてはほぼ望みどおりの仕上がりになっている。

後は繁殖問題だけだ。

今日はプロトタイプの完成祝いに助手を誘って居酒屋に行こう。たまには息抜きも大事だな。

――実験18日目
頭が痛い。昨日の記憶がない。

どうやら、また自分にかけた毒耐性減少魔法が効きすぎて酒に呑まれたらしい。

起きたら何故か裏通りのホテルの1室に寝ていて、枕元にちょっと豪華な夕食が食べられる程度のＩＣ通貨が置かれていた。

何が起きたのか全く記憶にないが、心の奥から切なさと虚しさがこみ上げてくる。

今日は公園で噴水でも眺めながらゆっくりしたい気分だ……。

――――実験19日目
繁殖については順調だ。

無闇に増えすぎず、絶滅しないように調整というのは本来難しいところだ。

だがこの辺りをファジーにまとめられるのは魔法の強みというものだろう。

同族にのみ対応する感知能力をつけて、感知範囲内いる同族の数が一定以下の場合、エネルギーキューブの代わりに卵を産むようにした。

また、遭遇した同類と遺伝情報のやり取りを簡単に行える器官を新しく増やしたので種族として進化していく事も可能だろう。

――――実験22日目
複数の被験者を使った臨床実験も1通り完了した。

稼動状態も生体反応、繁殖方式も問題ない。これで開発完了と言っても構わないだろう。

ワイバーンよ、俺の本気を見せてやる……！

《魔王は『創生魔法・触手創造』を習得した》

魔王は後に語る。

「つい頭に血が上ってカッとなって作った。男として後悔はしてない」

余談なんだが、エロ触手は生命体として完成したものの、使い辛い代物だった。

まず魔法生命体や召喚体と違って、1つの生命として独立している為に、召喚生物ほど制御が利かない。利かないというか、そういう風に作ったんだが、知能はあるものの基本的に本能の赴くままに動くので躾が大変だった。

さらに生き物なので使用が終わった後、ポイ捨てする訳にもいかず、飼育員に飼育場所の確保にと手間もコストがかかる。

実験中に作った生殖能力を持たないプロトタイプに『ゴンタ』と名前を付けて、ワイバーンにある乗組員用倉庫の1室を改造して飼育する事にしたんだが、その他にも10体ほど完成体がいたので飼い主を探す事になったんだ。

魔王軍で働いている女性淫魔達に引き取ってもらったんだが、犬猫ならまだしも触手の飼い主を探すハメになるとはな……。

浪漫の生き物も実際に作ってみると不便なものだ。

◇

使い古された陳腐な言葉だが、人の命は金では買えないという言葉がある。

良い言葉じゃないだろうか。

人の命だって金次第と下衆い台詞を吐く人間ばかりだったら、魔王として立場に困る。そんな人間違を滅ぼせばいいのか、繁栄させればいいのか迷うだろう？

人の命は金では買えないという主張がある半面、人の命を金にする仕事は確固として存在する。

民間軍事企業や傭兵、賞金稼ぎなどもその1部だな。

余程特別な事情でもなければ、賞金首や海賊は生死問わずであるし、戦争に加担すれば、自分と仲間や部下の命をチップに敵国兵士の命を報酬に換える事になる。

当然、人に恨まれる仕事だ。

海賊だって海賊船と共に虚空から湧いて出てくる謎生物という訳ではないので、当然親もいれば兄弟、友人、知人だっているだろう。

例え海賊や無法者だったとしても、誰かが死ねばその縁者が殺した相手を憎む事だってある。

民間軍事企業や賞金稼ぎが受け取る賞金の中には、そんな憎悪の対象になる事まで含まれているのだろう。


SF世界の国家は無法者や海賊には冷淡だ。

アドラム帝国は貴族文化の名残があるので、決闘やあだ討ちと言ったものが理解されやすいものの、海賊及び無法者を根拠にした復讐行為をした場合、問答無用でテロリスト（危険度が高い無法者かつ賞金首）扱いを受ける事になる。

未遂でも相当に高額な賠償金と罰金を受けるし、治安当局にマークされたりと、生活に不自由する事になる。

もし復讐を実行して捕まった場合は、相手にかすり傷1つ付かなかったとしても基本的に極刑になる。

また、復讐者を過剰なくらいの手段で逆に殺害したとしても罪に問われる事もなく、それこそ危険分子を処理してくれたと、咎められる事はないどころか報奨だって出るくらいだ。

これはアドラム帝国に限った話ではなく、フィールヘイト宗教国、ユニオネス王国等、周辺諸国でも大差ないので、どれだけ各国が海賊やテロリストに頭を悩まされているか分かるというものだ。

――だから、まあ。

「民間軍事企業『魔王軍』代表、イグサ・サナダっ。あなたに殺された兄の仇、覚悟しなさい！」

平和だった『ヴァルナ』ステーションの商店街に、通行人達の悲鳴が木霊する。

俺の前に立ちふさがったのは、震える手で拳銃型のブラスター（熱線銃）を突きつける、悲愴な表情を浮かべた地球（テラ）系アドラム人の美少女。

庶民というには小綺麗なお嬢様風の服装、栗色の長い髪に整った可愛い系の風貌。

荒事に慣れていないのだろう、銃を持つ手は震えているし、顔色も蒼白で、俺に向ける感情も怒りの中に隠しきれない怯えが多く含まれている。

平然としている俺とは対照的すぎて、これではどちらが脅されているかわからない。

もう俺の男心（邪心）が『獲物だ、好きに貪り食える美味そうな獲物が来た』とか歓喜を通り越してお祭り状態になっても仕方が無いと思わないか？

たまには男心（邪心）の赴くまま手を出して、美少女に酷い事のフルコースをしてお楽しみしたくもなる。

やってしまえ、魔王なら酷い事の1つ2つやって見せるのがエンターテイメントというものだろう！　と応援する声すら聞こえるようだ。

だが待ってほしい。美学ある悪を志す身として、そんな衝動に身を任せて短絡的な事をするのは慎みたい。

例えるなら最高級の肉を熟成する前に、塩もつけずに生で食べてしまうようなものだ。

どうせ食べるなら美味しく調理して1番いい方法で頂きたい。

毒牙にかけないとは言わないし言えない。

悪たるもの、毒牙にかけるまでの過程を大切にしたいものだな。

「何をぼけっとしているの！　跪いて命乞いをしなさい――――！」

おっと、考え事に熱中しすぎていた。

我ながら緊張感の無い事だが、ステーションに滞在していると、1週間に1回はこの手のイベントが発生しているので、いい加減慣れてきてしまっている。

「1つ教えてくれないか？　兄とやらはどこでくたばった馬の骨だ？　海賊やら無法者やらの名前や顔を一々覚えているほど暇じゃなくてな」

挑発も兼ねた発言だが、割と本音でもあるんだ。

フリゲート艦を1隻沈めるだけで数十人から百人が艦と運命を共にするんだ。

沈めた海賊艦の海賊の顔や名前を覚えて回るような暇も趣味も無いからな。覚えていろという方が無茶というものだろう。

「こ、この外道――――！」

俺の台詞に顔を真っ赤にして激昂する少女。いや、兄って海賊とか無法者で賞金首やっていたんだろう？　そっちの方が外道じゃないか。

『概念魔法発動：炎属性耐性Ⅵ』

久しぶりに指をパチンと鳴らして魔法を発動。

少女が立て続けに連射しているブラスターの熱線がコートや服の表面で弾けて消えていく。

「なんで！　何で死なないの！」

少女がお気軽に扱える程度の小口径のブラスター程度、アルビオンの砲撃に比べれば随分とぬるいものだ。

我ながら比較対象がおかしいとは思う。

「何でこんなヤツは殺せないのに、兄さんは死んだの！　なんで……きゃっ!?」

ブラスターを受けて平然としている俺を見て涙を流す少女へ、冷静にスタン（麻痺）ピストルを撃ち込んで気絶させる。

少女の憤りとかその背景にある人間ドラマとか、非常に美味しい素材ではあるんだが、毎回付き合っていたら日が暮れてしまう。

――さて、どうしようか。

まだ詳しく聞いてないが、少女は賞金首か海賊の親類縁者の類だろう。

このままステーションの自警団か帝国の地方行政府に突き出せば面倒も無いんだが、それはあまりにも勿体無い。

　運良く普通に処理されるとしても、大きな地方行政府があるステーションに送られて極刑が待っているだろうし、担当官が少しばかり自分の欲望に忠実だったら、その前に調査と題して色々とお楽しみな事をしてもおかしくない。

　俺は魔王であるからして、そんな腐敗は許せない！　とか憤る事もないが、そんな羨ましい事を顔も知らないヤツに譲るくらいなら、俺が美味しいところを頂いてしまいたい。

　だが、意志が強そうな少女だから、このまま連れ帰ってもなかなか手こずらせてくれそうだ。

　いくら仇だとしても、顔を合わせたばかりの生身の人間に対して、躊躇無くブラスターの引き金を引ける少女はそう多くない。

　というか多く居たら怖い。

　よし、丁度良い。最近飼い始めたペット（ゴンタ）の餌になってもらおう。

　餌といっても身に危険が及ぶ訳じゃない。

　ちょっと人としての尊厳がゴリゴリと削れて磨耗すると思うが、命が失われる事に比べれば随分とマシだろう。
　2、3日餌にしておけば少女も素直になってくれるんじゃないだろうか。
　……いい加減、ゴンタの『餌』の調達が大変だな。

　吸血鬼に献血パックではないが、ゴンタがエサに出来る、人間が排出する液体と似たような成分の液体パックを探さないと。

恐らくだが、その手のモノは多少マニアックな大人向けの店に行けばあるだろう。ＳＦ世界の住人達の業の深さに今回ばかりは感謝だな。

◇

気絶させた少女を肩に担いで、さて帰ろうか――と少女へ手を伸ばした瞬間に嫌な予感を感じて首を反らす。

ヒュン！　と小さな風切り音を立てて、頬のすぐ横をダガーのような形状のマテリアルブレード（実体剣）が通り過ぎ、ビィン！　と甲高い音を立てて木製っぽい八百屋の看板に半ばまで埋まる。

……野次にしてはちょっとばかり殺傷力が高くないか？

「なぁ、兄さん。その子だけじゃ少々物足りないんじゃないかい？」

刃物を投擲した人物――遠巻きに見ていた野次馬の中から出てきたのは、俺としては普通、つまりＳＦ世界にしてはクラシックな軍服風のジャケットスーツを着た男装の女性だった。

少女の面影を僅かに残し、可憐さを兼ね備えた美しい風貌。強い意志を湛えた瞳に、さらりと伸ばしたルビーのように赤い長髪と引き締まった肉食獣を彷彿させる肉体と、豊かな胸が印象的だ。

身も蓋もない言い方だが、一言で表すなら「気の強そうな美人の姉ちゃん」だな。

「この物騒な子の知り合いか？」

「いいや、初対面だね。けどまぁ……その子が言ってた兄さんとやらの同業者さ。この国の仇討ちに関する法律は知っているだろう？　海賊や賞金首関係者の仇討ちをやらかしたら、殺人よりもなお重い罪に問われる。可愛い子じゃないか、そんな若い身空で命を散らさせるのは勿体無いとは思わないのかい？」

女性が同業者とカミングアウトすると、女性の周囲にいた野次馬が一斉に離れていく。

慌てて距離をとるものの、それでも野次馬を続ける辺り『ヴァルナ』ステーションの住人は本当にたくましいものだな。

しかし、この女性は俺が美少女を自警団に突き出して小銭に換えると思っているのか。

「ああ、勿体無いんじゃないか？　俺が雀の涙程度の賞金目当てに少女の身柄を引き渡すと思われているのも心外だ」

失礼な話だ。こんな「いくらでも酷い事しても大丈夫」な美少女とか、俺が小銭で簡単に手放す訳がないだろう！

「そりゃ失礼したね。なら、どうするつもりか教えてもらえるかい？」

「貴女の言うようにこの少女はまだ若い――――なら、色々と使い道があるだろう？」

にやりと、ふてぶてしい笑みを口元に浮かべる。悪っぽい台詞が言えるチャンスは逃さない！

「そうかい、聞いた話より随分と外道って訳だ。噂はアテにならないねぇ。なぁ……魔王軍代表、イグサ・サナダ？」

聞いた話よりって、どんな噂が流布しているのか気になるじゃないか。

「俺の名前を知ってるか、貴女の名前も教えてもらって良いか。睦み合うにも名前も知らないと興ざめだろう？」

「そりゃ失礼したね。アタシはカナ。ケチな海賊さ。たまたま出会ったのも何かの縁だ、その子の兄さんとやらの代わりに魔の手から守ってやらないとね！」

カナが背中に背負っていたバッグから取り出したのは2本の片手斧、実体斧の上にブゥン……と高周波音を立てるところを見ると、バイブロアクス（高速振動する刃が付いた斧）か。

旧式とか型落ちを通り越して、アンティークや趣味の世界だな。

「魔の手を先に伸ばされたのは俺の方だと思うが。カナがその気なら手加減は要らないよな？」

スタンピストルを構えて頭、胸、腰の順番に狙って撃つが、ギン、ガン、ギン！　と音を立ててスタンビームがカナが振るった斧に弾かれる。

まさに神業と言っても良いだろう。

遠目にこちらを窺っている野次馬の中からも『おおぉー』と感嘆の声が上がる。

「手が早すぎやしないかい？　浮気性の男は嫌われるよ」

息を切らした様子もないカナ。なるほど、態度に見合った実力を持っているようだ。

「手が早いのは許してくれ、俺の浮気性は死んでも直りそうにない」

「いいねぇ、その余裕面から命乞いの言葉を吐かせたくなったよ。次はこっちの――」

「まあ待て、もう少し俺の手番だ」

手に持っていたスタンピストルのエネルギーカートリッジを抜き落として、大型カートリッジに差し替え、反動軽減用のストックを延ばし、銃身補強・冷却用の追加フレームを取りつける。

その間約3秒。手の中にあったスタンピストルは簡易的な改造によって、スタンサブマシンガンへと変貌していた。

「これも全て防げるというなら脱帽するしかないな。行くぞ」

「ちょ、待っー⁉」

パラララララ！　とスタンビームの軽快な連射音が商店街に鳴り響く。

麻痺させる魔法よりお手軽でいいな。あっちは調整ミスると心臓まで止めてしまい、うっかり殺してしまいかねない。

「5発目までは弾いていたな。なるほど、大した腕利きだ」

流石に連射され続けるスタンビームを全部弾ける訳も無く、気絶し地面に倒れて体を痙攣させるカナの姿があった。

ライムくらいになれば鼻歌交じりで全部弾くか避けると思うが、ファンタジー（非常識）に首までどっぷりと浸かってない限り、避けろというのも無理な話だろう。

周りの野次馬から「ええー……」という失望の視線と声が飛んでくるが無視だ。

派手に殺陣をやらかした方が見栄えも良いし浪漫もあるが、それだけ時間がかかって騒ぎを聞きつけた自警団などが駆けつけやすくなるだろう。

少女とカナを素直に引き渡すような、勿体無い真似をしたくない。

「さて、何をするか色々と夢が広がるな」

左肩に少女を、右肩にカナを担いで帰路につくのだった。

◇

「おいイグサ、海賊ギルドのギルドマスターを知ってるか!?」

魔王軍『ヴァルナ』ステーションオフィスで書類を片付けた後、備え付けの端末でステーションのローカル情報ネットに繋いでネットサーフィン的な事をしていたら、血相を変えたリョウが飛び込んできた。

「知らない。そもそもリョウが画像データの1枚も見せないようにしているんじゃないか」

返事が憮然とした口調になってしまう。

それも当然とも言える。海賊ギルドの元締めたるギルドマスターは、リョウの親族で妹分らしいんだが、1度も会った事がない。会おうとするとリョウに全力で妨害されていたからな。

何でも親族な上に妹分じゃなければリョウが手出ししていたような女性なので、似通った趣味を持つ俺が出会ったら魔の手を伸ばすだろうから、会わせないし会わせたくないそうだ。

失礼な話だが、色々と心当たりがありすぎて反論できなかったんだよな。

「……そりゃそうか。なんだ、焦って損したぜ」

「ギルドの方で何かあったのか?」

「いやよ、いい加減海賊ギルドの黒幕に挨拶してぇって言われてたンだよ。この前ジャンプして戻ったアトスに小型機で相乗りしてきたはずなんだが、いつまで経っても連絡ねぇからホテルに確認したら、随分と長いこと戻ってきてねぇ……ってよ」

心底心配そうなリョウ。

俺への反応で丸分かりだったが、リョウはシスコンの気があるな。シスコンと言えば悪く聞こえるが、それだけ家族を大事にしているという事だ。俺はそういうのは嫌いじゃない。良い兄貴分しているじゃないか。

「数日くらいなら観光しているだけかもしれないが、何か心配事があるのか？」

「挨拶って義理通すだけじゃないンだ。あいつは昔から気が強くてさ、海賊ギルドの上に立つヤツの品定めをしてやるって前から言ってたンだよな」

それで俺の所へ来たのか。

「事情は分かった。残念だが俺の方もこれといって心当たりが無い。見れば分かると思うが、いつも通り平和なものだ。なぁリョウ、せめて名前と顔が写った画像の1つくらい教えてくれないか？名前も顔も知らないのではどうしようもないぞ」

「…………………わかった、こいつだ」

随分長い躊躇をしてから、1枚の投影画像データを送って来た。

自分の携帯汎用端末を操作して投影画像を表示させる。

投影画像にはすらりと背が高い、赤毛の女性が映っていた。

意志の強そうな瞳に燃えるような赤い長髪、男物の服を着こなしたスマートな男装の軍服風の服を身にまとっている。

とても見覚えがあるな。しかもつい最近。

「……名前を教えてもらっていいか？」

声が震えないようにするのは大変だった。

「カナだ、カナ・トツカ。何か知ってねぇか？」

「この辺では聞かない変わった苗字だな。何かあったら連絡する」

何か知っていたら連絡するとは言っていないし、知らないとも言っていない。

うん、嘘をついてはいないよな？

「頼むぜ、俺は裏通りの店を虱潰しに見てくるからよ！」

言い残すと外へ走り去っていくリョウ。

「……どうするか」

我慢していた冷や汗がどっと出てきた。

カナはワイバーンに連れ帰って尋問したが、案の定何も言わず黙秘していたので、同じ日に捕まえた少女と一緒にゴンタの餌にしておいた。

少女の方は2日でやや瞳が虚ろになったものの、素直になったので今は第2秘書課（裏仕事の事務を行う、法律的にブラックな部署）で研修を受けているはずだ。

カナは強情なままだったから、ゴンタの所へそのまま放置してもう6……いや7日目か？

……色々とまずい。尊厳は割と手遅れだと思うが、人格が崩壊してなければいいんだが。

いつものコートを羽織って慌ててオフィスの外へ飛び出した。

「カナ、意識はあるか？」

案の定酷い事になっていたので、ゴンタの飼育場からワイバーン内にある俺の部屋に連れ出したんだが……よかった、反応は鈍いが瞳に意志の色はまだ残っているな。

「さてどうするか、リョウへ連絡するにも身だしなみを整……むぐぅ⁉」

何とか上手く誤魔化そうと、善後策を考える俺の両手首をがしっ！　とカナに掴まれて唇を奪われた。

そのままベッドの上に押し倒され、俺の上へ馬乗りになったカナの瞳は少し前の感情の薄いものではなく、野生の獣のようなギラギラと剣呑な輝きを湛えて――――デジャヴを感じる。

「待て、待とうかカナ、今はこういう事をしている場合じゃ――――」

「覚悟の話は――――はぁ、知っているかい？　――――はぁ、戦士たるもの武器を持って戦場に立つからには、相手を殺す覚悟と、相手に殺される覚悟がなければ、はぁ――――いけないってさ」

「覚悟？　いや何の話かさっぱり分からないぞ⁉」

「はぁ、はー――――アタシにあんな事をしたんだ、当然似たような事をされる覚悟は、はぁ――――あるだろうね？」

熱い吐息を漏らすカナの口が笑みの形へ歪んでいく。その笑みは猫科の肉食獣が獲物を前にして浮かべるそれと同じものに見えた。

――――だが甘い。伊達に毎回ライムやリゼルに襲われている訳ではない。

自慢じゃないが俺ほど押し倒され、襲われ慣れてる魔王もいないと言っても過言ではないだろう。

……本当に自慢にならないよな！

それこそ薬品でドーピングでもされてなければ返り討ちにしてく……れ……あー。そういえば、ゴンタが分泌する粘液は対象を殺してしまわないように栄養価が非常に高いし、摂取してからの短期間であるが無尽蔵の体力を与えるし、精力剤としても非常に優秀だったな。

「ちょっ、待て、誰か助け――――むぐぅ⁉」


翌々日、ワイバーンの船内点検に来た魔王軍の船員が満足そうな笑みで眠っているカナを発見して連絡、一報を受けたリョウに無事保護された。

その際、同時に発見された「被害者1名」については船員の一存により隠匿されたのだった。

「イグサ、紹介するぜ。こいつが海賊ギルドの長、カナだ」
魔王軍『ヴァルナ』ステーションオフィスの一角にある応接スペースに俺とリョウ、カナが集まり紹介をされていた。
「海賊ギルド代表カナ・トツカ。元『隠者の英知』の海賊達に代わって助命の礼と、海賊ギルドの長として挨拶を。無法者の中で『無法者の法』を司る者として義理を通させてもらうよ」
黒を基調に金色の飾りがついた軍服風の服装、アドラム帝国周辺の文化圏での伝統的な宇宙海賊服に身を包んだカナが海賊の伝統なのだろうか？　独特のスタイルで深々と礼をする。

「民間軍事企業代表イグサ・サナダだ。何、礼などいらない。義理や人情で助けた訳ではなく、企業人として助けた方が儲かると思ったのと、個人的な趣味だったからな」

海賊ギルドをつくったのは思いつきだが、宇宙海賊には多少格好つけた集団でいてほしいという、俺の趣味が多分に混じっている。

「なぁリョウ。お前の親族だと聞いたが、やっぱり賢者の一族か？」

「そうだぜ。前に説明しただろ、平時はエルフの一族が魔法知識の継承と維持を、勇者が見つかれば人間族が当代の賢者として勇者に付き従うってな。カナは人間族の当代賢者候補筆頭、勇者が見つかれば8代目賢者を襲名して勇者に同行するはずだったヤツだ」

海賊ギルドの長として本人の戦闘力も高いのは高ポイントだな。

「……ま、もっとも本人は魔法だの呪いだのよりは、海賊として船や銃でドンパチやっている方が性に合っていたみたいだけどよ」

「酷い事を言うねぇ、リョウ兄ぃ。言い返せないのがシャクだけどさ」

「女宇宙海賊っぷりが板についているしな。そのナリで賢者ですと言うのも辛いものだろう？」

「そうそう、わかってるじゃないか。爺さん達が待望していた勇者がポシャったのは気の毒だったけど、この稼業を続けられるってのは、アタシにしたら幸運だったしね」

「不良娘め。……ったく挨拶も終わったンだから早く帰って仕事してきやがれ」

不機嫌そうに言うリョウだが、どことなく嬉しそうだな。

「邪険にしないでもらいたいね、折角シャバの空気を吸えるんだし。何より『ご主人様』に再会できたんだ、少しくらい甘えてもいいじゃないかい？」

カナは悪戯っぽく言うと俺の腕を抱いて密着してくる。

パキンと、硬質なものが割れる音がオフィスに響く。リョウの手の中にあった陶器のカップが砕けた音だった。

あのカップは辺境区で作られている磁器製品だから、結構いい値段したんだけどな……。

「イグサぁ！　てめぇ俺の妹分に何しやがった！」

「何したというか何された方だぞ、今回は！」

「あんな事までされたんだ、もうお嫁に行くしかないじゃないかい」

俺の肩を抱き寄せて胸元に頭を押し付けるカナ。

くっ、カナの性格に見た目だと、わざとらしく頬を染めてしなを作るより攻撃力が高い！

「待てカナ、キャラが違うっていうか、その反応はわざとリョウを煽ってるだろう⁉」

「イグサぁ……表出ようぜ。殺り合うにはここはちぃと狭すぎる……」

「リョウ、キレすぎだろう！　というかお前はそんなシスコンキャラだったのか⁉」

召喚魔法で斧を取り寄せて斬りかかってきたリョウの攻撃を回避し、そのままオフィスの窓から外へと逃げる。

最初は窓を突き破っていたんだが、逃げる経験が最近増えたせいか、いい加減逃げ慣れてきたのだが、今日は――。

「おっとー！」

壁を蹴って下に向かって加速し、オフィス前の地面を転がるが、俺の後を追いかけるように魔法属性が付与された粒子ビームが連射されていく。

リョウが片手で大きな両手斧使っていたのが違和感だったが、あいつ二刀流もできるが、片手に近接武器で、もう片手に射撃武器を使うのも得意か！

「イグサぁぁぁぁあ！　ちょっとばかり腹に大穴開けるだけだからよぉ、安しンして死ねぇ！」

しかし俺も進歩しているのだ、魔王の衣を伸ばして手袋を組み上げ――。

「粒子ビーム白刃取り！」

眉間を狙ってきた粒子ビームを両手で挟み込み受け止める。練習と発想で技を新しく覚えるのは勇者や賢者の専売特許ではないのだ。

受け止めるというか、魔力で伸ばした魔王の衣（闇属性物質）でビーム（光属性物質）を相殺しているだけだが！

「バカな技作ってンじゃねぇよ！」

リョウが思わず素になってツッコミを入れた隙に逃走。理不尽な暴力には理不尽な暴力で返すのが俺の流儀だが、流石に身内の妹分をヤっちゃいましたというのは、反撃し辛いからな！

こうして海賊ギルド長との会合は1部を除き概ね和やかに終わり。

海賊ギルドも海賊ギルドの構成員も義理人情を大切にすると分かったし、海賊ギルドを運営する上で契約と規約を遵守すると、海賊ギルドの長と確認できたのは大きな収穫だった。

なお、リョウの暴走により俺は1日半追いかけられ、最後は『ヴァルナ』ステーションの宇宙港の端で戦闘になり、周囲の施設と運悪く入港しようとしていた輸送船が大破。

財布に痛い額の損害賠償と罰金を払う事になり、減給をくらったリョウも当分歓楽街へ行く事ができず、貧乏生活をする羽目になった。

勇者、旅路を振り返る

〉カナとリョウの事件より約1年前、ライム達が『ヴァルナ』ステーションに帰還する数ヶ月前
フィールヘイト宗教国・首都星・魔王軍支社オフィス・ライム

「気持ち良い……贅沢ー」

青い空、擬似じゃない本物の太陽の光。

体を地面に縫いとめている重力さえ、どこか優しい気がしてくるから不思議なもの。

地球に居た頃にはごく当たり前にあったものが、今ではとても新鮮だ。

頭の上に広がる青い空には2つの月と複数のオービタルリング（惑星軌道リング構造物）が浮かんでいて、地球とは違う惑星（ほし）だと教えてくれる。

フィールヘイト宗教国、中央星系、首都星『セントラル・カテドラル』。

首都星の大聖堂にほど近い商業区画、その裏通りにある民間軍事企業『魔王軍』フィールヘイト

支部――――という名のオンボロマンションの1室。

私はマンションのベランダにシートを敷いて空を見上げていた。

ベランダの近くには幸いな事に太陽を遮る無粋な高層建築の類は無く、暖かな日差しが満ちていた。

久しぶりの地上。宇宙船の船内やステーションで暮らす住人にとって、ただ惑星上というだけで贅沢だと言うし――――。

何より空を見上げて、益体もない詩のような事を思い浮かべてしまうくらいに暇だった。

忙しい時には暇という境遇は黄金の価値を感じるけど、暇が続けば続くほどに価値の暴落は避けられない。

1日目はぐっすり昼寝して、2日目はごろごろ転がって幸せだったけど、3日目からはやる事がない事に暇を覚えてしまっていた。

フィールヘイト宗教国はその名の通り、国の成り立ちや運営に宗教が根強く影響している。

国家の代表及び最高権力者は国教でもある「フィールヘイト聖教」のトップ、教皇が兼任する独裁構造であるし、国の運営は教会が行っている。

ここだけ聞くと、独裁者と教会が幅を利かせている、堅苦しく住み辛い所を想像するし、私もそう思っていたのだけど、実際に訪れてみると平和な所だった。

教皇を大統領に、司祭を議員に、教会を政府機関に置き換えてみれば、地球で民主主義を掲げている国とそこまで大きな違いはないの。

支部のご近所さん、支部が入っているマンションの1階で伝統工芸の金属細工職人をしているおじさんに、宗教主体の独裁国家なのに随分暮らしやすいのは何で？　と聞いてみたら、笑って答えてくれた。

ジャンプゲートは軍や企業だけじゃなく民間にも開放されているし、21世紀で言えばバスやトラックの感覚で宇宙船とかもあるから、住み辛い国にしていたら住民達があっというまに移住していってしまうと言われた。

言われれば納得だ。中世ベースのファンタジーと違って交通機関が発達していて、反動が怖くて民衆への抑圧ができない程度に情報化された社会なのだから、武力や権威で強引に国民を従わせるよりも、暮らしやすい国を造って自発的に住んでもらった方が経済活動の活発化など、国としても得るものが多い。

町並みはアドラム帝国勢力圏の惑星とかステーションに比べれば異国情緒があるけど、逆に言えばそのくらいしか差異が無い。

街行く人は急いでいたり笑っていたり、仕事中なのか携帯端末を通話モードにして携帯電話みたいに話していたり。

『勇者教』の総本山に裏工作に行くなんて目的の為に来ている私達だけど、ミーゼが毎日あちこちの教会行って、挨拶したり賄賂を渡したり忙しそうにしている程度。

アルテはミーゼの護衛をしているけど、首都星だけあって治安が良いから顔には出てないもののどこか暇そうだ。

私といえば支社にあった、さして多くもない決裁書類や経理関係の書類処理を手伝ったけど、あっという間に片付いてしまい、すぐに仕事（暇つぶし）がなくなってしまった。

だから良い天気なのをいい事に、朝からマンションのベランダにシートを敷いて寝転がっている。

教会の暗部による魔の手とか、権力者達の横暴とか、色々な冒険を想像していただけあって肩透かし感は大きいけど、これで不満を覚えるというのも贅沢なんだろうね。

表通りの家具屋で売っていたフィールヘイト南西部辺境の特産品らしい、有機素材の低反発クッションに頭を乗せて、太陽の光を浴びて目を瞑る。


目を瞑れば頭に浮かんでくるのはイグサの事ばかり。

たまにリゼルも出てくるけど、出番はそう多くない。

最近、不思議に思う事が多い。いつから私はこんなにも孤独に弱くなったんだろう。

ううん、孤独じゃないよね。どうせここには私しかいないし、心の中で呟いている言葉なんだから正直になろう。

イグサと離れて行動する事を、怖がるようになったのはいつからだろう。

初めは寂しいだけかと思っていた。

召喚されて勇者になってから、もう1年以上。

汚染惑星でイグサとリゼルに出会って、ずっと賑やかな生活をしてきたからかな？　と思っていたけど少し違う。

こっちにだってミーゼやアルテもいるし、そこそこ仲の良い『魔王軍』社員も結構来ている。

お茶菓子とお茶を用意して、姦しく会話するなんていつでも出来る。

実際にお茶会をやってみたけど、喪失感みたいなものは小さくならなかった。

いるはずのないイグサを捜している自分に気が付く事だって少なくない。

でも――――と思う。今でこそ恋心をはっきりと自覚しているけど、いつから私はイグサの事をここまで好きになっていたんだろう？

イグサに初めて会った時の第1印象は普通からやや悪いくらいだった。

見た目や服装こそ、普通の日本人の大学生っぽい男の人とテンプレートで語れそうなのに。

まず雰囲気が違った。私は特殊な生まれ育ちをしているから、色々な人を見る機会はあったけど、その私ですら今まで感じた事の無い雰囲気。

イグサは現実感が薄い浮世離れした雰囲気を振りまいていた。

どこかの御曹司とか王子様が庶民の服を着て一般人になりすましているような、その人が本来いる場所からかけ離れた服装に態度をしているような雰囲気。

あの空気を出しているイグサだったら、それこそ量販店の安い服を着せても、高級ブランドのスーツを着せても、見た人は同じ印象を抱くんじゃないかな。

普通の人ならその雰囲気を「スレてない」とか「面白い人」とか勘違いしそうな違和感。

実際私も初対面の時は浮世離れした空気から、魔法使いとか賢者と勘違いしたくらいだけど、後

から考えてみれば分かる。

あの違和感の因は「嫌な雰囲気」酷く濃密な悪意とか邪気とかそういうものを薄く、どこまでも薄く希釈したものだ。

生まれ育った環境のせいで人の悪意とかに敏感な私じゃなかったら、最後まで気がつかなかったんじゃないかな。

……まぁ、あの時の私は嫌な雰囲気を感じつつも、イグサの話し方や態度から「善良な変人」と勘違いしていたけど。


召喚された直後に呼吸困難に陥っていたのを助けてもらったものの。

どこか嫌な感じのせいであんまり良くなかった印象は、イグサの魔王カミングアウトと、その直後の隷属化で大暴落したっけ……。

その後暴落した評価は概ね順調に上がっていった。

勿論、時には賛成できない行動だってあった。例えばリゼルを騙すみたいに使い魔にした事は酷いよね。

けど隷属させたり使い魔にしたからって非道をするどころか、リゼルや私への扱いは主人と奴隷のようなものではなく、同じ人間として対等に——友人知人と接するのと大差無い扱いだった。

そんな気遣いをごく自然にやるから、憎みきれなくてイグサはずるいと思う。

少なくとも勇者として召喚される前、地球にいた頃の家族と呼べる関係じゃなかった、書類上親子になっていたあの人達に比べてずっとまとも。

人間が人間に対してやっていた扱いより、魔王が勇者に対してする扱いの方が良いっていうのも皮肉すぎる話だよね。

イグサと親密になったきっかけは、残念ながら甘酸っぱいイベントで淡い恋が芽吹いたとかの乙女チックなものじゃなかった。

うん、あれはただの嫉妬と独占欲だ。

最初に目撃したのはワイバーンの修理中。イグサが食料合成機を使ってプリンを作ってくれた日だってよく覚えている。

『プリンを多めに作っておいた。保存庫に入れておくから早めに食べてくれ。この惑星の環境で長持ちするとは思えないしな』

あれは悪魔の囁きだった。いつでも食べて大丈夫な、いや食べるのを推奨されている甘味があったら、その誘惑に抗える女の子は少数派だと思う。

その日の夜、つい我慢が出来なくなってプリンを貰いに行った時に、リゼルがイグサにべったりと甘えているのを見てしまった。

リゼルの甘え方は頭を擦りつけたり頬摺りしたり、あちこち匂いを嗅いだりと微妙に動物ぽかったけど、昼間とは全然違う快楽に酔いしれるような艶のあるリゼルの黒い瞳は今でも忘れられない。

そのリゼルの行動を当然のように受け入れ、時にはあちこち撫でたり甘やかしていたイグサを見て、胸を刃物で貫かれたような苦しさを感じた。

初めての事に驚いてドアの陰でしゃがみ込んで深呼吸していたら、今度は罪悪感に似た後悔がやってきた。何でこういう事になる前に私は何もしなかったんだろう、って。

イグサと出会ってたいして時間が経っていなかったのに、どうしてそう思ったのかは分からない。けど、気が付いたら熱い涙が頬を伝っていた。

次の日、昨日の事がまるで嘘のように普通にしているイグサとリゼルを見て、胸の奥にある何かを押し潰しそうな後悔はゆっくりと、暗い熱を持つ焦燥感じみた何かに変わっていった。

――リゼルはずるい、私のものをとった。

――今ならまだ間に合う。

――あの場所は私が居るはずの所。

自分の事ながら身勝手すぎる、酷い嫉妬と独占欲。

結局、イグサに私の「ちょっとした秘密」を見透かされた日に、我慢できずに押し倒して無理矢理迫る事になった。

あれが私の初恋だったというなら、その点だけは魔王を心の底から恨みたい。

白馬の王子様を夢見るような幻想を持ってはいなかったけど、嫉妬と強引に迫った体の関係から始まる初恋なんてあんまりだ。

次の日にはリゼルもイグサを押し倒していたのも含めて、色々と酷すぎる。

恋に淡い憧れを抱いていた私の心を返してほしい。

こんな不純で昼ドラみたいな事になったのに、嫉妬と独占欲と性欲まみれの、歪な恋心の蕾が芽吹いている事が嬉しくてたまらない。私の心をこんな歪にした責任をとってほしい。

リゼルとの女子会という名の話し合いを何度も繰り返して、お互いにイグサを独占しない条約を締結して独占欲が抑えられるまでの、お互いにイグサにやらかした色々な事は黒歴史すぎる。

でも、あの頃はこの恋心は私にとっての致命傷だとは気が付いていなかった。

初恋も夜のあれこれも誰でも1度はかかる麻疹みたいなもの、時間が経てば重要度はどんどん軽くなっていって、いつかは懐かしい思い出になるようなものなんて、大人ぶっていたのだけど——

結局、この恋心は私の心へ深く鋭く突き刺さる致命の凶刃だった。


その自覚が出たのはやっぱり太陽熱エネルギープラントの一件からじゃないかな。

自分の事ながら恋と恋の結果にある行動の順序が逆じゃないかと呆れそうになるけど、相手が魔王という規格外なんだから、普通なんて望めないのは仕方ない。仕方ないよね？

『ヴァルナ』ステーションを含む『船の墓場星系』のステーションやプラントを襲っていた海賊の本拠地になっていた太陽熱エネルギープラント。

ワイバーンがステーションの外周を守るシールドを突破して、太陽熱エネルギープラントに打ち込んだ突入ポッドで、多くのファントムアーマーとリビングアーマー達と一緒に乗り込んだ私は酷い光景を見る事になった。

清掃も整備も行き届いていない巨大なスラムじみたものになっていた、太陽熱エネルギープラントの内部。

街頭に無気力に座り込む、薄汚れた扇情的な服を着た少女達。

お楽しみの最中だったのか肌着のまま逃げ遅れた海賊に、文字通り肉の盾にされた全裸の、ミーゼよりももっとずっと幼い子供。

このSF世界じゃ当たり前に横行している不道徳なのかもしれないけど、怯えや恐怖に染まりながらも媚びた笑みを浮かべる子供達に、かつての理不尽に反抗しなかったもしもの自分の姿を幻視して、この世界の人々と隔絶した暴力を内包している勇者を自制している鎖が砕ける音を聞いた。

銃撃戦の嵐に突っ込み、バリケードごと後ろにいた海賊を切り裂いて、背中を見せて逃げるものを輪切りにして、銃を捨てて命乞いするモノの首をまとめて切り落として。

周囲に降り注ぐべたりとした鉄臭い赤い雨を浴び続けながら、自然と笑いが口から漏れ出て行く。

あの時の私は殺戮に酔いしれていた。

建前は勇者としての義憤、本音はいつかあった理不尽への反抗、その焼き直し。

目に入った敵を斬って、斬って、斬って、斬り尽して。

獲物を屠殺する事に夢中になっていたら、この場所に来た本当の目的――助けたいと願った人々を危険に晒してしまった。

その時私に出来たのはイグサに助けてって泣きつく事だけ。

「――だから、イグサ。助けてください、お願いします」

生まれて初めての誇りも矜持も投げ捨てた、すがりつくような懇願。

『お前はいつも通りの方が安心する……任せろ』

いつも意地悪でひねくれモノの癖に、こんな時ばかり仕方ないなと優しく笑って任せろと言うのはずるい。

その時には自分への苛立ちと罪悪感で涙がこぼれそうになっていたのに、イグサのその一言で涙腺が決壊して、血の海の中で泣き出してしまった。

私は止まらない涙を拭いながら、ワイバーンの状況中継を聞いて、1つの覚悟を決めたのだった。

私が救えなかった人達を連れて、ワイバーンが太陽熱プラントのドックに入ってきたのを見た時に、一瞬だけど呼吸のしかたすら忘れたのをよく覚えている。

純白の装甲は焼け焦げ、装甲板には沸騰した跡が残り、場所によっては溶け落ちていた。

殺戮に酔いしれていたという、どう言い訳もできない不手際のフォローしたせいで、どれだけの無茶をしてくれたのかすぐにわかった。

「……っ」

イグサの姿を捜して走りだして、見つけた時にはどうしようもない気持ちが溢れてきて、イグサの胸へ飛び込んでしまった。

ごめんなさい。謝罪を言おうと思ったのに、言葉になってくれなかった。

「どうした、ライム?」

抱きしめて優しく頭を撫でてくれる。

嬉しい。嬉しいけど、それ以上の罪悪感も同時に湧き上がって来る。

「私が人を助けたいと我儘を言った」

あの人達を助けたいと我儘を言ったのは私だ。だから、殺戮に酔って助けたい人達を蔑ろにしてしまった自分が許せない。

「みんなに危険な事をしてもらったのに、私は何も出来なかった」

殺戮に酔って助けの手を伸ばす事すら忘れていた。

「それどころか助けたい人達の命を危険に晒した」

そう、助けたい人達の命を危険に晒した原因は、私があちこちで殺戮し続けたからだ。

この手で敵の命を奪い続ける高揚感と憎悪に身を焦がして、その先どうなるか考えもしなかった私の罪はとても重い。

「イグサ、私は私を許せない。無力さも、力に酔って目的を疎かにした心も」

だから最後にイグサに甘えよう。

「だから――私に罰を下さい」

ずっと前から感じている、イグサが心の奥にしまっている悪意や邪気を私に向けて。

「…………」

イグサは何も言わなかった。

ただ私を抱きしめる力が強くなって、嫌な感じ――私がただの人間だった頃から慣れ親しんだ悪意や邪気が濃くなっていく。

イグサから感じる悪意や邪気は酷く濃密。ああ、イグサはやっぱり魔王なんだな、なんて変な納得をしていた。その悪意と邪気を私に向けて、とびきりの地獄（罰）を私にください。

「……イグサ？」

それでも何も言わないし動かないイグサに声をかける。

すると、今まで漂っていた嫌な感じが希薄になって、いつものイグサの雰囲気へ戻っていった。

どうして？　何で？

「罰が欲しいなら、魔王がくれてやろう。ついでに契約の代償を頂こうか」

そう語るイグサの顔に浮かぶ笑みは、いつもの『悪に拘る魔王』の不敵な笑みになっていた。

「美しい、お前の存在全てを頂くとするか。その身と心が持つ悉く（ことごと）と、内に秘める魂すらも捧げてもらおう。お前の全ては俺のモノだ。体、心、魂、それに罪も誉れも何もかも」

イグサの口から出たのは私が望んだのとは違う、酷い罰だった。

地獄（罰）はくれないけど、私がしでかしてしまった罪も後悔すら、全てを魔王に奪われるという優しい罰（堕落の誘い）。

この上ない地獄（罰）を欲している罪悪感が、このまま全てをイグサにゆだねてしまいたいという甘美な誘惑に侵されていく。

「さあ、報いを受けるならこの手を取れ、これ以上無いほどの罰になるだろう」

イグサの手には複雑な立体魔法陣が浮かんでいた。

ずるい、こんな遠回りなのに意図が透けて見える優しさを、弱っている私に見せるなんて。

手に絡めるように重ねると複雑な魔法陣が周囲に展開していく。

『契約成立しました。ランクX－X・魂と運命の契約が執行されます』

『契約者　勇者ライム』

『契約先　魔王イグサ』

『契約代償：契約者が所持していた因果律の全て』

『勇者ライムは魔王イグサの所有物として魂と運命の全てを捧げ、その存在と因果が消失する先まで、永久の忠誠を誓う事がここに誓約されました』

使い魔の契約に似た何か。自分の身になって気が付いたけど、この契約内容は「お前の全部は俺のものだ」っていう熱烈な求婚に近い気がする。

「さあ、これでお前の罪も誉れも何もかもが俺のモノだ。故に俺の罪でライムが悲しみ嘆く事など許さない。わかったか？　存分に頼って依存して、そのうち堕落した勇者と化すがいい」

あざ笑うような口調で言い放つイグサだけど、悲しみ嘆く私を見たくないと言う甘い囁きにしか聞こえない。

「酷く素直じゃない、犯罪者、悪者」

思わず悪態が口から出るけど、心の底からの本音。

これじゃ魔王じゃなくて、人を甘やかして堕落させる悪魔だ。

なのにイグサが堕落させてくれるというなら、どこまでも甘えたくなる。

でも――――と心の中で思う。

優しくされっぱなしというのは私の性に合わない。

だから、この見栄っ張りで強がりで優しい魔王様の力になりたい。

イグサがいつか疲れた時に、今度は私が優しくしてあげたい。

大好きだよと、言葉を口にしそうになって気が付いた。

そうか、私はイグサに恋をしているんだ。

ずっと続いていた嫉妬と独占欲から始まった恋の芽が、いつのまにか初心な少女みたいな恋になったんだって――。

「……やっぱりあの時が決定打だよね」

首元を飾るチョーカー。

最初は奴隷の首輪だったものが、太陽熱プラントでイグサと契約してから、お風呂の際に外せるとか随分自由度が上がったものに触れて呟く。

「イグサはやっぱり外道」

心が弱ってる時にあんな優しくされたら耐えるのが難しい。

それに優しくしているのが私だけなら独占できるのに。私以外にも優しくして、同じ様な「被害者」は何人もいる。

ただ誰にでも優しい博愛主義者ならお礼だけを言って無視もできた。好きな人を1人に絞れない優柔不断なら見捨てる事だってできる。けど、イグサが優しくするのはごく限られた1部だけだから、嬉しいと思ってしまうのは止められないし。

好きな人は全部自分が抱きしめておきたい欲張りだから、惚れた方としては数が増える事については諦めるしかない。

「イグサの外道、鬼畜ー」

結局、愛しげな響きになってしまう不満を青い空に言うくらいしかできない。

ああ、早く会いたいな――。

ステータス一覧

名前：イグサ　（真田 維草 /Igusa Sanada）　種族：地球人　性別：男　年齢：22　職業：魔王
Lv：30　EXP：362410/380000

〈ステータス〉
ステータスポイント：794
筋力　（ＳＴＲ）＝100　（＋860％）
体力　（ＶＩＴ）＝100　（＋938％）
敏捷力（ＡＧＩ）＝100　（＋678％）
知力　（ＩＮＴ）＝500（＋1528％）
精神力（ＭＮＤ）＝600（＋1238％）
魅力　（ＣＨＡ）＝500　（＋981％）
生命力（ＬＦＥ）＝200（＋1002％）
魔力　（ＭＡＧ）＝600（＋5642％）

〈スキル〉
スキルポイント：128941
〈色々略〉
[汚染耐性]：Lv10　[アドラム帝国汎用語]：Lv1（ＭＡＸ）
[機械操作 / 共通規格]：Lv10　[機械不正操作 / 共通規格]：Lv10
[ソフトウェア操作 / 共通規格]：Lv10
[ソフトウェア不正操作 / 共通規格]：Lv10
[知識 / 共通規格宇宙船]：Lv5
〈表記し辛い特殊戦闘スキル〉：合計Lv1691

〈その他〉
・身長 / 体重：183cm/68kg
・悪への憧憬　・黙っていれば知性的な外見
・中身はエロ魔王
・魔王の特権：無念の死を遂げた死者数によりステータス強化
・新規称号：戦艦討伐者　・新規称号：捕食者（笑）
・新規称号：被捕食者　・新規称号：受け属性容疑
・新規称号：ゴーレム使い

名前：ライム　（向井寺 頼夢 /Raim Mukouji）　種族：地球人　性別：女　年齢：18　職業：勇者
Lv：14　EXP：34468/36000

〈ステータス〉
ステータスポイント：23
筋力　（ＳＴＲ）＝20　（＋138％）
体力　（ＶＩＴ）＝15　（＋86％）
敏捷力（ＡＧＩ）＝10　（＋228％）
知力　（ＩＮＴ）＝10　（＋120％）
精神力（ＭＮＤ）＝24　（＋860％）
魅力　（ＣＨＡ）＝11　（＋88％）
生命力（ＬＦＥ）＝20　（＋368％）
魔力　（ＭＡＧ）＝14　（＋175％）

〈スキル〉
スキルポイント：32
[武器習熟 / 剣]：Lv5　[武器習熟 / 槍]：Lv3　[武器習熟 / 弓]：Lv3
[強打]：Lv4　[狙撃]：Lv2　[防具習熟（重鎧）]：Lv4　[回避]：Lv4
[騎乗]：Lv2　[大型騎乗]：Lv2　[騎乗：飛行]：Lv4
[法理魔法]：Lv2　[祈祷魔法]：Lv2　[概念魔法]：Lv2
[空間魔法]：Lv2　[交渉術]：Lv2　[鑑定]：Lv3　[治療]：Lv1
[魔物知識]：Lv3　[不屈]：Lv2　[アドラム帝国汎用語]：Lv1（ＭＡＸ）
[ソフトウェア操作 / 共通規格]：Lv1　[秘伝：女淫魔の技術]：Lv2
[経営学]：Lv2　[経理会計]：Lv1　[専門化：秘書業務]：Lv1

〈その他〉
・身長 / 体重：142cm/39kg
・クォーターによる隔世遺伝。銀髪翠眼　・外見年齢は 12 歳程度
・誤補導回数 115 回　・淡白・冷淡　・中身は割と熱血
・勇者特権：戦場に散った英霊達の数によりステータス強化
・新規称号：恋心 Lv6→Lv9　・新規称号：肉食系少女
・新規称号：女淫魔達から妹認定　・新規称号：捕食者

ステータス一覧

名前:リゼルリット・フォン・カルミラス　種族:使い魔/アドラム人　性別:女　年齢:17　職業:宇宙船技師

Lv:11　EXP:15448/18000　使い魔Lv:8　EXP:28305/29000

〈ステータス〉

ステータスポイント:22

筋力　(STR)=8　(+18)
体力　(VIT)=9　(+18)
敏捷力(AGI)=7　(+18)
知力　(INT)=13　(+18)
精神力(MND)=5　(+18)
魅力　(CHA)=14　(+18)
生命力(LFE)=12　(+18)
魔力　(MAG)=1　(+18)

〈スキル〉

スキルポイント:3

[機械知識/共通規格]:Lv1　[機械修理/共通規格]:Lv1
[機械操作/共通規格]:Lv1　[無重力運動]:Lv1
[ソフトウェア操作/共通規格]:Lv1
[ソフトウェア作成/共通規格]:Lv1
[構造知識(宇宙船)]:Lv1　[権謀術数]:Lv2
[専門技能:機械魔改造]:Lv1　[専門技能:火器管制]:Lv1

〈その他〉

・身長/体重:158cm/52kg
・猫耳猫尻尾。黒毛
・元お嬢様　・天然　・腹黒
・魔王の使い魔化によりステータス補正
・新規称号:ファンタジー適応(中)
・新規称号:リア獣　・新規称号:仔猫育成中

名前:ミゼリータ・フォン・カルミラス　種族:使い魔/アドラム人　性別:女　年齢:14　職業:参謀/魔法少女

Lv:11　EXP:15600/18000　使い魔Lv:15　EXP:94300/99000

〈ステータス〉

ステータスポイント:14

筋力　(STR)=3　(+25)
体力　(VIT)=4　(+25)
敏捷力(AGI)=7　(+25)
知力　(INT)=17　(+25)/+80
精神力(MND)=2　(+25)/+80
魅力　(CHA)=12　(+25)
生命力(LFE)=8　(+25)
魔力　(MAG)=3　(+25)/+130

〈スキル〉

スキルポイント:3

[機械操作/共通規格]:Lv1
[ソフトウェア操作/共通規格]:Lv1
[統率]:Lv1　[策士]:Lv2　[魔法道具適応]:Lv1
[指揮]:Lv1　[教導]:Lv2　[武器習熟/杖]:Lv1
[回避]:Lv1

〈その他〉

・身長/体重:136cm/30kg
・狐耳狐尻尾。明るい茶色毛
・現役お嬢様　・頭脳明晰　・策士　・甘えたがり
・魔王の使い魔化によりステータス補正
・新規称号:参謀見習い→参謀に昇格
・新規称号:子狐育成苦戦中

書き下ろし

魔王後宮事情

MAOU TO YUSHA GA
JIDAI-OKURE NI NARIMASHITA

――さて、唐突だが身の上話をさせてもらえるだろうか。

魔王になり宇宙を生活の舞台にしてから、地球の時間換算で数年くらいか。

ワイバーンで遠征（営業）に出れば1回で数ヶ月。ワイバーンが修理のためにドック入りすると数週間。改造もセットだと、修理→改造→完熟訓練で数ヶ月、高速巡洋艦達を造った時など探し始めてから改造、船員集めから訓練終了まで1年近くかかっている。

その間に様々な女性と出会って、多彩な思い出を作って来た。思い出のうち4割くらいは積極的すぎる女性に逆レ……若干不本意な形のロマンスになった訳だが。

『ヴァルナ』ステーションの知り合い、行きつけの商店の店員とかの男性達には、俺がハーレム野郎的な扱いを受けているが、その男性達も羨むだけで行動しないあたり、複数の女性と深い関係になるというのは、SF世界でもなかなか難しい。

俺がしている親しくなった女性達との付き合い方は、大きくわけて3パターンだ。

1つめは一時的に接点が増えるが、その後は疎遠になるパターン。

トラブルに巻き込まれているのを助けたり、街で普通に出会って親しくなるが、住んでいるのが『ヴァルナ』ステーションから離れた場所だとか、夜型で生活時間が違うとか、生活する地域や時間が大きく違うと、接点が少なく自然と疎遠になってしまう。

それでも連絡を受ければ会いに行くし、生活に困っている様子なら金銭的に援助するとか、相談に乗ったりする。

お互い束縛や制限はしない。相手が他に恋人を作るとか、誰かと結婚したって止めはしない。接点を多くできないのに、お互い束縛しても不幸にしかならないからな。

魔王的にぎりぎり身内判定をしている。親しい他人とも言える立ち位置だな。

2つめは一定の距離を保って付き合いが続くパターン。

1つめのパターンに似ているが、魔王軍の社員や取引のある会社の関係者、自宅やリゼルの実家の周辺に住んでいる『ヴァルナ』ステーション出身の女性が多いだろうか。

よく顔を合わせるし、何となく付き合いが続いている事が多い。

魔王として身内判定なので、何かと便宜を図っている。21世紀の感覚で言うと、親しい女友達以上、恋人未満という所だろうか。ここに分類される女性達には、よく悪い男扱いされている。

価値観や話が合うので親友扱いしてくる女性もいるくらいだ。

最後にライムとリゼル、ミーゼとアルテ、ユニアとルーニアの6人。この6人は特に親しい女性達。俺も完全に身内(家族)扱いをしているし、俺の自宅で同居している。

実際には子供を預けているリゼルの実家に泊まったり、交代で夜勤したりするので、ステーションにいる時に全員が家に集まる機会はそう多くないが。

見捨てられないように気を使っているし、好意を持ち続けてくれるように普段から交流を欠かさない。

女性に片端から手を出して、肉体的や精神的、あるいは経済的に依存させてハーレムを作らないのか？　と聞かれる事も多いが、多くの女性の関心を引いて、交流を持ち続けて、好感度を維持するのはとても手間がかかる。

特に親しい女性を6人で止めているのは、それ以上増やすと俺のプライベートな時間が消失するか、1人当たりにかける労力が疎かになるからだ。

愛さえあれば、離れていても通じ合えている――なんて盲信するのは、楽観が過ぎるだろう？ 愛情とは繊細な観葉植物と一緒で、入手した後も手間暇をかけないと、すぐに枯れ落ちるんだ。

これが中世ファンタジー世界なら、安全な住居と食事を保証すればハーレムメンバーとして満足してくれる異性も多いのだが、このSF世界は少々事情が異なる。特に人口増加を推奨していて、子育てや片親・孤児への福祉が手厚いアドラム帝国だと、どうしても要求水準が高くなる。

「つまりだ、俺がやっているのは恋や愛の数が多いだけで、ハーレムとは方向性が違うだろう？」

ワイバーンのブリッジで、当直中の暇な時間に賢者のリョウへ、とうとうと語っていた。

「まぁ……確かにイグサの生活を見てるとハーレム野郎って言うのはなンか違うよな」

リョウには理解してもらえたようだ。

俺から見るとリョウは歓楽街を寝床にしている――文字通り、特定の住居を持たず歓楽街のどこかの寝台で寝起きしては、次の日は別の女性と違う寝床で眠りにつく――不良な大人だが。

「そうだろう。本当に離れてほしくない女性を繋ぎ止めるのに、結構苦労する事が多いんだ」

主にライムとリゼル。2人とのスキンシップは生命力的なものを激しく消費する事が多い。それに比べるとミーゼとアルテは精神的な繋がりや、同じ時間を過ごす事を重視するだろう。求めるよりも与えたがるユニアとルーニアの姉妹は癒しだ。

「……ヒモよりもうちょっと斜め下のなンかだよな？」

「斜め下とは酷いな。この前だってだな――」

酷い言葉を放つリョウに、ライム達がフィールヘイト宗教国へ行って留守だった時におきた、ユニアとの出来事を、とうとうと語り始めた。

・ユニアとの午後

「……ここは家か」

眠りから意識が浮き上がると、気怠い感覚に包まれ、体にも倦怠感を感じる。

普段はワイバーンの船室で寝起きしているのだが、目覚まし（アラーム）や、襲撃があった時の警報（アラート）で飛び起きる事が多い反動か、自宅でゆっくり寝ると、予定以上に寝過ぎたり寝起きが悪い事が多いんだ。

頭の下には弾力のある柔らかく温かいものがあり、伸ばし始めて長くなってきた髪を梳（す）く感触で、寝起きの倦怠感が溶けるような、心地よさに塗り替えられていく。

「イグサさん、目が覚めましたか？」

耳に響く心地よい声。髪の毛を梳いてくれていたのは、ユニアだったか。

そうだ。確か昨晩はユニアとデートをしたのだった。

ユニアは妹のルーニアとセットで扱ってしまう事が多く、個別にデートとかした事が無いと気が付いたので、日程をずらして1人ずつ逢瀬（デート）をする事にしたんだった。

「ああ、ユニアのおかげで快適な目覚めだよ」

昨日は『ヴァルナ』ステーションでも、それなりに高級向けのショッピングモールに行って、ユニアの容姿や年齢に似合った衣服を揃えに行くデートをしていたんだ。

ユニアは元の経済状態から仕事用の服を除いて、室内着以外の私服が少なかったからな。

古典的なデートとしては、待ち合わせをし、買い物の後に食事をしてホテルに1泊というコースが定番らしい。

だが、ユニアの要望で自宅から出るところから一緒で、夕食は二人きりだが、自宅で多少豪華な素材を使ったユニアの手料理を食べて、その後も2人で過ごすという、21世紀感覚だと初々しいカップルがするようなデートからは遠く、長年同棲しているが、結婚をしていないだけの男女がするようなデートコースだった。

ライムやリゼル、ミーゼと行うデートとは随分違うので新鮮にも感じたが。

「ふふふ、それは良かった。どういたしましてかしら」

薄い上着を一枚だけ羽織り、俺の頭を腹のところに抱え込むようにして膝枕をしているユニア。

頭や肩で感じる柔らかい感覚と、男の本能的なものを揺さぶる甘く感じる空気に、起きたばかりなのに理性を駄目にされそうだ。

俺の上半身を抱きかかえるような深い膝枕のような体勢なのに、ユニアのボディラインが豊か過ぎるせいでお互いの顔が見えない。代わりに薄着のせいで本来見えてはいけないものが、斬新な角度で見えているので、朝からケダモノになりたくて仕方ない。

仕方ないのだが、この気怠げな空気に退廃的な要素を混ぜ込んで、人肌に温めたような雰囲気をユニアが楽しんでいる様子だから、邪魔をするのも無粋なんだよな。

「なぁ、俺の髪を手で梳いていて楽しいか？」

「とっても。戦いになれば怖いくらいに感じる人が、私の膝の上でのんびりと可愛いく感じるくらい大人しくしているのが、とっても不思議で楽しいわ」

髪の毛をもっと伸ばさない？　と呟きながらも、ユニアが髪を梳く手が止まらないのだが、上下から、特に上から柔らかい感覚が押し当てられたり離れたりするのが、理性を削って行く。もう何も考えず本能のままに行動したくなる。

情緒、情緒は大事なんだ。我慢しろ、俺！

「ユニアには男を駄目にする素質がありそうだな……」

「駄目になってもいいのよ？　最後の最後まで甘やかせてあげるから」

「拒否しないとまずいが、拒否する気にならない。これはマズイな」

「だってほら、イグサさんはいつもみんなの面倒を見ているから、たまには誰かが甘やかしてあげてあげないと。これでも私は熟練のお姉ちゃんなんですよ」

おどけたように言うユニアの言葉の中に、真摯な心配の色が透けて見える。

「そうか、気を張っているように見えたか。心配をかけるな……ならお言葉に甘えよう」

ライムやリゼル相手だと、尊厳とか命の危険に陥る事が多いから気が抜けなかったのもある。

……いや、ライムはいっそ全力で甘えたら応えてくれそうな気もする。その後、相互に依存し合う沼にはまって抜け出せなくなりそうで怖いが。たまにはそんな日もよさそうだ」

「今日は1日部屋でごろごろしていようか。覚悟してね」

「はぁい♪　目一杯甘やかすから覚悟してね」

その日は珍しく怠惰な時間を過ごしたのだった。

「――――とかだな。俺としては珍しい方向性で、親密度を上げたか維持できたが、ハーレムというには方向性が違うだろう？　満足してもらうのにケダモノになるのを我慢するのは辛かった」

「ケッ！」

『魔王様、それはただのノロケですわ』

リョウと途中から話を聞いていたワイバーンは、揃って口から砂糖でも吐きそうな表情をしていた。

「リョウこそ、あちこちで浮き名を流しているだろうに。その反応をする資格は無いんじゃないか」

「俺は、商売女以外にモテねぇンだ、よ！」

血を吐くような声音で叫ぶリョウに肩を掴んで揺すられるが、俺よりずっと派手に夜の街で遊び歩いている有名人なんだ。一般女性にとってハードルが高くなるのは当然だと思うが。

『イグサ様、そこは本人も気が付いているけど、今更変えられないところですわ。指摘するだけ野暮か残酷じゃないかと』

リョウの叫びに思わずワイバーンと顔を見合わせるが、考えた事は同じだったようだ。

「ええい、俺の事はどうでもいいンだよ！　失敗談とかねぇのか。野郎が集まってノロケ話するより、そっちの方がずっと真っ当じゃねぇ!?」

『魔王様の失敗談、ワイも気になりますわ』

「失敗……失敗か、そうだな。あれはアルテとの事なんだが——」

ふと思いついた心当たり、高速巡洋艦を改装中にアルテと過ごした休日の事を話し始めた。

・アルテと海とビーチサイドパニック

アドラム帝国や周辺諸国に数多(あまた)存在するステーションの中には、観光に特化したリゾートステーションというものが存在する。

住民が住んでいるが、建物が古代の都市のような石造りで統一されていて、そこで暮らす住民も含めてステーション全体が観光地になっているものや、海や山といった惑星環境を再現したものまで多種多様だ。

アルテはリゼルやミーゼ達から一歩下がったポジションにいる事が多く、プライベートでの接点が少なかったのを気にしていた。

そこで休暇が重なった時に『ヴァルナ』ステーションの近くにある、リゾートステーションへ誘ったんだ。

「無理です、無理であります！　この格好で外に出歩くのは無理なのであります！」

惑星の海を再現した、小規模なリゾートステーション。

当然着るものは水着なんだが、アルテなら軍用規格のダイビングスーツみたいな水着を準備してくるだろうな……と予想して、メイド隊でアルテの副官をしているツェーンに問い合わせてみた所案の定だった。なので、ツェーンと共謀してアルテの水着を、深紅のフリル付きの色気と可愛さが半々くらいのにすり替えたところ、更衣室に籠城しそうになったので、抱っこで引っ張りだす事になった。

最初は横抱き――お姫様抱っこをしていたのだが、恥ずかしがるアルテがコアラのように抱きついてきて、俺の胸に顔を埋めている。

メイド隊の訓練は軍の特殊部隊レベルのもので、訓練や戦闘時には異性の前で着替えるのにも躊躇しないのに、可愛い水着は恥ずかしいというのも不思議な話だ。

「ははは、そう可愛らしく抵抗してくれるな。嬉しくなってしまうだろう?」

手足をばたばたと動かして抵抗するアルテに悪戯心が湧きそうになる。

ビーチにいる他の観光客は俺とアルテのやり取りを見て、砂でも吐きそうな顔になるのが多い。

おかしいな、海や水着イベントだと定番の行動だと思うのだが、観客の反応が渋めだ。中には黄色い声でヤジを飛ばしてくる女性の団体もいるから、的外れな行動ではないと思うが。

アルテを抱き上げたまま海に入り、その格好はおかしくない、似合っていると囁いて、髪を撫でてと、なだめすかして、やっと普通に海に入ってくれた。

顔はまだ恥ずかしいのか紅潮していて、目は涙目になっていて、犬耳はぺたりと伏せられて、とても虐めたくなるような嗜虐心をそそられ――いや実に可愛いな！　普段の凛々しい姿とは別人に見える、あざといほどの愛らしさと可憐さだ。

「アルテ、もしかして可愛い系の服をあまり着ないのか？」

「肯定であります。制服以外だと、装飾の少ない私服。こんな可愛らしい上に露出が多い水着とか、初めて着たであります……」

「そうか――なら、良い思い出にして、自信をつけてもらわないとな」

アルテの嗜好からすると、人の目が気にならない遠泳を好みそうだが、可愛い系の水着姿で人目に慣れてもらう目的も考えると、波打ち際で砂の城を造るのがいいだろうか。

「……なぁアルテ。ちょっとやり過ぎた気がしないか？」

「恥ずかしさを誤魔化すのに、本気で集中し過ぎたであります」

波打ち際に2人で造ったのは、砂の城……というには剣呑な代物になった。

周囲に塹壕があり、中央には分厚い砂の壁と天井を兼ね備えた、バンカーとかトーチカとかの単語が似合いそうな、小型要塞みたいな何かができた。

恥ずかしさを誤魔化していたと言っていたが、途中からアルテは砂遊びを純粋に楽しんでいたと思う。途中からキラキラとしたエフェクトが出そうな笑顔で作っていたし、砂の壁や天井を崩れないようにしてほしいと、おねだりまでしてきた。

アルテのおねだりが嬉しくて、つい俺も調子に乗り、錬金魔法で金属の芯並の強度の柱を作り、土系の操作魔法で砂を固めたんだが、帰宅前に元に戻しておかないとな。

このバンカーや塹壕、見た目は砂だが、大型重機や造船所で使うような、戦闘艦の装甲板を切断できるような工具を使わないと撤去できそうにない。

「イグサ様、とてもいい眺めであります」

バンカーの屋根の上、障壁代わりの砂壁（強化済）がぐるりと囲み、砂壁のあちこちに銃眼が備え付けられたところから顔を出して、周囲を見渡すアルテはとても楽しそうだ。アルテの犬尻尾もブンブンと左右に激しく揺れて、持ち主の感情を表現している。

「そうだな。高い所からの眺めもいいが、純粋に楽しんでいるアルテの笑顔が見る事ができて、とても満ぞ――――」

「誰か、誰か助けて！」

俺の言葉を遮るように助けを求める声と、観光客のものらしい悲鳴が聞こえてくる。

「イグサ様はトラブルに愛されているでありますね」

「そっちの愛は返品したいんだけどな」

声の方を見ると、地球系（テラ）アドラム人の少女と、それを追いかける山賊みたいな人相の悪い集団。

「アルテ、悪いが助けるぞ。せっかくのデートを見捨てた後味の悪さで汚したくない」

「はい。その気持ちだけで十分に嬉しいです。承知であります」

アルテは持っていたポーチからサブマシンガンのような連射型のブラスター（熱線銃）を2つ取り出すと、

1つ手渡してきた。

「アルテ、後方の集団の足下に威嚇射撃」

「了解であります」

アルテが障壁から上半身を出して、タブレットサイズの小型ブラスターを連射する。

「そこの少女、助けるからこっちに来い！」

威嚇射撃が後方の集団を混乱させている間に、砂地へと飛び降りて、今にも転びそうな足取りで走る少女を回収した。


「人身売買目的の偽装海賊属艦から逃げてきて、助けを求めてきた。襲ってきているのは海賊勢力で合っているか？」

明るい茶色の髪をしたお嬢様っぽい少女が必死に頷く。

少女を追っていたのは海賊達。数ヶ月前に海賊船に襲われて誘拐され、このステーションで開かれる、非合法な人身売買オークションに商品として運ばれてきたところを逃げてきたそうだ。

「イグサ様、数が多いので手伝ってほしいであります！」

「さっきから数が増えている。応援を呼ばれているな」

単発発射モードに切り替えたブラスターを構えて、銃眼から銃口を出して連射。砂のバンカーを囲んでいる海賊達の肩や足を撃ち抜く。

悲鳴を上げて倒れた海賊は仲間に引っ張られて、物陰に引きずられていく。偽装して普通のステーションに来るだけあって、統制が取れている上に仲間意識がある。無法者だが、まだマシな方の海賊だな。

「なぁアルテ。ここまでやったんだ。どうせならアクシデントを目一杯楽しむのはどうだ？」

「内容次第であります」

海賊達とブラスターやレーザー、ビーム銃で撃ち合いしながら相談する。

俺の言葉に答えるアルテもどこか楽しそうだ。

「まずはここの連中を片付けたら、ステーションの自警団を巻き込んで海賊船に突撃。誘拐された被害者達を助ける。その後はオークション会場に乱入だ。パーティ会場で上品な踊りをするより、楽しそうなダンスができそうじゃないか？」

「それは大変魅力的なお誘いであります。エスコートをお願いしても？」

「お手をどうぞお嬢様」

「この人達おかしいよ！　この人達に助けを求めてよかったのかな！　かな!?」

片手で銃撃戦をしつつ、片手で差し出されたアルテの手を取り、柔らかく抱きしめる。

助けを求めてきた少女は、俺達の足下で銃撃から身を隠しながら混乱していた。

その後、２人とも水着に上着を羽織った姿で海賊船と闇オークション会場を制圧し「ステーション最強の水着カップル」と、ローカルニュースで報道される事になった。

◇

「――と、まあ。最終的には楽しんでくれたが、トラブルで本来の目的が潰れたんだよな。海の定番を色々やってみたかったんだが」

「けっ。どうせンな内容だと思ったよ。常識外れな事をしてるだけで、結局ノロケじゃねぇかよ！」

『まぁ、アルテはんの反応からしても、ハーレムと表現するには何か違いますわなぁ……』

「てーかイグサが海でえらい目に遭ったって、他の社員から聞いた気がすンだよな。……ああ、前に居住可能惑星の海で、水上艇乗り回していた海賊退治した後じゃなかったか？　俺が当直でワイバーン待機だったから詳細は知らないンだけどよ」

「ああ、宇宙海賊じゃない、本当に海賊をしていた連中を捕まえに行った時だな。仕事の後、報酬の一部って事で、無人島風のリゾートで過ごした時の事だな。あれはな――」

・ミーゼと水辺のウォーターウォーズ

アドラム帝国の版図(はんと)には多くの居住可能惑星がある。その多くは調整されるかテラフォーミングされた、海と陸地のバランスが取られた地球型惑星だ。

惑星上に住むのは宇宙ステーションで暮らすよりもコストが高く、ＳＦ世界におけるステータスシンボルでもある。住人は自然と権力者や資産家が多くなるのだが、惑星で暮らして1世代2世代と世代交代をすると、どうしてもはみ出し者や貧困から犯罪に走る層が出てくる。

強襲揚陸艦ワイバーンは大気圏内突入・離脱能力を持つので、その機能を買われて希に惑星上で海賊や山賊、反自治体ゲリラの掃討など惑星上での仕事が入る。

今回の仕事はリゾート型の温帯惑星、その海上で輸送艦を襲う水上艇を使った海賊退治だった。

海賊自体はあっさりと発見・殲滅できたのだが、報酬の一部が現物払い——無人島風の貸し切りリゾート招待——だったんだ。

『ヴァルナ』ステーション出身の社員達も、居住可能惑星に実際に降りた経験が無いのが大半、しかも惑星上のリゾートで過ごすというのは憧れがあったらしい。

リゾートへの招待が30人までという枠があったので、リゾート生活権を巡って、ジャンケンからカードゲーム、3次元チェスから戦略シミュレーション、果ては白兵戦の模擬演習まで、様々な形で、リゾートの権利を賭けてワイバーンの船員達で争奪戦があった。

争奪戦のアレコレだけでも割と大事だったんだが、本番はリゾートに到着してから3日目の昼に起きたんだ。

「おにーさん、ちょっとじっとしているだけで良いのです。撃つから止まっていてください！」

ビーチで水着姿のミーゼが構えた銃からスタンビームが連射され、俺は近くに生えていたヤシに似た木を盾にして回避していた。

「ミーゼ、出力調整ミスってないか⁈　スタンビームで木の表面に穴が開いているんだが！」

盾にした木の表面はビームが着弾した所に小さな穴が開いて、小さく煙があがっていた。

「大丈夫なのです。殺傷出力ちょっと手前だからすっごい痛いだけで動けなくなるくらいです！　A班は右手、B班は左手から接近してください。焦らず確実に仕留めるのです！」

ミーゼが銃を連射して牽制しつつ声を上げると、スタンピストルやスタンバトンを手にした、同じように水着姿の社員達がじりじりと包囲を狭くしてくる。


何も命を狙われている訳では無いんだ。

社員達とビーチで遊び、昼食を食べた後のリクリエーション(娯楽)で、シンプルな構造の水鉄砲を使った撃ち合いという名の水遊びをしていた。そう、途中までは。

だが、チーム分けして勝ったり負けたりして盛り上がり、テンションが上がるうちに社員の誰かが「どうせなら、罰ゲームを入れましょう」と提案し「なら、勝った方が負けた方に1つ命令できるのはどう？」と王様ゲームのような要素が入った。

皆が笑っていたのは最初の1ゲームまでだった。水鉄砲でうかつに撃たれた社員2人に下された罰ゲームは――

「じゃあ、生まれて初めて告白した台詞の読み上げね。あ、成功してないのはわかっているから」

俺以外、ミーゼも含め女性社員ばかりだったせいもあるのだろうが、あまりに恐ろしく無慈悲な罰ゲーム内容となった。

失敗した告白の台詞を皆の前で何度も読み上げさせられた社員2人は、人を殺せそうな荒んだ瞳となって、次のゲームから修羅になった。

「このすっごいぶりっ子のアイドルの決めポーズを台詞付きで完璧にね。完璧にできなかったら、何度でもリテイク入るから頑張って♪」

「学校に通っている時に書いたポエムを朗読ね。ちゃんと気持ちがこもって皆が判断できるまで続くからファイト！」

屈辱的を超えて空恐ろしい内容の罰ゲームが何度も行われ、リクリエーションをしていた社員達の目から笑いが消えて、獲物を追い詰める狩人みたいな冷えた目になってきた頃、誰かが呟いたんだ。

「――――ねぇ、このルールなら社長を狩ったら、何でも社長に命令できるのよね？」

その呟きが妙に大きく響いて、社員達は目で会話した後、頷いて何かの合意に至ったらしい。

俺は嫌な予感がして既に逃げ始めていたんだが、直後にミーゼ＋29人の女性社員対俺という、既に対戦とか娯楽という単語が消えた、逃げる獲物と狩人達と表現するような内容のゲームが始まっていた。

最初の30分はひたすら逃げていた。社員達も鍛えているが、魔王(おれ)とはスタミナが文字通り桁単位で違うから、力尽きるだろうと思っていたんだ。

「このままでは疲弊して有耶無耶にされるのです！　２班に分けて交互に休憩、息を整えるだけでも違います。Ａ班は追撃を続行！　Ｂ班は10分の休憩して下さい。交代のタイミングが１番危ないから、隙を見せたら駄目なのです！」

狙い通り社員達はだんだんと疲れていったんだが、脱落者が出る前にミーゼが組織化して、休憩する班と攻撃班に分け、さらに水鉄砲からスタンビームピストルやスタンバトンに得物が変化した。

ミーゼが受けた罰ゲームが、最後におねしょをした年齢の自白と、その時両親やメイドに言った言い訳と対処、当時の心境を女性社員達が詳細に聞き取り含む。という内容だったのが原因だろうか。使い魔1人と社員29人対魔王なので、戦力的には理不尽ではないんだが、捕まると尊厳が削れて減るような罰ゲームが待っている気がしてならない。

というか、社員達の本気っぷりを見る限り、その予測は外れてくれそうにないな！　まだ俺は罰ゲーム受けてないから、罰ゲームを受けた社員達の「社長だって罰ゲームを受けるんだよ！」という執念の瞳が集まっているのを感じる。

「B班斉射！　ふふっ、やっと追い詰めてきたのです」

一斉射撃を転がって回避したが、ビーチの端まで追い詰められてしまった。追い詰めたミーゼは明るい笑みだが、その目には嗜虐的な色が浮かんでいる。

初めてミーゼに出会った日に、ミーゼ渾身の待ち伏せを踏みつぶした意趣返しも混ざっている気がするな！　あの時のように魔法で対応すれば楽なんだが、理不尽な内容とはいえ、ゲーム中に魔法で対応するのも、余りに美学に欠ける行為なので使いたくない……困った！

手元にある水鉄砲は逃げている最中に水が零れて、後1発分くらいしかない。

「せめてミーゼ(指揮官)を落とせば逆転の目もあるか――――っと！」

その時、走り回って疲れただろうミーゼがビーチの端にある岩場の近くで足を滑らせて転び、俺はそれを見て反射的に抱き留めに行った。

ミーゼを抱き留めて、暖かな体温と柔らかい感触を感じる暇も無く。

「……おにーさん、捕まえました♪」

とても嬉しそうなミーゼの声と共に、俺の背中にミーゼの手が回され。

「今です。わたしごと撃つのです！」

ミーゼを抱き留めた俺と、俺にしがみついたミーゼを10本以上のスタンビームが貫き、2人して
その場に倒れ込む事になった。

「————アレは完敗だった。どこから仕込んでいたのか、ミーゼは悪の女幹部としての素質は十分だな」

「なぁ、イグサよぅ。リゾートから帰ってきて数日くらい黄昏(たそが)れていたけど、結局罰ゲームって何になったンだよ？」

『何となく想像はつきますけどなぁ……』

「……サバトじみた何かだ。詳細は聞いてくれるな」

あれ以来、社員達の性癖や倫理観のまっとうさを信じない事にしている。色々と開けてはいけない性癖の扉が開きかけた。俺だけ罰ゲームが数日続くってずるくないか……？

「お、おう……………くそぉ！　次の遠征までに普通の彼女を作るぞ！　商売女は駄目とは言わないが、商売絡まなくなったら疎遠になるのが虚しいンだよ！」

「せっかく失敗談を語ったのに反応がおかしいな。リョウはまず普通の宿を探すところから始めて

くれ。リョウへの連絡先がころころ変わる上に、連絡先が歓楽街の店や水商売をしている女性の自宅だから困ると、事務から苦情が来ていたぞ」

『リョウはんも、こっちはこっちでヒモより斜め下の何かですわ』

「……だってよ。俺が特定の場所に住むと、刃物持った女がやってくる事が多いンだよなぁ」

「リョウの方が俺より酷くないか？　俺はそんなに刺される事はないぞ。せいぜい月1くらいだ」

『二次元の嫁を愛でて居るワイが1番マシなのでは……？』

最終的に俺と女性達の関係がハーレムかどうかの話題が流れてしまったが、男3人の馬鹿な話題はその後も続いていった。

男同士で気を抜いて駄弁る時間も、たまには悪く無いな。

あとがき

この巻から手に取って頂いた方は、単品でも読めますが、1巻から読むと登場人物や舞台の背景がわかるのでお勧めです。

1巻から続けて手に取って頂いた方はお久しぶりです。息抜きの合間に人生が合い言葉、ライトノベルを含む本と、据え置き、PC、スマホとアプリと各種ゲームを主食にする生態の結城忍でございます。

後書きから読む方もいらっしゃるという事なので、2巻のあらすじをざっと説明しますと、1巻で世界に適応し、日々の生活に困らない基盤を手に入れた魔王と勇者一行ですが、1巻クライマックスでの大仕事で得た資金を元に、2巻では事業の拡大をしながら、淫魔種族や機械系少女種族などの新しい仲間を増やしていく事になります。

その中でSF世界を襲っている大きな陰謀に気が付き、陰謀の解決……ではなく、陰謀を企んでいる悪人達から利益を吸い上げるために行動を起こしていきます。

そして『側道の隠者』と呼ばれる強大な宇宙海賊に挑む事になっていきます。

シリアスだけではなく、魔王や勇者と愉快な仲間達がSF世界でどのように過ごしているのか、大きな事件とは別のちょっとした事件や出来事などの日常パートも後半に収録されています。

2巻になって活動の舞台が宇宙を中心になっていく中で、ゲーム好きな作者としては、読者の皆様に「こんな世界で冒険してみたい」や「こんな世界を舞台にしたゲームで遊んでみたい」と思って頂けると幸いです。

ＰＣゲームの布教者でもある作者から、ＳＦの世界観がよくわからない！　という方にAvorionというゲームをオススメします。

この作品は「動く宇宙船を作るマインクラフト」とでもいうもので、ブロックを組み合わせて宇宙船を作り、自分で作った宇宙船を使って好きに遊べるゲームです。

採掘船を作って資源を集めて売る仕事をしてよし、大型輸送艦を作って交易してよし、戦闘艦を作って海賊退治をしてもいいと、楽しみ方が豊富であり、ＳＦゲームにしては操作が簡単で、他のゲームに比べて低スペックのＰＣでも動いてくれます。

そのゲームを遊んだ後だと、本作をより楽しめるかと思います。

※なおこのゲームも壮絶な時間泥棒なので、遊びすぎによる寝不足などにご注意下さい。面白くてプレイしていたら朝になったとか、作者がよくやりました（懺悔）

最後に１巻に引き続き東奔西走して頂いている担当のＹ様と、素敵なイラストと魅力的なヒロインを描いて頂いたオウカ様に心よりの感謝を述べさせて頂きます。

オウカ様が描く魅力的なヒロインとそのイラストで、作者もついギリギリなラインに目を吸い寄せられております。

ティアムーン帝国物語
小説
第14巻
2023年 秋
発売!
シリーズ累計
120万部
突破!
（紙＋電子）
TVアニメ放送開始!
帝国物語
餅月望―著
Gilse―イラスト
式HPへ!
原作HP
TVアニメHP

Comics
ティアムーン帝国物語
コミックス
第7巻
2023年 秋
発売！
漫画：杜乃ミズ
2023年10月より
MBS・TOKYO MX・BS11にて
ティアムーン
断頭台から始まる、
姫の転生逆転ストーリー
詳しくは公

原作最新巻

第⑦巻

イラスト：イシバシヨウスケ

コミックス最新巻

第③巻

漫画：中島鯛

好評発売中!!

ほのぼのる500

著者シリーズ累計 90万部突破!
（電子書籍含む）

原作最新巻
第⑨巻
6/10発売!
イラスト：なま

コミックス最新巻
第⑤巻
6/15発売!
漫画：蕗野冬

※4巻書影

TVアニメ化決定!

The Weakest Tamer Began a Journey to Pick Up Trash.

ゴミ拾いの旅を始めました。

魔王と勇者が時代遅れになりましたⅡ

2023年5月1日　第1刷発行

著　者　結城忍

発行者　本田武市

発行所　TOブックス
〒150-0002
東京都渋谷区渋谷三丁目1番1号　PMO渋谷Ⅱ　11階
TEL 0120-933-772（営業フリーダイヤル）
FAX 050-3156-0508

印刷・製本　中央精版印刷株式会社

ISBN978-4-86699-828-2